Stella Duffy
Herzlos – Ein fieses Märchen
vom ewigen Glück

Zu diesem Buch

Prinzessin Cushla besitzt Schönheit, Liebreiz und Weisheit, und es fehlt ihr nur an einer Kleinigkeit: Sie hat kein Herz. Deshalb haßt sie Pärchen wie die Pest. Und so macht sie sich aus ihrem fernen Märchenland, das ganz in unserer Nähe liegt, auf den Weg nach London, um dort Zwietracht und Eifersucht zu säen. Wie ein Chamäleon vermag sich Cushla zu verwandeln und die geheimsten erotischen Phantasien ihrer Opfer zu verkörpern. Dabei treibt sie Verliebte und Verheiratete, treue Ehefrauen und schwule Prinzen in einem ebenso heimtückischen wie raffiniert eingefädelten Spiel immer näher an den Rand des Abgrunds … »Eine funkelnde Parabel über die Grausamkeit menschlicher Beziehungen und die Macht der Obsessionen.« (Fay Weldon)

Stella Duffy, geboren in London und aufgewachsen in Neuseeland, ist Schauspielerin in einer Londoner Comedy-Truppe und Schriftstellerin. Von der Kritik vor allem wegen ihrer psychologischen Raffinesse gelobt, gewinnen ihre Romane eine wachsende Leserschaft.

Stella Duffy

Herzlos – Ein fieses Märchen vom ewigen Glück

Roman

Aus dem Englischen von
Christine Strüh

Piper München Zürich

Ungekürzte Taschenbuchausgabe
Piper Verlag GmbH, München
Mai 2003

Titel der englischen Originalausgabe:
»Singling out the Couples«, Hodder and Stoughton,
London 1998

Umschlag / Bildredaktion: Büro Hamburg
Isabel Bünermann, Julia Martinez /
Charlotte Wippermann, Kathrin Hilse
Foto Umschlagvorderseite: Justin Winz / skraastad
Foto Umschlagrückseite: Ben Adams
Satz: H & G Herstellung, Hamburg
Druck und Bindung: Clausen & Bosse, Leck
Printed in Germany   ISBN 3-492-23791-6

www.piper.de

Für Jase, den süßesten Märchenprinzen,
der je sein Herz verschenkte

Danksagung

Ich danke Yvonne Baker für ihre telefonischen Ermutigungen, Shelly Silas für ihr Vertrauen in die Magie, Carole Welch für ihre sanfte Bearbeitung des Manuskripts und Paz, meinem wunderbaren Vorbild.

Es war einmal in einem fernen und doch erstaunlich nahen Land. Dort lebt ein wahrhaft glückliches Volk, über das eine Königin und ein König in Gerechtigkeit und Wohlgefallen regieren. Der König ist überaus schön, die Königin sehr weise. Die beiden lieben sich, und eines Tages bringen sie eine Tochter zur Welt, die mit langen, schlanken Gliedmaßen, strahlenden Augen und allen anderen Gaben der Vollkommenheit gesegnet ist.

Zur Taufe der geliebten Tochter werden die Großen und die Guten geladen, die Schicken und die Schönen, die Weisen und die Wagemutigen. Ihre Geschenke sind kostbar, und sie kommen von Herzen, denn ein jeder weiß, welch große Ehre es ist, die Prinzessin beschenken zu dürfen. Sie bringen dem süßen Königskind hinreißende Schönheit, bezaubernden Liebreiz, bewundernswerte Weisheit, unverdrossenen Mut und unendliche Leidenschaft dar. Und so wächst die Tochter heran, gedeiht und entwickelt sich prächtig. Die Jahre vergehen, und viel Sonnenschein und ein klein wenig Regen lassen sie zu einer vielgerühmten Schönheit, bekannten Gelehrten und einer Frau von legendärem Esprit werden.

Doch eines Tages verläßt sie das ferne und doch so nahe Land und reist in unsere Gefilde, um unter uns zu wandeln.

Und ich sehe euch so, wie ihr seid.

Da lacht sie laut. Denn in ihrem eigenen Land würde sie immer nur eine Prinzessin bleiben, und was wäre das für eine gräßliche Verschwendung von Talent und Vermögen. Hier hingegen kann sie Königin sein.

In jeder Hinsicht ist die Prinzessin vollkommen. Bis auf ein Detail, denn ein Geschenk wurde leider bei ihrer Taufe vergessen. Zwar besitzt sie Schönheit, Liebreiz und Weisheit, aber sie kennt kein Mitgefühl. Die Fee des Mitgefühls saß damals nämlich in der U-Bahn fest und konnte deshalb mit ihrem Geschenk nicht rechtzeitig zur Taufe erscheinen. Keiner bemerkte, daß sie es nicht geschafft hatte, denn die Fee der Schönheit versprühte ihren Charme, die Fee des Humors lachte ohrenbetäubend laut, und die Fee der Weisheit war dermaßen geistreich, daß niemandem das Fehlen der Fee des Mitgefühls auffiel. So saß sie denn, von allen vergessen, in einem dreckigen U-Bahn-Schacht und schäumte vor Wut.

So kommt es, daß ewige Liebe für die Königstochter nur ein anstößiger Mythos ist, Zärtlichkeit ein verfaulter Pfirsich, ein Kuß nur die Made, die sich im Innern der matschigen Frucht windet. Ihre Eltern sind der Königstochter nur lästig, besonders die Mutter ist ihr ein Klotz am Bein ihres jugendlichen Ehrgeizes. Eines Tages wird sie die Königin sein und im Besitz der Macht. Irgendwann. Aber was soll's, jetzt ist sie schön und witzig und sanft und süß, und ihre Grausamkeit ist umhüllt von einer betörenden Schale. Ihre Augen, ihre Nase, ihr Mund, ihre Haare, ihre Arme, Beine, Brüste, Füße, ihr Torso, ihre Möse, alles an ihr ist vollkommen. Sie kennt uns, und wir lieben sie. Nur die Fee des Mitgefühls schläft einen unruhigen, von Alpträumen geschüttelten Schlaf.

Ich lebe in einem Elfenbeinturm. Einem dunklen Elfenbeinturm. Elfenbein, das einem blutenden Elefanten aus dem Gesicht gerissen wurde. Elfenbein, das ausgerissen, behauen, zerhackt und schließlich in etwas Schönes verwandelt worden ist, ein Kunstwerk, unter dessen Oberfläche man noch das Blut schimmern sieht. Ich wohne in Notting Hill. Meine Wohnung ist ein Palast. Diese Bezeichnung soll aber eigentlich nur darüber hinwegtäuschen, daß der Turm in Wirklichkeit ein ordinärer Betonblock aus den siebziger Jahren ist. Ein Quader mit lauter kleinen heiligen, hohlen Höhlen der Leidenschaft, sechzig Wohnungen in der Bauweise der Siebziger. Meine ist bei weitem die schönste. Ich habe sie in paradiesischen Blau- und Grüntönen eingerichtet, sanfte weiche Wolken segeln an meinen Fenstern vorüber, spähen verstohlen herein und glauben zu sehen, wie der Himmel die Erde küßt, wie die Mauern sich zum glatten Holzfußboden hinabneigen, wie die Fußleisten mit den glänzenden Splittern lackierter Baumstämme flirten. Wälder wurden vernichtet, um den Boden unter meinen Füßen zu erschaffen. Jeden Tag danke ich ihnen aufs neue für dieses Opfer.

Wenn ich allein bin, halte ich meinen vollkommen geformten schmalen Fuß an meine vollen, geschwungenen Lippen, schließe meine großen Strahleaugen und küsse mich. Ich reihe einen Kuß an den andern, wie die Perlen der Kette an einem faltenlosen Hals. Langsam lasse ich meine zarte, rosa Zunge am Spann entlanggleiten, schmekke die süße Haut, den salzigen Schweiß, knabbere an meinen babyweichen Ballen, kräusle die Lippen um die delikat geformten Zehen. Manchmal bin ich so erstaunt über meine eigene Schönheit, daß ich sie nur voll zur Kenntnis nehmen kann, wenn ich sie in den Mund nehme. Mein Geschmack schmeckt so gut. Mein Fleisch ist Manna und Mama und mehr.

Notting Hill ist keine Wildnis, obwohl ich in vierzig Jahren vielleicht anders darüber denke. Ich habe Notting Hill der Menschen wegen ausgesucht. Davon gibt es hier eine Menge, eine große Auswahl, ein breites Angebot unterschiedlichster Typen. Es gibt richtige Leute und Touristen und Durchgangsverkehr, Dienstmädchen, Arbeiter und eine unendliche Zahl der verschiedensten Käufer, die glücklichen, ausgelassenen Bummler am Samstag nachmittag, die Langschläfer, die am Sonntag morgen zum Brunch eilen, die Herren und Damen, die Frauen und Männer. Köpfe drehen sich nach mir um, wenn ich die Straße entlanggehe. Ich schlendere dahin im Glanz selbstreflektierten Lichts, ich allein bin die Leidenschaft, die meine Erscheinung zum Strahlen bringt, und die Leute können gar nicht anders, sie müssen mich ansehen, sich an meiner Schönheit erfreuen, sie begehren. Gelegentlich ist der Fußweg übersät mit verstauchten Knöcheln, während ich scheinbar ahnungslos vorüberschlendere. Allerdings gibt es zu meiner Überraschung auch die händchenhaltende Elite, die überhaupt nichts mitkriegt unter ihrem verliebtluststrahlenden Heiligenschein.

Von meinem Adlerhorst aus entdecke ich das Pärchen, die Wolken verziehen sich, damit ich klarer sehen kann, und mein geübtes Auge zoomt sie näher heran. Ich spähe sie aus, ich merke sie mir, ich verfolge ihre rituelle Routine von Gruß, Kuß und ab ins Bett. Und dann die Pläne, das Taktieren, bei mir, bei dir, bei uns, trautes Heim, Glück allein. Mein Name, dein Name, komm, spiel mit mir das

Spielchen. Der Hochzeitstag, das Hochzeitskleid, die Bettenfreud, das alberne Gestöhne. Und jedesmal, jedes einzelne Mal, die gleiche alte, uralte, steinalte Geschichte. Ja, ich will, ich werde, ich habe. Ich bin halb, mach mich ganz. Ich bin nichts, mach etwas aus mir. Verwandle du mein Nichtsein in Sein.

Ich hasse Pärchen, ich hasse sie wie die Pest. Ihre Selbstzufriedenheit, das ganze süßliche Getue, ich hasse »Schätzchen« und »Spätzchen«, das »wir« statt »ich«, »die« statt »er« oder »sie«. Sie kotzen mich an, diese Pärchen. Ich verachte, wie sie sich aufgeben, sich weggeben, nachgeben, wie sie der Sünde und dem Vergnügen und dem Spaß abschwören, den Lügen und Halbwahrheiten. Ich verabscheue ihr »er kennt mich durch und durch«, »ich könnte ihn niemals anlügen«. Ich kann das Geseier von wegen »ich bin jetzt erwachsen, ich genieße die Zweisamkeit« nicht ertragen.

Es ist mir abgrundtief zuwider. Ich will das alles nicht.

Aber wißt ihr was? Es reicht mir nicht, einfach nur selbst die Freiheit zu genießen. Mir tun die Pärchen leid, ich wünsche ihnen die gleiche unverfälschte Freiheit. Ich bin eine leidenschaftliche Vorkämpferin der wahren Freiheit. Also befreie ich sie, rette sie vor sich selbst. Ich öffne die goldenen Käfige, zerschlage die Ketten, setze die Handschellen aus Seidenpapier in Flammen und beiße so lange auf den Goldringen herum, bis das billige Messing zum Vorschein kommt.

Ich bin die attraktivste, verführerischste Frau der Welt und träufle liebevoll und voller Charme eine Spur honigsüßen Zaubers auf jeden, der mir begegnet, auf jeden, der mir Avancen macht. Immer nur ein Tröpfchen. Schließlich will ich nichts verschwenden. Es ist meine Pflicht, mit mir und meinen Reizen zu geizen, um sie frisch und kräftig zu halten, rein und ungetrübt. Ich kann nicht einfach nur dasitzen und bezaubernd sein. Ich kann die Liebesgaben, mit denen man mich überschüttet, nicht einfach hinnehmen und so tun, als wäre alles Friede, Freude, Eierkuchen. Nein. Denn ich trage die Bürde des Wissens, Verantwortung ruht auf meinen schmalen Schultern. Jeder einzelne Mensch, der mich berührt, nimmt einen Teil meiner Liebe mit, und meine Reize sind kein unerschöpflicher Quell, kein sich nie leerendes Füllhorn. Meine Geschenke sind wertvoll. Nicht jeder Mensch wird von mir auserkoren, sie zu empfangen. Das wäre ja aufdringlich. Ich kümmere mich nur um die Paare. Weil ich sie hasse, diese verfluchten Paare. Küssen, Lächeln, ich liebe dich, du liebst mich, machen wir ein Baby, gründen wir eine Familie. Diese verfluchten Paare.

Und dann sehe ich sie von meinem Fenster aus, Nord-Nordwest, zwei Uhr. Einen Er und eine Sie. Hände berühren sich, Elektrizität fließt von seiner Handfläche in ihre. Geeignete Opfer. Bereitwillige Opfer. Ich hab ja grade erst angefangen.

Sally und Jonathan wollen im März heiraten. Jetzt ist September. Spätsommerseptember. London schwelgt noch in den heißen, klaren Augustwochen, doch inzwischen gibt es ab und an auch ein paar trübe Tage, feucht und oft windig, denn die Tagundnachtgleiche erkämpft sich unerbittlich ihr Recht. Die warme Brise wirbelt die allgegenwärtigen McDonalds-Verpackungen umher, sie tanzen mit der sinnlosen Hektik ausrangierten Seins durch die Straßen, rasen leichtsinnig und verkehrswidrig über den Zebrastreifen vor dem kleinen Café an der High Street. Aber Sally und Jonathan bemerken das Wetter nicht. Auch nicht den Müll. Oder den Verkehr, der an ihnen vorbeirauscht. Sie halten Händchen. Die zierliche, hübsche blonde Sally starrt in die pazifikblauen Augen ihres großen, dunklen Jonathan. Sie schmieden Pläne. Genaugenommen tun sie das seit sechs Monaten. Seit einem halben Jahr stellen sie Listen zusammen, bauen Luftschlösser, kaufen ein, sortieren, bestellen. Der große Tag rückt näher, Samstage und Sonntage werden parzelliert, eine Stunde in diesem Laden, eine Stunde in jenem, in diesem Fitneßzentrum oder jenem, hierhin oder dorthin, Hauptsache zusammen.

Sally hält Jonathans Hände in den ihren. Gelegentlich unterbricht sie sich mitten im Satz, um ihre Größe zu bewundern, um seine ebenmäßigen Fingernägel zu küssen, überglücklich darüber, daß sie einen Mann mit schönen Händen erwischt hat, mit richtigen Männerhänden. Einen echt netten Mann, schon groß und kräftig, aber rücksichtsvoll genug, daß er sich die Hände sauber schrubbt, ehe er seine Freundin berührt, und sich mit Parfüm einsprüht, ehe er sie küßt. Bevor Sally in sein Leben trat, hat Jonathan einfach nur Aftershave benutzt, doch nun ist er in die Geheimnisse von Männerparfüms eingeweiht und läßt sich nicht mehr an der Nase herumführen oder gar ein CK für ein U vormachen. Auch Jonathan läßt Sally keine Sekunde aus den Augen. Da er sie liebt, versteht er natürlich, warum Tante Sybill beim Hochzeitsempfang unbedingt von Onkel Fred ferngehalten werden muß, und er weiß auch, warum es so wichtig ist, daß seine Mutter ihren Vater sympathisch findet. Er liebt Sally und beugt sich über die leeren, verschmierten Kaffeetassen, um ihr einen Kuß auf die gerunzelte Stirn zu geben und mit den Lippen die winzige Narbe unter ihrem linken Auge zu liebkosen. Mit jedem Ende seiner Nerven ist sich Jonathan bewußt, wie sehr Sally unter dieser Narbe leidet, die sie seit ihrem dreizehnten Lebensjahr verunziert. In seiner rückhaltlosen Zuneigung hat Jonathan sich vorgenommen, diese Narbe so lange zu küssen, bis sie Sally nicht mehr stört. Vielleicht sogar, bis die Narbe ganz verschwunden ist.

Keiner von beiden merkt, daß die Kellnerin kommt und sich vor ihnen aufbaut, nicht mal, als sie sich zum dritten Mal nach ihrer Bestellung erkundigt. Sogar als sie schließlich die kalten Teller auf den Tisch knallt, fällt ihnen das kaum auf. Sie achten ohnehin nicht sehr darauf, wie es schmeckt. Sally pickt an ihrem Lollo Rosso herum und denkt dabei mehr an den Geschmack von Jonathans Haut spät in der Nacht, frisch aus der Dusche, an den Geschmack von Seife und Küssen, Schuppen und ausgefallenen Haaren. Jonathan schlürft seinen kalten Kaffee und erinnert sich daran, wie überrascht er war, als er zum ersten Mal feststellte, daß Sally jeden Tag anders schmeckt. Sie merken nicht, wie die Kellnerin die Zwanzigpfundnote einsteckt, die sie auf den Tisch gelegt haben, um die Rechnung über 18 Pfund 96 zu begleichen. Sie hören nicht, wie sie mürrisch hinter ihnen herknurrt. Knapp neunzehn Pfund, das ist nicht viel für Wein und Wasser, für ein Menü mit drei Gängen und zwei Tassen Filterkaffee. Für zwei wäre es direkt billig gewesen. Aber Jonathan und Sally sind so damit beschäftigt, eins zu werden, sind sogar schon so eindeutig eins geworden, daß sie gemeinsam bestellt haben. Ihnen reicht eine Diät aus geteiltem Abendessen, gemeinsamem Frühstück und Luft vollkommen. Luft, in der Küsse entstehen. Jonathan und Sally sind ohne jeden Zweifel verliebt. Unendlich verliebt.

Aber bald hat es ein Ende mit der Unendlichkeit.

Sally hat Jonathan bei ihrer Freundin kennengelernt. Susies Freund Jim kannte einen Typen, den Sally vielleicht mögen würde. Einen großen, dunklen, gutaussehenden Typen und voll in Ordnung. Jonathan hat Sally bei seinem Kumpel kennengelernt. Dessen Freundin Susie hatte eine Freundin, die Jon vielleicht mögen würde. Ein nettes, hübsches Mädchen und voll in Ordnung. Sally und Jonathan begegneten sich ein einziges Mal, und noch bevor jemand Zeit gehabt hätte, zweite Verabredung, gemeinsame Hypothek, Ehegattensplitting, Steuererleichterung und gesellschaftliche Anerkennung zu sagen, da legten die beiden schon los mit dem Pläneschmieden. Susie ist sauer und fühlt sich vernachlässigt. Jim hat ihr immer noch keinen Heiratsantrag gemacht, dabei kennt sie ihn jetzt schon achtzehn Monate. Seit fast einem Jahr leben sie zusammen, und sie hat immer noch keinen Ring zum Herumzeigen. Da sie keinen Ring tragen will, den sie selber gekauft hat, bleiben ihre Finger unberingt. Zwar hat Sally versucht, sie zu trösten, indem sie ihr die Rolle der ersten Brautjungfer zuschanzte, der Vizebraut, könnte man sagen, aber Susie ist nicht sicher, ob sie das modisch-elegante Brautjungfernkleid aus einfarbig purpurroter Seide aufmuntern wird. Bei einer Margarita – oder vielleicht waren es auch acht – hat sie Sally anvertraut, daß Jim vielleicht einfach nicht der Typ zum Heiraten ist. Sally legt ihre hübsche kleine Stirn in Falten und verspricht, daß sie Jonathan bitten wird, mal ein Wörtchen mit Jim unter vier Augen zu reden. In ihrem ständigen Ringen um Vollkommenheit glaubt sie fest an die Allmacht ihres Mannes, und da ist so was doch sicher ein Klacks. Es wäre doch so nett, wenn sie während ihrer Hochzeit Susies und Jims Vermählung ankündigen könnten. Vielleicht könnte Jim seinen Antrag ja auch bei seiner Rede, die er als bester Freund des Bräutigams halten muß, machen. Wäre das nicht romantisch? Liebevoll sieht Jonathan seine Zukünftige an, und bei einer Pizza vom Lieferservice, einer halben Flasche inzwischen warm gewordenem Chardonnay und dem Video von *»Schlaflos in Seattle«* offenbart er Sally, daß er glaubt, Jim sei einfach nicht der Typ zum Heiraten. Jim ist voll in Ordnung, keine Frage, aber die Ehe ist einfach nichts für ihn. Tief in ihrem Innern weiß Sally, daß Jonathan recht hat. Und obwohl es warm ist im Zimmer, schmiegt sie sich enger an ihn, in dem beruhigenden Wissen, daß sie, Sally Withers, es geschafft hat. Sie hat ihn gefunden. Einen echten Juwel, geschliffen und einsatzbereit, einen von der seltenen Gattung »Typ zum Heiraten«. Sally und Jonathan, Juwel, sehen sich das Video an. Sie sind noch um einiges selbstgefälliger als Tom Hanks.

Als Cushla am nächsten Morgen in sein grau-mattschwarzes Büro marschierte, traute Jonathan seinen Augen nicht. Da war sie, die eine, die absolut perfekte Frau! Die, von der er geträumt hatte, seit er sechzehn war und herauszufinden begann, was es mit den Frauen eigentlich auf sich hatte. Als er sich langsam ein Bild davon machte, was er sich von der

Zukunft erhoffte. Ein Bild, das im Lauf der Jahre verblaßt und verschwommen war, eins ums andere Mal von der Wirklichkeit eingeholt und unterlaufen. Das Bild, das inzwischen ganz von Sally ersetzt worden war. Von Sally, wie sie wirklich war, von Sally, die nie im Leben einsfünfundsiebzig sein würde, Kleidergröße vierunddreißig mit unglaublichen Brüsten. Sally, die alles andere als langsam und leise sprach. Sally, die keine braunen Augen hatte, keine roten Haare, keine glatte honigfarbene Haut, die ihre langen, kühlen Gliedmaßen bedeckte. Sally, die nie seine Traumfrau sein würde, höchstens vielleicht sein Mädchen in der Wirklichkeit. Sally, die ihn liebte. Sally, die er liebte.

Und jetzt stand *sie* dort, mitten in seinem eigenen Büro. Diese Frau. Diese *Frau*. Die Frau, die er allen seinen Freunden en detail beschrieben hatte – Jim, Mick, Bill, jedem Kumpel, den er je gehabt und mit dem er in durchzechten Nächten über Lebens- und Frauenphantasien geplaudert hatte. Er fand es blöd von Jim, daß der immer noch auf seinen Traum wartete, und das hatte er ihm auch gesagt. Ja, hatte Jim sofort zugegeben, aber Susie sei einfach nicht seine Traumfrau, und obwohl er Susie liebte, wolle er lieber nichts überstürzen. Für den Fall des Falles. Solange die Traumfrau nicht aufkreuzte, war Susie ganz okay. Aber nur als Freundin, niemals als Ehefrau. Jim würde entweder seine Traumfrau heiraten oder ewig Junggeselle bleiben. Jonathan machte sich über Jims Naivität lustig, nahm die Realität als Maßstab und sein Schicksal in die Hand. Von dort war es nur noch ein kleiner Schritt bis zum Ehering. Weil er wußte, daß seine Traumfrau nie und nimmer in sein Leben treten würde, hatte er Sally einen Heiratsantrag gemacht. Er liebte sie ja auch und freute sich auf die Flitterwochen und das Haus und die Babys und ihr gemeinsames Leben. Er war glücklich. Er *war* glücklich.

Aber jetzt stand seine Traumfrau vor ihm, hier, in der Gegenwart. Ganz und gar gegenwärtig. Cushla. Sie fragte ihn, ob sie ihm helfen könnte. Dafür war sie nämlich da. Das war ihr neuer Job. Sich um ihn zu kümmern. Sie war die neue Sekretärin, sein Mädchen für besondere Fälle. Und für ganz normale. Die Neue eben.

Die Jobs mit roten Haaren mag ich besonders. Ich liebe es aufzufallen. Viel zu oft muß ich blond sein. Das blonde Bond-Girl, das Flittchen, der Ford Fiesta der Romantikbranche. Jedes zweite Mädchen ist blond, blond zu sein ist keine Kunst, grade mal eine Stunde Arbeit, heutzutage sind ja sogar schwarze Mädchen blond. Aber rote Haare sind was anderes. Wenn ich rothaarig bin, habe ich dazu noch alle Vorteile sommersprossiger Haut: Sie wandelt sich mit den Jahreszeiten, blüht mit der Sommersonne auf und wird lebendig, als bestünde sie aus geheimen Morsezeichen; unter hauchdünnem Baumwollstoff changiert sie wie ein Chamäleon. Nur einer von sieben Menschen hat rote Haare. Das heißt, in der westlichen Welt – wenn man China mitzählt, ist es einer von dreiundzwanzig. Es gibt sehr wenig Chinesen mit roten Haaren.

Bei den rothaarigen Jobs gibt es auch immer ein paar besondere Feinheiten. Rot ist gefährlich. Du kannst einem Mann vorschlagen, deine Sommersprossen zu zählen. Sobald du nahe genug an ihm dran bist. Streck ihm den Arm hin, er weiß ja selbst, wo es sonst noch überall Haut gibt. Das Zählen, das Suchen, die zarten Berührungen mit der äußersten Fingerspitze. Der intime Anfang vom angepeilten Ende. Außerdem sind rote Haare immer so fein, viel feiner als alles Haar in anderen Farben. Feiner und weicher. Bei rothaarigen Jobs bin ich ein Baby. Ein allwissendes Baby. Zarte Haut, weiches Haar. Deshalb mache ich Rothaarjobs am liebsten mit braunen Augen. Blaue oder grüne Augen sind viel zu klischeebehaftet und deshalb zu sanft, zu hübsch. Schließlich ist unter dem Haar und den Augen und der Haut noch was anderes, da bin immer noch ich, versteckt in meinem neuen Körper. Ich darf mich nicht allzusehr auf ihn einlassen, sonst werde ich womöglich noch wie sie, werde ich womöglich weich. Am Ende erwidere ich die Liebe plötzlich – und das wäre ja das Letzte!

Natürlich sorgen die roten Haare dafür, daß ich auffalle. Deshalb übersieht er mich nicht, er kann mich gar nicht übersehen. Ganz schön schlau, dieser Jonathan: Die ganze Zeit über hat er gewußt, daß eine Rothaarige die Richtige für ihn sein würde. Eine Rothaarige übersieht man in der Menge nicht so leicht. Und ich weiß, was der Anblick in seinem Hirn auslöst, in seiner Hypophyse, ich weiß, wie das Serotonin durch seine Adern schießt. Er hat die ganzen Märchen und Mythen gekauft und weit mehr als den Durchschnittspreis dafür bezahlt. Ein verstohlener Blick, und er erkennt, daß unter der kühlen Oberfläche ein Vulkan lauert. Er weiß, daß meine langen, weichen Gliedmaßen in der Lage sind, aufs leidenschaftlichste die Geometrie der sexuellen Vereinigung zu demonstrieren. Tief in diesem archaischen Teil seiner selbst, wo Überlegungen wie Fairneß keine Rolle spielen, in diesem Teil, den er mit Vornehmtuerei, mit Charme, Parfüm, Eleganz, festgelegten Hypothekenzahlungen, Bankkrediten, Mama und Papa, Geschäftsanzug und weißen Seidenkleidern mit blauen Schleifen zu überdecken sucht, tief in der ächzenden, stöhnenden, unbestreitbaren X- und Y-DNA seiner selbst – da weiß er ganz genau, wie verdammt gut ich im Bett bin.

Und er hat recht.

Jonathan konnte sein Glück nicht fassen. Nicht nur am ersten Tag war Cushla mit ihm essen gegangen, sondern auch am zweiten und am dritten. In drei verschiedenen Restaurants knabberten sie sich durch das gesamteuropäische Angebot, erst zeitgenössisch englisch, dann traditionell französisch, schließlich banal italienisch. Und dann, nach dem dritten Lunch, das aus Mr. Freuds Spaghetti Vongole spezial mit Spargelköpfen bestand, gefolgt von einem gemeinsam gelöffelten Pfirsichsahnekuchen, dessen warmer bernsteinfarbener Saft ihr von den Fingern tropfte, hatte sie ihn für den nächsten Abend nach der Arbeit auf einen Drink eingeladen. Bloß einen Drink. »Einen kleinen Drink«, hatte sie sogar gesagt. Was konnte man dagegen einzuwenden haben? Schließlich treffen sich die Leute doch dauernd, um zusammen was zu trinken.

Jonathan und Sally für gewöhnlich allerdings nicht. Die sparen auf ihr Haus.

Irgendwie segelte Jonathan durch den Nachmittag, wich Cushlas kühlem Blick so gut es ging aus, wimmelte Telefongespräche ab und setzte alles daran, seine Skrupel wegzurationalisieren. Er ignorierte jede potentielle Warnung und ließ der Wahrheit keine Chance, nicht mal im Flüsterton. Die Tatsache, daß er Sally nichts von der neuen Sekretärin erzählt hatte, wäre an sich schon Grund zur Vorsicht gewesen. Dazu kam noch, daß er die drei Essen genausowenig erwähnt hatte wie den kleinen Drink. Daß er tatsächlich gelogen hatte, als Sally ihm anbot, ihn abzuholen, weil sie noch eine Einkaufsliste für ihre Hochzeit vervollständigen und ein Dinner-Service aussuchen mußten – heute war langer Einkaufsabend. Aber Jonathan war müde, hatte viel zu tun und war ein bißchen nervös wegen des nächsten Termingeschäfts. Dafür hatte Sally doch sicher Verständnis, oder? Natürlich hatte Sally dafür Verständnis. Verständnis war sozusagen ihr Job. Sie beabsichtigte, ihr Leben damit zu verbringen, Jonathan zu verstehen, Jonathan zu lieben, ihm bei allem zur Seite zu stehen, was auch immer passieren mochte, denn was ihm passierte, betraf sie doch beide, oder etwa nicht? Genauso wie das, was ihr passierte. In ihrer postfeministischen, ideologiefreien Neunziger-Jahre-Denkart ging Sally fest davon aus, daß Jonathan für jedes Opfer, das sie brachte, eines Tages wie selbstverständlich ein gleichwertiges Opfer bringen würde. Sally hatte so viel Verständnis, daß sie den gemeinsamen Einkaufsbummel statt mit ihrem Zukünftigen einfach mit Susie unternahm. Sie würde schon mal eine Vorauswahl treffen und die drei oder vier besten Angebote aussuchen, dafür brauchte sie Jonathans Hilfe nicht unbedingt. Dann mußte er sein vielbeschäftigtes Gehirn nicht mit albernen Kleinigkeiten belasten, beispielsweise damit, welches Muster das Geschirr für die Hochzeitsfeier haben sollte. Oder von welchem Teller er für den Rest seines Lebens sein Abendessen zu sich nehmen würde.

Jonathan hätte sich dafür ohrfeigen können, daß er Sally betrog, er haßte sich, weil er Sally belog, er beschimpfte sich, weil er Sally hinterging. Und während Sally unter der Dusche den allmorgendlichen Sex abspülte, zog er seinen besten Anzug an, frische Socken, rotseidene Boxershorts und verbrachte den Tag damit, die Minuten zu zählen, bis es endlich fünf nach sechs war. Wie geplant verließ Cushla das Büro eine halbe Stunde früher. Jonathan sprühte sich mit dem Parfüm für den neuen Mann ein und folgte ihrer frischen Fährte hinaus auf die Straße.

Als Jonathan die kleine, erstaunlich stille und dunkle Bar am Covent Garden betrat, die Cushla für ihr Treffen ausgewählt hatte, wußte er, daß es kein Zurück mehr gab. In der Ecke des kleinen Raums sah er Cushla im Kerzenlicht, das ihr Haar schimmern und glänzen ließ. Sie hatte es sich mit ein paar Gobelinkissen bequem gemacht und ließ die Finger träge über die Kondenswassertropfen gleiten, die sich außen an der vor ihr stehenden Mineralwasserflasche gebildet hatten. Sowie Jonathan die Bar betreten hatte, spürte Cushla, daß er sie mit den Augen verschlang. Ohne den Blick von der glitzernden Mineralwasserflasche zu wenden, holte sie tief Luft, warf die Haare zurück, zog den Bauch ein, streckte ihre perfekten Brüste vor und hob langsam einen feucht glänzenden Finger zum Mund. Als er die fünf Schritte zu ihr zurückgelegt hatte, waren ihre Lippen leicht geöffnet, und die Fingerspitze berührte gerade ihren feuchten, dunklen Mundwinkel. Sie wußte, daß Jonathan an der Tischkante stand, neben ihrem Stuhl, schließlich direkt an ihrem Ellbogen, und erst jetzt blickte sie auf und schenkte ihm ein kleines Lächeln, das Lächeln eines Kindes, das etwas angestellt hat und erwischt worden ist, aber genau weiß, daß es nicht ausgeschimpft wird, nicht ausgeschimpft werden kann.

Der Finger wanderte die Unterlippe entlang, hin und her. »Uuups, jetzt hast du mich ertappt.«

Jonathan runzelte die Stirn. Das Wort »ertappt« aktivierte umgehend sein schlechtes Gewissen. »Wie bitte?«

»Ich hab nicht gewartet. Ich hab ohne dich angefangen.« Nun leckte sie den Finger richtig ab. »Hoffentlich bist du jetzt nicht sauer.«

Jonathan war nicht sauer. Er war nicht sauer darüber, daß diese Frau so unverhohlen mit ihm spielte, nicht darüber, daß Cushla eher wie einer von Charlies Engeln mit ihm flirtete als wie eine Sekretärin, und er war auch nicht sauer darüber, daß Cushla alle Karten in ihrer langen, schmalen, manikürten Hand hielt. Er wußte viel zu wenig, um sauer zu sein. Nicht mal, daß er ein Recht hatte, sauer zu sein. Dafür glaubte Jonathan noch immer zu wissen, was er tat. Ein letztes kleines Abenteuer. Sich ein letztes Mal die Hörner abstoßen. Nur um zu beweisen, daß es seine Traumfrau nicht gibt. Danach gehöre ich Sally für immer und ewig, Amen. Jonathan war nicht sauer, denn bis jetzt ahnte er ja auch nicht, daß seine Traumfrau tatsächlich existierte. Aber daß ihre Existenz sich auf verschwitzte, unangenehme Alpträume beschränken würde.

Sie tranken beide ein Glas weißen Hauswein und dann noch ein Glas roten Hauswein, und dann machten sie sich gemeinsam über eine etwas teurere Flasche Rotwein her, und Jonathan erzählte Cushla alles über seine Kindheit in Swindon und das Fußballteam, bei dem er sonntags gespielt hatte, wie seine Mutter es jeden Sonntag geschafft hatte, den Sonntagsbraten trocken und zäh werden zu lassen, wie sein Vater alle vierzehn Tage den Rasen mähte, Sommer wie Winter, ob bei Regen oder Sonnenschein. Cushla erzählte überhaupt nichts, vermittelte jedoch das Gefühl, daß sie sich rege an der Unterhaltung beteiligte. Und irgendwie stimmte es ja auch. Er redete, sie hörte zu. Er redete weiter, sie nickte, runzelte die Stirn, tätschelte seinen Arm, streichelte sein Knie, berührte seine Schulter. Er formulierte Sätze, sie antwortete mit ihrem Körper. Obwohl die Worte nur aus einer Richtung kamen, trug jeder etwas zum Gespräch bei. Während er erzählte, mampfte sich Jonathan durch zwei Tüten Cheese-and-Onion-Chips, durch die Knoblauch-Kartoffeln mit scharfer Chilisauce und ein dickes Stück Karotten-Orangen-Kuchen mit einem Spezialguß auf Frischkäse-Basis. Allerdings schmeckte er rein gar nichts. Er redete und stopfte sich in den Pausen den Mund voll mit Essen und goß Wein nach und noch mehr Wein. Eine weitere Flasche wurde entkorkt. Essen, Wein, Worte. Mund auf und Mund zu und kauen und reden. Spucke und matschige Knoblauchkartoffelpampe sammelte sich in seinem Mundwinkel, und als er ihn abwischen wollte, stellte er sich so ungeschickt an, daß ein dicker Klecks Sahne auf seiner Designerkrawatte landete. Jonathan spornte seinen Mund zu Höchstleistungen an, füllte ihn unablässig, stopfte ihn gnadenlos voll. Alles nur, um nicht das zu tun, wonach er sich mit jeder Faser seines Körpers sehnte. Alles, um nicht ihre Hand zu nehmen, diese Hand, die durch das rotgoldene Haar strich, die Hand, die den Seidenrock über den weichen Schenkeln zurechtzupfte, die Hand, die an unbefleckten Lippen herumspielte. Am liebsten hätte er diese zarte Mädchenhand gepackt und sich in den Mund gestopft, hätte sie verzehrt, dann den Arm, die Schulter und die Brüste. Jonathan verging fast vor Verlangen nach diesem Körper, der sich ihm darbot wie ein unberührbares Festmahl. Was ihn am Zugreifen hinderte, waren die Regeln, die er sich selbst auferlegt hatte, und der einzige Grund, Diät zu halten, war, daß die gesamte Welt ihm einreden wollte, er müsse es tun.

Allerdings reichte dieser Grund nicht aus.

Ob er schließlich so betrunken war, daß er sie fragen konnte, ob der Alkohol seine Zunge gelöst hatte, oder ob sie ihn mit ihren tiefen dunklen Augen dazu nötigte – endlich jedenfalls nahm Jonathan Cushlas Hand, küßte jeden einzelnen ihrer Finger und schlug dann vor zu gehen. Zusammen.

»Zu dir, Jonathan?«

Er schüttelte seinen schwindligen Kopf. »Nein! Ich meine, ähm, meine Wohnung ist nicht ... du weißt schon ...«

»Frei?« vollendete Cushla flüsternd den Satz und lächelte. Sie war frei.

Auch Sally ergänzte manchmal seine Sätze, aber für gewöhnlich ließ sie dabei nicht ihre Hand so weit oben über seinen linken Schenkel gleiten.

Jonathan erstickte fast an den letzten klebrigen Krümeln Karottenkuchenguß, und seine Worte wurden undeutlicher, je mehr er sich anstrengte, sie klar auszusprechen.

»Jaaa. Wassn, ich mein, wass is ... mit, na, du weißja ...«

»Was mit meiner Wohnung ist, Jonathan? Möchtest du gern mit zu mir nach Hause kommen?«

Wie sie »nach Hause« sagte, klang, als meinte sie ein Bordell. Ja. Jonathan wollte gern mit zu ihr nach Hause kommen.

Jonathan ging mit zu ihr nach Hause. Den ganzen Weg, und er wedelte dabei mächtig mit dem Schwanz.

Heute entdeckt Jonathan ein neues London. Eine ganz andere Stadt. Bisher kennt er nur das London, das er mit Sally teilt. Das Pizza-Hut-London. Das London, in dem man ins Kino geht und sich ganz gewagt mal spätabends beim Inder ein Curry genehmigt. Das London, für das man erstmal die fünfzehn Stationen bis zum Leicester Square bewältigen muß. Das Vorstadt-London. Das Stadtrand-London, in das die Familie umzog, als Jonathan fünfzehn war, in dem er mit Sally aufregende Teenagernächte verbracht hat, wo ihre Eltern immer noch wohnen, nur ein paar Straßenecken von Sallys und Jonathans Maisonette entfernt. Wo sie ein Jahrzehnt von Samstagen den örtlichen Supermarkt frequentiert, bereitwillig geschmacksneutrale Schlangengurken gekauft haben (EG-Ware, gerade Form) und perfekt gerundete, seelenlose holländische Paprika. Es ist das London, wo man zwar »in der Stadt« arbeitet, aber einen zu Hause zubereiteten Lunch mitnimmt. Einen Lunch, den man dann im Pub zu einem kleinen Bier verdrückt, zusammen mit den Freunden aus dem Büro. Extra-herzhaft-würzige Tikka-Sandwiches für Jonathan, Thunfischsalat für Sallys zartere Geschmacksnerven und vor allem für ihre Oberschenkel, die leicht Fett ansetzen. Seit der Verlobung unternehmen sie einmal im Monat einen Ausflug »in die Stadt«, eine Art Schaufensterbummel mit intensivem Preisvergleich, nicht um etwas zu erwerben, sondern damit Sally voller Freude feststellen kann, wieviel billiger die hübsche Blumendecke ist, wenn man sie aus dem Versandhauskatalog bestellt. Ausflüge, bei denen sie sich nach Herzenslust über das Gedränge, die Abgase, den Lärm beschweren können. Um dankbar mit der U-Bahn in den Außenbezirk der Metropolis zurückzueilen, zur leckeren tiefgefrorenen Supermarktpizza, um wieder zu Kräften zu kommen. Sobald die Pizza zusammen mit den Backofenpommes aus der Mikrowelle kommt und anschließend runtergespült wird mit dem belgischen Bier, das sie wegen des Images, nicht des Geschmacks kaufen.

Einen Samstag nach dem anderen haben sie ihr Auto auf dem säuberlich markierten Parkplatz abgestellt, sind – beladen mit Tüten und Kartons – an der Hecke vorbei die Treppe hochgehüpft und haben ihre Neuerwerbungen in ihrer Neubau-Maisonette mit der Backsteinfassade abgeladen. Mit dem Lottoschein und einem Leihvideo ist dann alles bereit für einen gemütlichen Abend. Ein Actionfilm für Jonathan, eine romantische Komödie für Sally, ein blutiger Thriller für die unausgesprochenen Neigungen von beiden. Eine Nacht vorehelicher Freuden. Sie sind glücklich. Sie haben keinen Grund, nicht glücklich zu sein.

Bis jetzt.

Sally sitzt auf dem Sofa, den Kopf auf Jonathans Schulter, in der Hand ein Glas mit warmem, sprudligem Zeug, und während die Pizza sich in ein botulistisches Gemansche aus geschmolzenem Plastikmozzarella verwandelt, geht sie in Gedanken nochmal ihre Zukunftspläne durch. Sie weiß, daß sie eines Tages eine größere Wohnung haben werden, ein eigenes Haus, ganz für sich, mit einem kleinen Garten, den Jonathan zupflastern wird, denn es ist einfach praktischer, wenn man nicht dauernd den Rasen mähen muß. Schließlich ist Jonathan nicht sein Vater. Vielleicht legen sie sich einen Teich an. Dann kaufen sie einen Gasgrill und laden an warmen langen Sommerabenden ihre gleichgesinnten Freunde zu importiertem Bier und leichtem australischem Weißwein ein. Die Zukunft ist vielversprechend und rosig, so kuschelig, daß Sally ihre ständig kalten Zehen daran wärmen könnte, sie sozusagen in ihre Pläne einwickeln wie in eine warme Wolldecke. Sally weiß, daß dieses Zukunftshaus auch ein Kinderzimmer haben wird. Das weiß sie, tief drinnen in ihrer Gebärmutter, die sie liebevoll und ein bißchen altmodisch ihren Schoß nennt. Gesegnet sei die Frucht deines Leibes. Sie plant, das ganze Zimmer in dem Gelbton zu streichen, den sie neulich bei Mothercare gesehen hat, eierschalenfarben abgesetzt. Jonathan hat einmal Dottergelb vorgeschlagen – Dottergelb mit Eierschalen. Aber das waren zu viele Eier für Sallys Eierstöcke, ihre Gebärmutter hat sich über diese verfrühte, ungeplante Störung beschwert, und schließlich haben sie sich auf das ungefährliche Zitronengelb mit Weiß geeinigt. Sally ist sowieso eher der Typ für Zitronenbaiser. Sie weiß, daß ihr Kinderzimmer eines Tages erfüllt sein wird vom süßen Duft des vollkommenen Babys, einem Katalogbaby, das sorgfältig und gewissenhaft ausgewählt wurde und soviel preiswerter ist als das gleiche Modell vom Covent Garden oder aus der Oxford Street. Weich, brav, auf Knopfdruck müde, perfekt. Sallys Tochter wird nie nach Scheiße riechen oder von Mitternacht bis zur Morgendämmerung schreien, und Jonathans Sohn wird nie halbverdaute saure Milch auf den zitronengelben Pulli spucken, den seine Großmama ihm gestrickt hat.

In Jonathans und Sallys blasser Realität ist London also eine Großstadt mit genügend Platz, in der jeder sein vorbildliches Leben in perfekt aufgeräumten, leicht sauber zu haltenden Häuschen mit niedriger Decke ausleben kann, mit Sallys Küche und Jonathans Gartenschuppen und doppeltverglasten Fenstern und ausgebautem Speicher für alle.

Nun jedoch treibt Jonathan durch ein ganz anderes London. Das London, das eine göttliche Arena bietet für alle möglichen Gottlosigkeiten. Eine riesige, baufällige Stadt, die aus überquellenden Dörfern und neureichen Kleinstädten zusammengeschustert ist, verbunden durch farbenfrohe U-Bahn-Linien, rosarote Taxis und eine feuchte, undichte Kanalisation. Hier gibt es Ecken, die viel zu gemütlich sind für die allgemeine Sicherheit, schmale Gäßchen, abgelegene Gärten mit Vorhängeschlössern am Tor. Die schicksten Hotels und die schäbigsten Kneipen. Verstört entdeckt Jonathan Leute an den Ecktischen, die er nie hier vermutet hätte. Leute, die immer Schwarz tragen, es sei denn, das Diktat der Mode verordnet Braun oder Grau als neues Schwarz. Und selbst dann ist die einzige Veränderung ein gedämpfter Farbton im Futter des perfekt sitzenden Maßanzugs. Leute, die im Neonlicht eines plüschigen Büros real sind, sich aber in verwischte Spinnwebgestalten verwandeln, wenn sich das Auge vom Tageslicht der Straße auf den permanenten Abend dieser Etablissements umstellen muß. Er trifft Cushla in den dunklen, stillen, in Hinterhöfen und Sackgassen versteckten Restaurants, wo man zur Intimität ermutigt wird und fette Austern sich an Venusmuscheln schmiegen, triefend von süßer, warmer Butter, die nur einen Hauch davon entfernt ist, wie ranziges Öl zu schmecken. Diese Restaurants kennen nicht das Tageslicht von Soho, die breiten Straßenkreuzungen; sie kuscheln sich statt dessen in abgeschiedene Eckchen, dunkle Clubs, Kellereingänge. In diesem London gibt es Miniröcke und nackte Haut, auch im Winter, schnellen käuflichen Sex, ohne Rückerstattung, kein Wechselgeld. Lange Beine, die herumstaksen, ohne daß Jonathan einen Anhaltspunkt hat, ob sie männlichen oder weiblichen Geschlechts sind, denn für so was hat er kein Gespür mitbekommen. Konvergierende Seiten einer Stadt mit zahllosen Facetten, durch die er bisher immer nur mit Scheuklappen gefahren ist, damit er nichts sehen konnte, was ihm den Kopf verdreht. Oder den Schwanz. Straßen mit weichen Betten, die man mieten kann, wo man für einen schnellen Fick stundenweise bezahlt, von Minute zu Minute immer schneller. Von dieser Stadt hat Jonathan bisher keine Ahnung gehabt. Aber nun lernt er sie mit großer Begeisterung kennen.

Und natürlich wird er ziemlich teuer dafür bezahlen müssen, nicht nur für eine Stunde.

Mittags verläßt Jonathan das Büro zehn Minuten nach Cushla, die es ebenfalls recht eilig hatte – bald werden sich die Leute das Maul zerreißen, wenn er nicht besser aufpaßt. Dabei hat er mit Cushlas Mund wirklich genug zu tun. Er knallt halb bearbeitete Akten in die Ordner mit der falschen Farbe und bläst im leeren, spiegelglänzenden Aufzug seinen minzfrischen Atem prüfend gegen seine verschwitzten Handflächen. Er hastet zum verabredeten Treffpunkt. Jonathan nimmt es unerschrocken mit Bussen und rücksichtslosen Radfahrern auf, um zu seiner allmächtigen Cushla zu gelangen. Sie begrüßt ihn in dem kleinen Zimmer in Soho, trifft ihn zwei Stockwerke über der Straße voller Werbemänner und Marketingfrauen, zwei Stockwerke hinauf, die Fenster fest verschlossen, damit keiner ihr Stöhnen hört.

Cushla selbst ist gar nicht verschlossen. Sie heißt Jonathan willkommen, empfängt ihn voller Leidenschaft, ein langer Kuß in der Tür, noch einer auf der Treppe. Ihre Lippen und Zähne nagen an seiner Zunge, während er mit seiner Krawatte kämpft – sie läßt einen Moment von seinem Mund ab, um ihm ins Ohr zu hauchen, daß er sich nicht die Mühe machen muß, sie nimmt ihn auch angezogen. Mit einer Hand knöpft sie mit geübtem Griff seine Hose auf und sinkt in einer raschen, geschmeidigen Bewegung zu Boden. Etwa fünf Sekunden lang passiert gar nichts. Cushla ist eine Künstlerin. Kniend blickt sie zu Jonathan auf. Er steht über ihr, breitbeinig auf der schwankenden Stufe, eine Hand ausgestreckt, als wolle er das fassen, was er kaum für möglich hält. Die andere Hand ruht leicht auf ihrem Kopf, ihrem roten Haar, bereit zuzulangen, in die Locken zu greifen. Hier steht ein Mann, der alle Mythen geschluckt hat, der sich in diesem Moment als Star in seinem eigenen Pop-Video sieht. Für einen Kinofilm normaler Länge reicht seine Vorstellungskraft leider nicht. Cushla weiß, welche Wirkung sie auf Jonathan ausübt, aber sie hält ihn nochmal zwei lange Sekunden hin. Denn sie liebt es abgöttisch, ihre Macht zu spüren. Sie weiß, daß sie in dieser Position einfach hinreißend aussieht, die großen dunklen Augen über dem gereckten weißen Hals, die Brüste voll und schwer, gerötete Brustwarzen, vom klassischen schwarzen Seidenkleid nur halb bedeckt. Cushla lächelt mit selbstanbetender Frömmigkeit zu Jonathan empor, und er schwillt vor Stolz und Kraft. Sie klappert mit den Wimpern, und er glaubt, daß sie tatsächlich vor ihm auf den Knien liegt.

Cushla haßt jede Form demütigen Flehens, also nimmt sie ihn einfach in den Mund, ruckzuck. Sie verschlingt ihn in einem Stück, und er schluckt heftig. Und glaubt noch immer, er habe die Sache in der Hand.

Schlimmer, er glaubt noch immer, er könne damit aufhören, wenn er nur wolle.

Durch sein schlechtes Gewissen verliert Jonathan ziemlich viel von seinem Charme als Partner. Er behandelt Sally scheiße. Sally hält es für voreheliche Nervosität. Jonathan ist kalt und gleichgültig, dann plötzlich überwältigend liebevoll und freundlich. Sally macht seinen Streß bei der Arbeit dafür verantwortlich. Er bringt ihr Parfüm und Körperlotion mit, Großpackungen, sehr teuer, und zehn Minuten später zischt er wegen einer Lappalie ab in den Pub. Sally gibt sich selbst die Schuld. Was Jonathan nur noch mehr in Rage bringt.

»Herrgott, Sally, es ist nicht deine Schuld. Ich hab bloß eine Scheißlaune. Warum kannst du das nicht einfach akzeptieren? Es hat überhaupt nichts mit dir zu tun!«

Jonathan hat sich vor ihr aufgebaut und schreit sie an. Sally denkt, mag sein, daß ich nicht die Ursache seines Unmuts bin, hat aber trotzdem Schwierigkeiten, das Gefühl loszuwerden, an seinen Launen nicht ganz schuldlos zu sein.

Schweigen wäre vielleicht vernünftiger, aber Sally ist nicht geübt in Kriegsspielchen. »Sag mir doch, was los ist, ich weiß, daß irgendwas nicht stimmt, Darling. Sag's mir einfach, schließ mich nicht aus.«

Sally ist lieb und nett, eine sanfte Hand auf Jonathans geballter Faust. Jetzt könnte er doch eigentlich einlenken. Ihr alles beichten. Die ganzen schmutzigen Einzelheiten, die leidenschaftlichen Küsse, den erstklassigen Sex. Sally ist seine Partnerin, aber auch seine Freundin. Er möchte sie wirklich gern an seinem Dilemma teilhaben lassen, sie ist diejenige, der er sein Herz ausschüttet. Na, wer ist immer für dich da? Jonathan respektiert Sallys Meinung zwar nicht immer, aber er hat sich in der Vergangenheit schon häufig seinen eigenen Standpunkt von ihr bestätigen lassen. Jetzt könnte er ein bißchen Unterstützung wirklich gut gebrauchen.

Er stellt sich vor, wie sie sagt: »Ja, Darling, es ist doch gut, wenn du dir die Hörner abstößt. Das verstehe ich, Darling, natürlich mußt du nochmal so richtig auf den Putz hauen. Nur zu, du kannst dich ruhig ordentlich durchficken lassen. Meinen Segen hast du.«

So was in der Art hätte Jonathan gern gehört. Aber das ist leider unmöglich. Sally würde das Wort ficken nie und nimmer in den Mund nehmen. Deshalb schüttelt er jetzt heftig ihre Hand ab, wischt das Friedensangebot vom Tisch und stürmt aus der gemeinsamen Maisonette. Cushla hat gesagt, sie habe heute abend keine Zeit, deshalb geht Jonathan allein in den Pub und erzählt dem dritten Bier, was er seiner Zukünftigen nicht sagen kann. Das vierte trinkt er mit Jim, in tiefempfundener Männerfreundschaft, erst Fußball, dann Musik und schließlich die Wahrheit. Es ist leicht, seinem Männerfreund alles ganz genau zu erklären, ihren Körper, sein Verlangen danach. Etwas schwieriger wird es beim Warum des Ganzen.

»Tja ... aber ... na ja, weißt du ... ich bin doch bloß ...«

»Scharf auf sie?«

»Sicher, klar, das auch, aber da ist noch mehr. Viel mehr. Sie ist es, Kumpel. Sie ist es einfach.«

»Was ist sie?«

»Sie ist die Eine. Ich habe eine Affäre mit meiner Traumfrau. Ich hab sie gefunden. Es ist zu spät, aber ich hab sie gefunden.«

Jim ist ziemlich genervt, denn Jonathans Abenteuer bringt die Harmonie der beiden Paare völlig durcheinander. Außerdem beginnt er wieder zu spüren, wie sehr er sich nach der Phantasie der Vollkommenheit sehnt. Er versucht, Jonathan zu einem Rückzieher zu provozieren: »Ja, aber du würdest doch ihretwegen Sally nicht verlassen, oder?«

In vino veritas, aber im Bier auch. Das Glas ist leer, und Jonathan blickt über den bierverschmierten Tisch hinweg seinen ältesten Freund an. Seinen Schulkameraden, seinen besten Kumpel. Er bemüht sich, ehrlicher zu sein denn je. Seine Schultern zucken ganz von selbst, und seine Körpersprache ist besser zu verstehen als seine Worte: »Ich weiß es nicht, ich liebe Sal, ja. Wirklich. Und ich will ihr nicht weh tun, und ich weiß, es würde sie umbringen. Aber ich kann nichts daran ändern, Cushla ist vollkommen. Vollkommen. Es ist ganz einfach und gleichzeitig ein beschissener Riesenschlamassel. Ich weiß nicht, was ich tun soll. Aber Sally allein reicht mir einfach nicht, und um ehrlich zu sein glaube ich, das wird immer so bleiben.«

Darauf hat Jim keine Antwort. Er steht auf, geht zur Bar und holt noch zwei Bier. Dann bewegt sich das Gespräch stockend auf andere Themen hin, zur Arbeit, zum Wetter, mit gemächlichem, immer betrunkenerem Schwung. Darüber, daß Stillschweigen gewahrt werden muß, diskutieren sie nicht, denn absolute Diskretion ist eine Selbstverständlichkeit für sie. Auch im Vollrausch können diese beiden Männer ein Geheimnis für sich behalten, und beiden ist klar, wenn Jim Susie gegenüber auch nur ein Sterbenswörtchen fallenließe, würde daraus ein epischer Bericht, mit dem sie gar nicht schnell genug zu Sally laufen könnte, und dann wäre alles vorbei. Und Jonathan will nicht, daß alles vorbei ist. Er will alles.

Zunächst einmal diskutiert Sally die Situation mit ihrer Mutter. Ehrlich gesagt hat Sallys Mutter diesen Jonathan noch nie gemocht, eigentlich hat sie sich für ihre ältere Tochter etwas Besseres gewünscht, als daß der Höhepunkt ihres Lebens nun darin besteht, Mrs. Jonathan zu werden. Aber da jetzt Räumlichkeiten und der Partyservice gebucht sind, da der Schneider schon an den Kleidchen für die Blumenmädchen arbeitet und die Einladungskarten demnächst aus der Druckerei kommen müßten, hat Sallys Mum nicht vor, irgendwelchen Zweifeln Vorschub zu leisten.

»Sei nicht albern, Schatz. Natürlich liebt dich Jonathan.«

Sally schüttelt ungeduldig eine blonde Locke aus der Stirn. Diese Übersprungshandlung hat sie sich als Ersatz fürs Nägelkauen angewöhnt. Abgekaute Nägel sehen auf einer Großaufnahme des Hochzeitsrings einfach nicht gut aus.

»Ich weiß, daß er mich liebt, Mum. Ich denke nur ... ich weiß nicht, was ich denken soll. Er benimmt sich überhaupt nicht so, als würde er mich lieben.«

Sallys Mutter seufzt. Am liebsten möchte sie ihrer Tochter erklären, daß Jonathan sich noch nie benommen hat, als würde er sie lieben. Aber statt dessen stäubt sie sich die Hände mit weißem Instantmehl ein und rollt weiter den Mürbeteig aus. Sallys Vater liebt Apfelkuchen. Äpfel aus dem Garten, selbstgebackener Kuchen, für dessen Zubereitung man ungefähr eine Stunde braucht und der in fünf Minuten verschlungen wird.

»Hör zu, Sal, du mußt immer Kompromisse eingehen. Darum geht es doch in der Ehe. Glaubst du vielleicht, dein Vater und ich haben nicht unsere guten und unsere schlechten Zeiten durchgemacht?«

Eigentlich hat Sally immer gedacht, die Ehe ihrer Eltern

wäre die einzig zuverlässige Konstante ihres Lebens, aber sie schüttelt brav den Kopf und gibt ihrer Mutter recht, in der stillen Hoffnung, daß die mütterliche Weisheit, die sich jetzt über sie ergießen wird, ihren nagenden Zweifeln den Garaus macht.

Sallys Mum wendet den Teig, stäubt mehr Mehl darüber, reibt Hände aneinander, und das Geräusch von aneinander geriebenen mehlstaubigen Händen macht Sally eine noch schlimmere Gänsehaut als ungekaute Nägel auf einer Schiefertafel. Jetzt rollt ihre Mutter den Teig in der entgegengesetzten Richtung aus und walzt jede Unentschlossenheit platt.

»Weißt du, dein Dad und ich hatten alles andere als eine perfekte Ehe. Zuerst war es nur furchtbar, wir haben bei seinen Eltern gewohnt.« Sie legt eine Kuchenform über den Teig, schneidet ihn sorgfältig am Rand ab und formt aus dem Rest eine Kugel. Später will sie ihn für die Dekoration benutzen. Geistesabwesend popelt Sally mit den Fingern an dem Teigball herum, und ihre Mutter gibt ihr einen Klaps, als wäre sie ein kleines Mädchen und keine erwachsene Frau. Derweil fährt sie mit ihren Enthüllungen fort: »Seine Mutter war eine richtige Giftspritze, sie hat mich wie Dreck behandelt ...«

»Oma Irene?«

Sally ist schockiert. Oma Irene ist gestorben, als Sally elf war, sie war eine winzige alte Frau, vielleicht gerade mal zwei Zentimeter größer als Sally mit elf Jahren. Hinter dem Rücken der Eltern hat sie Sally immer Pfefferminzbonbons zugesteckt. Sie mochte Sally lieber als ihre kleine Schwester Janey. Sie war Sallys Verbündete.

»Ja, die liebe Oma Irene. Sie hat mich gehaßt wie die Pest. Deinem Vater hat sie immer erzählt, ohne mich wäre er besser dran, sogar noch, als wir verheiratet waren, von der Zeit davor ganz zu schweigen. Als wir dann ausgezogen sind und ich mit dir schwanger war, dachte ich, es würde besser, aber da hatte ich mich getäuscht. Sie hat mich weiter zur Schnecke gemacht, jetzt nur eben ein paar Straßen weiter.«

Sallys Mutter drückt mit ihren allmählich arthritisch werdenden Fingern den Teig in die Form, piekt ein paarmal mit einer Gabel in die Mitte und formt aus dem angepopelten Teigrest einen zweidimensionalen Apfel und drei perfekte Blätter. Die pappt sie auf die Mitte des Kuchens und schiebt ihr Werk dann vorsichtig in den Backofen. Sally ist verwirrt und hungrig und ißt drei Butterkekse rasch hintereinander.

»Aber so hab ich sie gar nicht gekannt. Sie war so nett zu uns, als Janey und ich klein waren, wir haben sie immer so gern besucht. Was war denn los?«

Sallys Mutter setzt den Wasserkessel auf. Soll sie Sally von Opa Macs Testament erzählen? Vom letzten Willen eines Mannes, der zu jung an Leberkrebs sterben mußte, und der tausend Pfund einer namenlosen Geliebten vermachte, einer Frau, die er seit zwölf Jahren nicht mehr gesehen hatte? Nur Sallys Eltern und Oma Irene waren bei der Testamentseröffnung anwesend. Der Anwalt kümmerte sich um die Sache mit den tausend Pfund, Oma Irene hat nie erfahren, wer die Geliebte ihres Mannes war. Sie wollte es auch gar nicht wissen. Nur sie drei kannten das Geheimnis, und Sallys Mutter war ziemlich sicher, daß Sallys Vater es längst vergessen hatte. Sie löffelt Pulverkaffee in die zweitbesten Becher und läßt die Wahrheit ungesagt.

»Nach Opa Macs Tod brauchte sie uns eben. Genaugenommen brauchte sie mich, denn dein Vater kam nie sonderlich gut mit ihr zurecht, er konnte einfach nicht mit ihr reden. Sie brauchte mich, weil jemand für sie sorgen mußte, und ich hab's getan.«

»Aber warum? Wenn sie doch so gemein zu dir war?«

»Es war meine Pflicht, Sally. Die erfüllt man eben. Man trifft eine Entscheidung, und bei der bleibt man und macht weiter, auch wenn die Zeiten hart sind. Das ist der springende Punkt. Die Zeiten sind sowieso manchmal hart, Liebes. Für uns alle. Letztlich kann man sich immer nur auf sich selbst verlassen, irgendwann sind wir alle allein. Genau wie Oma Irene. Also sollte man es genießen, wenn man einen Partner hat, solange man kann.«

Sally nimmt die Kaffeetasse in Empfang und lächelt ihre Mutter an. Eine anständige, hart arbeitende Frau. Eine Frau, die einem vernünftige Ratschläge geben kann, während sie eine Lammkeule mit Rosmarin zubereitet oder einen Apfelkuchen backt. Sie reden über nichts, bis Sally ihren Kaffee ausgetrunken hat und zu Jonathan nach Hause geht, in einer Plastiktüte eine Tupperdose mit Mutters selbstgebackenen Keksen. Also würde sie Jonathan auch weiterhin lieben und sich mit ihm ein Nest bauen. Sie würde seine Gesellschaft genießen, solange sie konnte. Sie würde schon dafür sorgen, daß es klappt.

Unterdessen raucht Sallys Mutter schuldbewußt eine Zigarette und läßt die Asche auf den Haufen mit den Apfelschalen fallen. Ein vollkommenes Stück Schale von jedem der Äpfel. Sie überlegt, ob sie ihrer Tochter nicht doch die Wahrheit hätte sagen sollen. Daß Oma Irene recht gehabt hat, von Anfang an. Damit, daß sie Sallys Mutter nicht vertraut hat. Sie hat gewußt, daß ihre zukünftige Schwiegertochter eine Affäre hatte, als sie Sallys Dad heiratete. Allerdings nicht, mit wem. Dafür war Sallys Mutter nun doch zu vorsichtig gewesen. Aber Oma Irene hatte gewußt, was da lief. Noch am Tag vor der Hochzeit kam sie zum Entsetzen von Sallys Mum in ihr Schlafzimmer im

Haus ihrer Eltern und flehte sie an, ihren Jungen nicht zu heiraten, ihn nicht ahnungslos in eine Ehe zu locken, in der er nicht geliebt werden würde. Oma Irene bat Sallys Mum inständig, reinen Tisch zu machen, die Affäre zu gestehen und Sallys Dad freizugeben.

Natürlich wußte Oma Irene nicht, daß der Mann, mit dem Sallys Mutter die Affäre hatte, selbst verheiratet war. Sallys Mum konnte die Wahrheit nicht gestehen, sonst hätte sie allein dagestanden. Ihr Liebhaber hätte seine Frau ihretwegen niemals verlassen, das hatte er ihr schon gesagt, er liebte seine Frau, und Sallys Dad liebte Sallys Mum. Also würde sie die Sache durchziehen, Sallys Dad heiraten und die Affäre beenden, und sie würde glücklich sein, weil sie sich das vorgenommen hatte, selbst wenn es nicht die große Liebe war. Was machte das schon? Wer wußte schon so genau, was Liebe war? Also schickte sie Oma Irene weg und bügelte weiter ihren Petticoat. Sie würde einen Lebensgefährten haben, das war genug. Sie würde dafür sorgen, daß es genug war. Auch wenn sie und Sallys Dad nicht mit gegenseitiger Liebe in die Sache einstiegen, würden sie in ihre Rollen schon hineinwachsen. Das taten die Menschen doch die ganze Zeit, oder etwa nicht?

Und schließlich lernte sie wirklich, ihren Ehemann zu lieben. Von Herzen sogar. Und die geerbten tausend Pfund hatten natürlich auch nicht gerade geschadet.

Ich bin nicht zufällig vollkommen. Die Reinheit der Form ist beabsichtigt und gewollt. Ziel, Methode, Fazit, Schöpfung. Genaugenommen Neuerschaffung. Ich schwimme, ich laufe, ich spiele, und jede scheinbar zufällige Bewegung wird bewußt mit einer Körperfunktion, einer Muskelgruppe, einem Organ, einem Gelenk, einer Pore, einer Zelle in Verbindung gebracht. Alles, was ich tue, zielt darauf ab, mich noch vollkommener neu zu erschaffen als das Original. Dabei bin ich schon bei der Geburt mit der Gabe der Vollkommenheit bedacht worden. Ich bin eine unbefleckte Empfängnis – jedes Glied lang und geschmeidig, mit Strahleaugen und Seidenhaar, frisch, gesund und glücklich – durch und durch.

Na ja, beinahe.

Aber obwohl ich so vollkommen bin, läßt sich diese Makellosigkeit nicht mit Willenskraft allein aufrechterhalten. Sie muß aus verborgenen, weichen, gemütlichen Winkeln hervorgelockt werden. Tag für Tag trainiere ich die festen Muskeln unter meiner geglätteten Haut und bringe sie in Form.

Wenn ich sage Tag für Tag, dann meine ich eigentlich Nacht für Nacht.

Nachts schwimmt sie. Es ist drei, vier Uhr morgens. Das städtische Schwimmbad liegt verlassen, Mondlicht und das Infrarotauge der Alarmanlage gleiten übers kaum gekräuselte Wasser. Fünf, sechs Bahnen zieht sie unter der Oberfläche. Nur um sich die Lungen schnell und leise mit Sauerstoff vollzutanken, kommt sie kurz hoch, gleitet durch

Flecken aus Mondlicht. Bis zu zwei Metern Tiefe dringt der blutrote Strahl nicht vor, und so schwimmt sie gedankenleer im stillen nächtlichen Becken. Kein Laut ist zu hören außer dem leisen, regelmäßigen Geräusch, wenn das Wasser an den Beckenrand schwappt, nichts zu sehen außer dem milchigen Mondlicht, das sich in winzigen Pfützen am Rand ihres nächtlichen Blickfelds bricht. Ihr Körper ist kalt und nackt und vollkommen.

In der friedlichen Stille des kühlen Pools brüte ich meine Pläne aus. Einen Augenblick bin ich von allem losgelöst, die Anstrengung des Schwimmens wirkt auf den Körper, und wenn mich auf dem Gipfel der Verausgabung der Endorphinrausch durchflutet, die einzig wirkliche Vernunft, dann weiß ich, was zu tun ist. Wo ich ihn das nächste Mal berühren soll, wie ich mich bewege, wann ich ihn küsse, wann ich lächle, schreie, ficke. Jeder Moment der Verführung unterliegt einer Strategie, wird in Gedanken mit Hilfe der körperlichen Betätigung analysiert und in die Realität übertragen. Jonathan wäre stolz, wenn er wüßte, wieviel Energie ich in die Planung seiner Zukunft stecke. Und überrascht, denn schließlich glaubt er ja, alles geschähe von selbst. Ich atme tief und schwimme mit kräftigen, langen Stößen, das Wasser gleitet an meiner nackten Haut entlang und streichelt sie, bis ich ein Verlangen fühle, das mir seine Berührung nie verleihen könnte. Ich husche unter der Oberfläche dahin, höre nicht einmal das Echo des Pools. So leicht ist die Lust, wenn das Wasser an meiner Haut vorüberstreicht, meine Glieder umflutet, und jetzt komme ich, als Teil des Elements, das mich umgibt. Dies ist mein Höhepunkt, und wenn ich mein Verlangen in die drei Meter tiefe Stille schreie, bin ich gesegnet mit dem Wissen, was als nächstes zu tun ist.

Ich glaube, die kleine Sally würde uns gern mal zuschauen.

Was Sally sah, riß den Schleier der Liebe von ihren babyblauen Augen und ließ sie in blinde Verzweiflung versinken. Der salzige Wasserfall, mit dem sie ihre blutunterlaufenen Augäpfel malträtierte, drohte ihr ohnehin nicht sehr robustes Hirn zu überfluten. Aber nur beinahe, denn die langsam ansteigende Flut des Leids zog sich schließlich wieder zurück, und nur wenige Augenblicke, ehe die wirbelnden Gedanken von der krachenden Woge von Selbsthaß und maßlosen Vorwürfen fortgerissen wurden, legte das letzte Überbleibsel der Vernunft einen Schutzpanzer um Sallys Herz. Und stieß einen tiefen Seufzer der Erleichterung aus.

Sie beobachtete Jonathan und Cushla im Kerzenschein aus sicherer Entfernung, nachdem sie wie durch Zauberhand in diese neue, für diese Ecke von Covent Garden erstaunlich ruhige Bar gelockt worden war. Ein langgezogener, dunkler Kellerraum unter der Straße, auf der sie so oft händchenhaltend mit ihrem Verlobten entlanggeschlendert war, hin- und hergerissen zwischen den verführerischen Reizen der Polstergarnituren und einmaligen Sonderangebote und einem Quickie in einer verborgenen, diskreten Ecke. Heute war Sally wieder einmal in Sachen Hochzeitseinkäufe unterwegs. Doch dann taten ihre Füße weh, ihre Arme wurden von den prall gefüllten Plastiktüten, in denen sie ihre Zukunft herumschleppte, immer länger, und auf einmal entdeckte sie eine Tafel, auf der mit Kreide genau das Angebot geschrieben stand, das sie bei ihren Ausflügen »in die Stadt« immer so genießt: Wein und Kaffee und Ciabatta-Sandwiches, die Art von Essen, bei dem sie sich so erwachsen fühlt, wenn sie es allein verzehrt, und so kindlich, wenn Jonathan sie deswegen auslacht. Die Art Essen, das sie liebt, von dem sie Jonathan aber nichts mehr erzählt. Schließlich braucht jeder seine kleinen Geheimnisse, sogar demnächst Verheiratete.

Nachdem Sally an der Bar ihre gespielt erwachsene Bestellung aufgegeben hatte, suchte sie sich einen freien Tisch, scharte Taschen und Tüten um ihre Füße und war, während ihr beim Gedanken an Brie, sehnigen Schinkenspeck, leichten Wein und Mineralwasser schon das Wasser im Mund zusammenlief, gerade dabei, die ernsten Artikel über die Armut in der Dritten Welt und drei Nächte dauernde Orgasmen zu überblättern und zu den Horoskopen vorzudringen, als sie sein Lachen hörte. Durch die Dunkelheit flog es direkt in ihre Seele wie ein dahingehauchter mitternächtlicher Kuß. Automatisch wandte Sally ihr hübsches Köpfchen, und ein hocherfreutes Lächeln tanzte über ihr Gesicht.

Sie saßen sechs Tische von ihr entfernt. Die Frau hatte die Hand ganz oben auf seinem Oberschenkel, ihr Kopf nickte im Takt ihrer trommelnden Finger, die ganz zart den Rand dessen berührten, was Sally immer so niedlich seinen »Privatbereich« nannte, und was jetzt – das war ihr sonnenklar – schlicht und ordinär Jonathans Schwanz war. Auch er berührte die Frau ständig beim Sprechen. Er konnte die Hände nicht von ihrem perfekten Körper lassen, und er quasselte ohne Punkt und Komma. Und während Sally im warmen Dämmerlicht sofort bemerkte, daß die Frau wunderschön war, groß, schlank und bezaubernd, erkannte sie auch, daß Jonathan dies alles nicht war.

Das Kerzenlicht und die wohlplazierten Hände der Frau hatten ihr plötzlich einen wahren Röntgenblick verliehen. Ihr Jonathan mit den Funkelaugen, mit den großen, starken Händen, der Sally so sanftmütig in allen Lebensplänen gefolgt war – das war nicht dieser Jonathan, der da neben der wunderschönen Frau saß. Dieser Jonathan zog sich mit ziemlich großer Geschwindigkeit in den Dunst eines geplanten Vorstadtlebens zurück, und hier hockte an seiner Stelle ein Mann mit Bauernpranken, viel zu groß, um die feine, weiche Haut dieser Frau zu streicheln, dessen grobe Fingernägel sich am nächstbesten Knochen ihres zarten Körpers zu verhakeln und sie versehentlich zu kratzen drohten. Dieser Jonathan hier war bloß irgendein Kerl, ein geiler Bock. Dieser Jonathan sabberte und wieherte, und der Schweiß, den er sich immer wieder mit seinen ungepflegten Fingern abwischte, ekelte Sally so, daß sie würgen mußte.

Jonathan betrachtete die wunderschöne Frau, als wäre er der Mann, den sie letztes Jahr bei ihrem Griechenlandurlaub gesehen hatten – ein griechischer Bauer, der an einem heißen Tag vor hundert Jahren beim Pflügen auf seiner staubtrockenen Parzelle eine Venus zutage gefördert hatte. Jonathan musterte die Frau vor sich voller Angst und Ehrfurcht und ein klein bißchen perplex, fast dümmlich. Über die Entfernung von sechs kniehohen Tischen erkannte Sally den Blick der Liebe. Sie hatte ihn oft genug im Spiegel gesehen. Bestimmt war sie jetzt wie Alice hinter den Spiegel geraten, wo dieser Blick einfach nur dämlich wirkte, und ihr Herz war weiter nichts als ein dicker Fleischklumpen, der unter ihren zu klein geratenen Brüsten pochte. Arterien und Venen, Aorta und Herzklappen. Ein Ding aus Plasma und Gewebe, jeder Sentimentalität beraubt. Sally stand auf und ging zur Damentoilette, verwundert, daß ihre Beine ihr tatsächlich gehorchten. Sie mußte dringend ein paar Spiegelscherben aus ihrem Rücken entfernen.

Vom dunklen Eckchen zum stillen Örtchen, ganz in Rosa, Chintz, munteres Mädchengeplauder und weiches, schmeichelndes Licht. Sally geht direkt zur Toilette und übergibt sich. Alles kommt raus, alles, was sie so bereitwillig geschluckt hat, die Geschichten von Jonathans Kindheit, die liebevolle Mutter, der distanzierte Vater, die Schulzeit mit Jim, Unisemester mit Bier und Mädchen, die leere, blasse Zeit des Wartens vor Sally. Das alles kotzt Sally in die weiße Kloschüssel aus Porzellan, ohne Kalkränder. Sie würgt, bis sie nichts mehr von Jonathan in sich hat, bis nur noch eine dünne, leere Sally übrig ist. Und als sie aus der Kabine kommt, mit rotem Gesicht, nassen, geschwollenen Augen und noch immer bebendem Magen, sieht sie die Frau. Diese Frau. Glatt, kühl und elegant steht sie da. Sally zögert eine Sekunde, dann setzt sie sich mühsam in Bewegung und macht einen Schritt, den sie eigentlich für unmöglich hält. Ihre Beine funktionieren vollkommen selbständig, Sally ist Rumpf, Gliedmaßen, Hals und Kopf, aber nichts davon hängt zusammen, alles ist ein heilloses Durcheinander. Erstaunlicherweise arbeiten die Teile trotzdem irgendwie sinnvoll zusammen, aber Sally fühlt nichts davon. Sie steht neben der Frau vor dem Spiegel, wäscht sich das Gesicht, während die Frau sich die Lippen nachzieht, dunkles Kastanienbraun mit einem Hauch Perlglanz. Sally geht aus dem Leim, sie wartet nur darauf, daß ihr Kopf vom Hals kippt. Aber die Frau neben ihr ist vollkommen.

Die Frau – einen Kopf größer als die süße kleine Sally – wendet sich fürsorglich um, blickt auf das bleiche, zitternde Häufchen Elend herab und erkundigt sich freundlich: »Alles in Ordnung mit Ihnen? Kann ich Ihnen irgendwas bringen?«

Fast unmerklich schüttelt Sally den Kopf, voller Angst, daß er doch noch ins Becken rutscht und einfach runtergespült wird. Ihr graut vor den Worten, die aus ihrem Mund kommen könnten, wenn sie ihn öffnen würde.

Aber die Frau läßt sich nicht beirren. »Vielleicht ein Glas Wasser? Oder soll ich Ihnen eine Tasse Tee bestellen? Sie sehen aus, als stünden Sie unter Schock.«

Sallys Mund geht wie von selbst auf, aber zwischen den verklebten Zähnen und den zusammengekniffenen Lippen drängelt sich nur ein winziges »Nein« hervor.

Die Frau weiß ganz genau, wie man Salz in eine Wunde streut.

»Vielleicht sollte ich meinen Freund bitten, daß er Sie heimfährt, er erträgt es nicht, wenn eine Frau unglücklich ist. Ich hole ihn, ja?«

Aber da überrascht Sally sich selbst, zerrt sich an den eigenen Haaren durch den wackligen Spiegel zurück, richtet sich auf, zu voller Lebensgröße, auch wenn die nicht gerade beeindruckend ausfällt, wendet ihr hübsches, gequältes Gesicht der aufdringlichen Frau zu und spuckt sie an. Natürlich trifft sie nicht genau, aber immerhin landet ein kleines, jämmerliches Tröpfchen galledurchsetzter Spucke auf dem wunderschön frisierten roten Haar. Sally reißt sich von den glänzenden Waschbecken und den blitzenden Spiegeln los und verläßt den Raum. Hinter ihr fällt die Tür krachend ins Schloß, und die Damentoilette bleibt in fleischfarbenem Rosa zurück. Cushla betrachtet sich im Spiegel, wischt den kleinen Spucketropfen weg und wirft sich eine Kußhand zu. Herzlichen Glückwunsch, gute Arbeit.

Nachdem sie Cushla auf der Toilette zurückgelassen hatte, marschierte Sally mit erstaunlich festen Schritten zur Bar. Die neu erworbene Klarsicht stärkte ihren Lebensnerv, die drei Whiskys pur, die sie auf Jonathans Rechnung setzen ließ, erhärteten ihren Entschluß. Gleichgültigkeit, im Innern so weich und leicht schmelzend wie belgische Schokolade, verwandelte sich in den Mut der Verzweiflung, und Sally machte sich auf den Heimweg, um die Schlösser auswechseln zu lassen.

In der Kunst bitteren Zorns und gewalttätiger Rache hatte Sally nicht sehr viel Erfahrung. Im Leben zierlicher blonder Mädchen ergibt sich nicht sehr oft die Notwendigkeit brutaler Vergeltungsmaßnahmen. Jedenfalls nicht bei diesem hübschen Persönchen. Sicher, sie hatte ihre kleine Schwester einmal an den Haaren gezogen und dabei immerhin drei von ihnen entwurzelt. Janey hatte nämlich Barbie im Regen spazierengeführt, fahrlässigerweise nur in ihrem Barbie-Strandkleid, ohne Barbies Regen-/Sonnenschirm-Kombination. Sally selbst hatte nie vergessen, Barbies Schirm mitzunehmen, wenn sie länger draußen waren. Schon lange bevor sie in die Schule kam, hatte sie gelernt, daß man nie vorsichtig genug sein kann. Als Janey dann total durchnäßt heimkam, war der Anblick von Barbies feuchten Locken und dem ruinierten Barbie-Bikini für die kleine Sally einfach zuviel – schon mit acht Jahren wußte sie, daß Barbie ihren Bikini nicht nur trug, damit er naß wurde – und vor lauter Frust hatte sie ihre sechsjährige Schwester kräftig an den Haaren gezogen. Die Untat entging allerdings nicht den aufmerksamen Augen ihrer Mummy (die gerade Tee kochte), die daraufhin nichts Eiligeres zu tun hatte, als es Daddy zu petzen (bei seiner Heimkehr aus dem Büro). Daddy hielt Sally eine so strenge (und doch verständnisvolle) Moralpredigt, daß Sally sich sofort auf die Socken machte und ihrer kleinen Schwester die noch immer feuchte Barbie als Wiedergutmachung anbot. Daddy sagte zwar, das müsse sie nicht, ging dabei aber völlig richtig in der Annahme, daß die sensible kleine Sally von nun an den Unterschied zwischen einer absichtlichen Missetat und einem kleinen Versehen – wie beispielsweise, Beach-Barbie in unkorrekter Aufmachung mit nach draußen zu nehmen – nie mehr vergessen würde. Natürlich merkte sich Sally das. Mummy und Daddy hatten schließlich immer recht.

Sally wuchs heran, gutherzig und ehrlich und stets bereit, ihren Freunden kleine Mißgeschicke und Gedankenlosigkeiten zu verzeihen, beispielsweise, wenn jemand ihren Geburtstag vergaß oder eine dumme Bemerkung darüber machte, daß Jonathan vielleicht doch ein bißchen zugenommen hatte, weil Sally ihn mit ihren legendären Supermarkt-Gerichten mästete. Solange die Gemeinheiten nicht absichtlich verletzend waren, war Sally nicht im geringsten nachtragend. Sally war so großmütig und offenherzig, daß es fast an Dummheit grenzte, aber das war eben ihre Lebenserfahrung. Wer war in der heilen kleinen Welt unserer hübschen blonden Sally denn schon absichtlich gemein?

Als Sally zu der Maisonette zurückging, um das Schloß auszuwechseln, hatte sie sechsundzwanzig Jahre zierlich blonde Nettigkeit hinter sich. Sechsundzwanzig Jahre war sie die hübsche Kleine gewesen, die absichtlich jede unabsichtliche Niedertracht ignorierte. Sechsundzwanzig Jahre hatte sie sich die dämlichen Kommentare herablassender Freunde angehört, die sich über ihren Kleinmädchenverstand lustig machten, und als Krönung war sie mit dem gönnerhaften Jonathan zusammen gewesen. Sechsundzwanzig Jahre aufgestaute Wut, die sie jetzt ausleben konnte. Aber gut Ding will Weile haben, und das Blond läßt sich nicht mit ein paar Spritzern Kupferrottönung auf der Badematte austreiben. Also fing Sally dort an, wo sie eben konnte. Zuerst die Schlösser. Dann die Klamotten. Eine typische, fast klassisch zu nennende Vorgehensweise, die sie x-mal im Vormittagsprogramm gesehen hatte. Natürlich war es nicht originell, die Sachen ihres Freundes rauszuschmeißen, aber es tat ihr trotzdem gut. Sie verpackte Jonathans schicke schwarze Anzüge in schwarze Plastiktüten, stopfte die Tüten in einen dreckigen, stinkenden Mülleimer und schmiß Jonathans fesche Parfümflaschen hinterher, die sie natürlich zuvor zerdeppert hatte, damit sie ordentlich tropften und ihren Inhalt in die Gegend verteilten – für den Fall, daß ihm der Dreck zu schlecht roch. Allerdings brachte sie es nicht übers Herz, soweit zu gehen wie die Frau in *Richard and Judy*, die die Anzüge ihres Mannes zerschnitten hatte. Sally wußte ja, daß Jonathan einen Anzug, der einen Tag im Müll gelegen hatte, sowieso nicht mehr anziehen würde. Warum also sollte sie sich Blasen an den Daumen holen und ihre gute Nähschere ruinieren? Nach den Klamotten war zwangsläufig das Auto an der Reihe, also flugs den Sekundenkleber und das Taschenmesser geholt, aber halt! Übers Schloß gebeugt, hielt Sally nachdenklich inne. Wut ist eine erstaunlich effektive Lehrerin, und die neue schlaue Sally erkannte plötzlich, daß es keine gute Idee war, den Wagen kaputtzumachen, denn Jonathan hatte ihn auf sie überschreiben lassen, so daß sie den Steuerfreibetrag in Anspruch nehmen konnte und er die höheren Zuschüsse bekam. Sehr vernünftig, Jonathan.

Sally war stolz. Sie hatte sich tatsächlich gerächt. Und nicht gesagt, es täte ihr leid. Noch nicht.

Zwei Stunden später stand Sally vor Susies Tür, müde, verheult und zittrig. Die schlaue Sally hatte zu lange im häßlichen Regen gestanden, und jetzt fühlte sie sich nur noch wie die »Mein Freund hat mich verlassen, aber ich liebe ihn trotzdem«-Sally. Susie verabreichte ihr Valium, Wein und eine Großpackung Papiertaschentücher. Dann verpflegte sie ihre Freundin mit Peking-Ente, gebratenem

Reis mit Ei und gab ihr als Nachtisch einen XXL-Schokoriegel mit Haselnüssen. Später, nachdem sie ihm fünfmal die Tür vor der Nase zugeschlagen hatte, ließ sie Jonathan herein. Dadurch hatte Sally eine gute Zielscheibe für die zweite Hälfte ihres vierten Glases Wein. Obwohl sie selbst in ihren besten Momenten keine großartige Schützin war, mußte Jonathan ihr doch zugestehen, daß sie diesmal einen Überraschungstreffer landete: Das lauwarme Gemisch aus Wein und Tränen traf nämlich genau sein Geschlechtsteil. Das ihm von der Nummer letzte Nacht noch weh tat.

»Entschuldige.«

»Ich wollte das nicht.«

»Du bist zu gut für mich.«

»Mich hat es genauso überrascht wie dich.«

»Es geht nicht um dich, es geht um mich.«

»Ich geb's zu, ich bin ein Scheißkerl.«

»Ich kann nichts dafür.«

»Ich kann dir nicht geben, was du dir wünschst.«

»Ich wollte dir nicht weh tun.«

»Ich halte das nicht aus.«

»Mach dir keine Vorwürfe, das hat nichts mit dir zu tun.«

Und schließlich, wie nicht anders zu erwarten: »Ich liebe dich, ich brauche dich, ich will dich ... ich hab mich einfach nur in eine andere verliebt.«

Für einen Mann, der Stein und Bein geschworen hätte, daß er diese Sätze noch nie gesagt hatte, zu niemandem, kamen sie ihm so leicht von den Lippen, wie überreife Pfirsiche von einem Baum fielen, an dem ein Tornado rüttelt. Vielleicht ist das der Text für den kollektiven unterbewußten Scheißkerl. Oder das Miststück. Einfach nur der uralte Text für jeden, der einfach nicht anders kann, sich dafür aus tiefstem Herzen haßt. Sallys Welt wirbelte wie wild um sie herum, und wenn sie glaubte, ein zerknirschter

Jonathan würde auf den Knien angerutscht kommen, um Verzeihung bitten und sie anflehen, mit ihm nach Hause zu kommen, dann suchte sie das Herz im falschen Blechmann. Der hier war schon ganz angelaufen.

Leider kapierte Jonathan noch immer nichts. »Weißt du, Sally, ich liebe dich. Wirklich. Ich liebe dich seit Jahren. Ich wollte, ich könnte euch beide haben.« Sally hörte den Konjunktiv und wollte schon den Mund aufmachen, aber Jonathan fuhr schnell fort, ehe sie seine Stegreifrede unterbrechen konnte. »Aber Cushla ... na ja, sie ist ... Sally, Honey, es tut mir leid, mit ihr ist es einfach anders, so was habe ich noch nie gefühlt. Ich hab das nicht erwartet ... Ich weiß nicht, wie ... Ich kann das nicht erklären ... Tut mir leid. Es tut mir wirklich schrecklich leid.«

Frisch verliebte Wiederholungen und Klischees drangen wie geschmiert aus Jonathans Mund.

Sally log munter zurück: »Ich will das nicht hören. Ich will überhaupt nichts von ihr wissen.«

Erleichtert, daß der Inquisitor ihn vom Haken gelassen hatte, nahm Jonathan das Stichwort bereitwillig auf. »Na gut. Okay. Wie du willst.«

Die Stille dauerte ganze drei Sekunden. Sallys gebrochenes Herz sauste ihr durchs Gehirn wie ein außer Kontrolle geratener Flipperball und knallte gleichzeitig gegen sämtliche Banden und Kontakte. Will es wissen, will es nicht wissen. Will es hören, will es nicht hören. Will jedes Detail über eure schmutzige sexuelle Vereinigung hören ... Ich ertrage nicht mal zu hören, daß ihr auch nur auf einem Zebrastreifen aneinander vorübergegangen seid, ganz zu schweigen davon, daß du sie berührt hast. Sie berührt, geküßt, gefickt hast, daß du bei ihr gekommen bist.

Die Realität siegte.

»Wo habt ihr euch kennengelernt?«

Zwei Stunden später war der Spuk vorbei. Jonathan und

Sally kamen aus dem Wohnzimmer, wo sie hinter verschlossenen Türen beraten hatten, um Susie, die zuviel Tee getrunken hatte, und Jim, der zuviel Lager getrunken hatte, ihre weiteren Pläne mitzuteilen. Jonathan benahm sich sehr vernünftig, weil er so am schnellsten zu Cushlas weichen Brüsten zurückkehren konnte. Sally benahm sich sehr vernünftig, weil sie im Verlauf ihrer Racheeuphorie einen Geschmack davon bekommen hatte, wie es war, allein zu sein, und im stillen darum betete, daß Jonathan vielleicht doch zurückkehren würde, wenn sie lieb war. Wenn sie sehr, sehr lieb war. Sally würde ihre Eltern anrufen, Jonathan würde mit Jim sprechen, und sie würden es den Erwachsenen überlassen, das Chaos einer vorehelichen Scheidung zu ordnen. Sally würde in die Maisonette zurückgehen, Jonathan sagte, er würde bei Jim unterkommen. Jim wußte, daß Jonathan damit meinte, er würde bei Cushla unterkommen. Susie wußte, daß Jonathan damit meinte, er würde bei Cushla unterkommen. Sally war glücklich mit der Lüge, weil sie sich dann wenigstens nicht vorstellen mußte, wie Jonathan Sex hatte. Jedenfalls nicht heute nacht.

Das war's. Mehr oder weniger.

Nur passierte jetzt folgendes: Als Jim Sally in der dunklen, kalten Maisonette absetzte, lud sie ihn auf eine Tasse Tee ein, weil sie einfach noch nicht allein sein konnte, und weil sie schon mal dabei war, lud sie ihn auch gleich zu einem Quickie ein. Im Auto auf der Heimfahrt war ihr klargeworden, daß sie, wenn sie den Rest ihres Lebens lieb sein wollte, das Böse am besten ganz schnell hinter sich brachte. Natürlich nahm Sally das Wort nicht in den Mund, so etwas auszusprechen wäre für ihren vom Schluchzen gereizten Hals und ihre aufgesprungenen Lippen ein Ding der Unmöglichkeit gewesen. Nein, Sallys Einladung erfolgte eher traditionell. Kein Bordelljargon, sondern eher Brautjungferndialekt: »Ich brauche einfach jemanden, der mich eine Weile festhält.« Da Jim immer noch auf *die Traumfrau* wartete, war ein Quickie leider alles, wozu er in der Lage war. Immerhin konnte Sally danach einschlafen, wahrscheinlich auch wegen des Valiums, das Susie ihr in den Tee geschmuggelt hatte.

Und es gab noch ein weiteres kleines Problem, als Jonathan bei Cushla auftauchte, vor Cushlas angeblicher Wohnung in Crouch End. Cushlas Wohnung, die schlicht eine Lüge war. Er stand vor dem Haus mit der Adresse, die sie ihm gegeben hatte, bei der er aber bisher nie gewesen war, ein Haus, das er sich lange vorgestellt, aber nie gesehen hatte. An der halboffenen Tür wurde er von einer sehr netten Türkin empfangen; vier kreischende Kinder wuselten ihr um die Füße, eines hing an ihrer einseitig entblößten Brust.

Der kleine blau angezogene Junge schlug das kleine rosa angezogene Mädchen.

»Nein, ich kenne keine Cushla nicht.«

Das ältere Mädchen in der Schuluniform schlug den kleinen blau angezogenen Jungen.

»Nein, hab ich gehört niemals. Nicht hier. Ist sechs Jahre Familie wohnt hier.«

Der größte Junge schlug alle drei Kleineren, und das kleine Mädchen trat die Mutter.

»Aber nein, ich nicht mache Fehler. Vielleicht Sie mache Fehler.«

Als das nuckelnde Baby von der Brust abließ und ihm den Kopf zudrehte, blickte Jonathan in ein reines, unschuldiges kleines Gesicht. Als die babyblauen Augen sich dann in Cushlas tief dunkelbraune verwandelten und das Babygegurgel sich plötzlich anhörte wie ihr verführerisches Kichern, da schimmerte etwas wie ein schwacher Geistesblitz in den dämmrigen Winkeln dessen, was einmal Jonathans Verstand gewesen war. Er begann zu überlegen, ob er vielleicht einen Fehler gemacht hatte. Und als das Baby seinen einzigen ihm gebliebenen Anzug vollkotzte, fing Jonathan an, sich ein wenig Sorgen zu machen.

Ich mag das. Nein. Das klingt zu dünn. Mögen? Es ist wie ein Orgasmus, verdammt. Ich komme. Die Spannung bleibt. Meine eigene Brillanz macht mich orgiastisch. Leider muß ich mir selbst meine Loblieder singen, denn wer sonst weiß genug, um mein Talent zu würdigen? Mich so zu preisen, wie ich gepriesen werden sollte. Sie sind am Ende. Endgültig. Jonathan und Sally haben sich getrennt, haben sich entzweit, gespalten. Zwei, die eins geworden waren und wieder zwei, und zwar nicht als eins plus eins, sondern wesentlich weniger. Sie ist tränenverschmiert und bitter und voller Sehnsucht, er ist durcheinander, er leidet, ist gestreßt und völlig verunsichert. Besser hätte ich es nicht einfädeln können. Alles genau geplant, makellos. Natürlich weiß man nie, man kann sich bis zum Schluß nie ganz sicher sein. Sogar in meiner Heimat geht gelegentlich etwas schief. Dafür bin ich ja das beste Beispiel. Die Tochter Seiner Majestät ist angeblich damit zufrieden, in unbemerktem Gehorsam und machtfreier Fügsamkeit zu schmachten. Nein. Ich werde mein eigenes Königreich haben. Und noch mehr.

Das Ergebnis ist wirklich wunderbar. Ich bin selbst von Ehrfurcht erfüllt, daß ich meine Aufgabe so bravourös bewältigt habe. Ich habe ihn vor dem Haus der Türkin beobachtet und wäre vor unterdrücktem Lachen fast erstickt, als die Babykotze sich als milchige Säure über seinen letzten Doppelreiher ergoß. Ich hätte mich küssen können vor Stolz. Ich hätte mich wirklich gerne vor Stolz selbst geküßt. Dann eilte ich zurück nach Notting Hill.

Zu Hause angekommen, stieg ich die vielen Stufen in den Turm empor. Vor langer Zeit habe ich mein langes goldenes Haar herabgelassen. Vom Lift mit seinem dumpfen Geruch und seinen verdreckten Ecken hielt ich mich lieber fern und stieg statt dessen die frischen, nie benutzten Treppen empor, spürte jeden meiner festen, geschwungenen Beinmuskel, tanzte zum Takt der herzlos trommelnden Freudenrhythmen in meinem Brustraum. Diese glorreiche Herzhöhle, mit der ich gesegnet bin. Ein Körper, der nur aus Muskeln, Adern, Blut und Gewebe besteht, unverpestet von Mitleidsgestank. Mein vollkommener Körper, der ohne Herz funktioniert, der weit robuster ist als ein Herz. Ich segne diese herzlose Gestalt, preise die Reinheit ihrer Taten, die nie durch Leidenschaft oder Verlangen vernebelt werden. Ich verehre die Nüchternheit meines heiligen Herzraums, und in dieser Zeit zeremonieller Vollendung erweise ich der U-Bahn, die die Fee des Mitgefühls so gnädig von meiner Taufe ferngehalten hat, meine Hochachtung.

Ihr habt gedacht, ich wüßte das nicht? Aber wie denn? Schließlich habe ich die Leiche aufs Gleis gelegt, wegen der die Bahn anhalten mußte.

Entschlossen ziehe ich die Tür hinter mir zu. Die Turmwohnung ist still und leer. Ein Bräutigam, der darauf wartet, daß ich ihm Erfüllung bringe. Durch die riesigen Fenster fällt das Londoner Licht, orange, das die Decke weiß reflektiert. Voller Zärtlichkeit ziehe ich meine feuchten Kleider aus, entblöße sanft meinen derzeitigen glatten, nassen Körper. Erst den Mantel, dann die Schuhe, dann die Strumpfhose, dann den BH, dann den Slip. Die Kleidungsstücke fallen herab und bilden einen feuchten Haufen, meine Füße gleiten kühl über das feine Holz. Draußen wäscht der Regen die Straßen mit noch schmutzigerem Wasser und treibt müde Menschen geduckt in trockene Verstecke. Ein paar Stockwerke weiter unten kann man das Geräusch der Autoreifen hören, die durch die glitzernde Nacht nach Hause rollen und zur Sicherheit ihrer airbagbewehrten Fahrer die nassen Landstraßen trockenreiben. Aber ich bin weit oben, bei mir ist es still. In meinem Herzraum herrscht Ruhe. Der Regen prasselt leise an mein Fenster, und die Schwerkraft dämpft sogar die Sirenen.

Die Sirene in meinem Innern ist nicht stumm. Ich lege mich nackt auf die blankpolierten Dielen, in deren Lack sich meine Haut spiegelt, und auf meiner Haut schimmert die Maserung. Wir sind uns ähnlich, das polierte Holz und ich. Es ist ebenso natürlich wie ich, an dieser Stelle so unnatürlich wie ich. Es ist nicht gewachsen, damit ich darauf herumlaufe. Nichts ist dafür da, aber vieles dient eben diesem Zweck. Ich betrachte meine Spiegelung aus der Nähe. Stelle meine Augen scharf, damit ich besser vergleichen kann. Mein vollkommenes Lächeln, meine makellose Haut, mein perfektes Haar. Ich bin ein fleischgewordener primitiver Popsong, neu erschaffen zu jungfräulicher Brillanz. Ich ziehe die Schulter an meine Lippen, an den vollen weichen Mund, der sich nach der Berührung der noch von der Welt feuchten Haut sehnt. Ich öffne die Lippen nicht mehr als einen halben Zentimeter. Der Raum ist kalt, und mein warmer Atem läßt eine Gänsehaut über meinen Rükken fahren. Ich küsse die linke Schulter, dann die rechte. Die linke Hand, dann die rechte. Ich bin immer fair und behandle beide Seiten mit demselben nüchternen Verlangen. Hungrig umschließe ich mit den Lippen ein Stück Unterarm. Meine Geschmacksnerven erwachen, als sie merken, daß es mein eigenes Fleisch ist. Ich schmecke süß. Weil ich süß bin. Süß und frisch. Und aus einem ganz hervorragenden Stall. Mit der freien Hand fahre ich mir durch die roten Haare und massiere ganz leicht meinen langen

Schwanenhals. Ich wölbe mich mir entgegen, und nun bin ich bereit zu beginnen.

Beide Hände gleiten rasch von meinen Schultern, über meine vollen Brüste, bis zu der winzigen Einbuchtung, meiner Taille. Kurz spüre ich die Versuchung, hier auszuruhen, aber noch verführerischer ist der Rest von mir. Meine Hände halten nicht inne. Es ist ein Wettlauf, ich bin das Ereignis. Ich liebe es, mich zu lieben, darin bin ich hervorragend trainiert. Ich ergreife meinen linken Fuß, knabbere an den elegant manikürten Zehennägeln. Genüßlich kratze ich über die dünne Haut an meinem Schienbein. Dann gehe ich von der sanften Tour zur Attacke über, beiße, lecke, kratze, schneide, streichle und drehe meinen Körper, blute und jubiliere. Ich nehme mich. Hier und jetzt, darin bin ich einsame Spitze. Wenn ich das mit Jonathan gemacht hätte, wäre er jetzt nicht mehr unter uns. Ich habe ihm genau so viel gegeben, daß er eine Ahnung davon bekam, was er hätte haben können. Wenn ich mich ganz auf Jonathan losgelassen hätte, hätte er den Verlust nicht verkraftet. Ich bin die Löwin, die sich selbst mit ihrem Brüllen verführt, das Opferlamm, das sein zartes Fleisch aufschlitzt, um das freie, leere Ganze zu offenbaren. Fertig und bereit, von vorn zu beginnen. Ich bin so verdammt gut. Ich kann so verdammt gut ficken.

Schließlich ist mein enormes Verlangen tatsächlich gestillt. Stunden oder Tage sind vergangen. Die Sonne war da und ist wieder verschwunden, inzwischen hat es von neuem angefangen zu regnen. Immerhin sind wir in London. Langsam hebe ich meinen handpolierten Körper vom handlackierten Boden und krabble mit schweren Gliedern in mein Bett, allein und sehr zufrieden. Vielleicht schlafe ich eine Woche. Und wenn ich aufwache, finde ich eine neue Motte für mein Licht. Dann bin ich wieder hungrig.

Martin und Josh sind einfach super, sie sind das Gelbe vom Ei, der wahre Jakob, die *Crème de la Crème*, die ultimative Vereinigung im Auge der Wahrheit, vom gesegneten Atem des Universums persönlich ins Leben gerufen. Sie sind wirklich etwas ganz Besonderes. Ein multiethnisches, multireligiöses, multimediales Paar von solch unverhoffter Vollkommenheit, daß einen schon ihr bloßer Anblick in ein Gefühl des Selbsthasses und Selbstmitleids versetzen kann. Sie gehören in die Beilage der Sonntagszeitung, aber man findet sie in den Cafés von Soho. Martin und Josh sind schlicht und einfach makellos. Josh und Martin sind absolut vollkommen. Der Traum eines jeden Publizisten, außergewöhnlich fotogen, kolossal talentiert und obendrein auch noch herzerfrischend humorvoll. Jeder liebt Martin und Josh. Josh und Martin haben jedes bißchen Zuneigung verdient, das sie kriegen. Es gibt keine Steigerungsform, um ihre Vollkommenheit zu beschreiben.

Sie sind schwul, sie haben sich geoutet, sie sind begehrenswert, sie sind ein Paar. Sie werden umschwärmt und verehrt, man redet voller Sehnsucht von ihnen, man träumt von ihnen. Sowohl Männer als auch Frauen lieben sie abgöttisch. Martin ist schwarz und jung und klug und – erstaunlicherweise, wenn man das alles bedenkt – wirklich echt nett. Mit seinen dreiundzwanzig Jahren ist er bereits eine allseits respektierte intellektuelle Koryphäe, und er kann mit einfachsten Begriffen auch dem größten Hohlkopf die diffizilsten Zusammenhänge erklären. Er schreibt für den *Guardian, The Independent*, und – wenn man ihn dazu nötigt und auch nur, um deutlich seine politische Überzeugung zu konstatieren – für den *Telegraph*. Sein natürlicher Lebensraum ist die Sendezeit zwischen neun und zehn auf Radio 4, und sein allerliebstes Lieblingsspiel ist Twister. Mit fünfundzwanzig ist Josh ein bißchen älter und hatte genau zwanzig Monate mehr Zeit, um der Welt seinen Stempel aufzudrücken. Er ist Jude und Atheist. Als Künstler ist er auf mehreren Gebieten höchst erfolgreich und hatte schon Ausstellungen in der ICA, der Photographer's Gallery und der Tate Gallery. Letztere noch vor seinem einundzwanzigsten Geburtstag. Er ist Filmemacher, Bildhauer und Dichter. Er kocht exzellent, ist Weinkenner und spielt Freunden und Bekannten leidenschaftlich gern Streiche. Er hängt hingebungsvoll an Martin und an den Werken von C.S. Lewis (nach dem Narnia-Zyklus).

Auch ihre Familien lieben Martin und Josh. Josh und Martin leben in einem Wirbel traditioneller Riten und postmoderner Festivitäten. Es gibt das Chanukka-Essen mit Joshs Mutter, die Mitternachtsmesse mit Martins Vater, das Passahfest mit Sarah, der Großmutter mütterlicherseits, und Ostern mit Tante Mary – auch bekannt als Schwester Teresa von den Missionsschwestern in Cricklewood. Die alten Nonnen lieben »die Jungs« und schicken ihnen zu jedem Feiertag Grußkarten mit innigen Segenswünschen, Schwester Zita sogar eine selbstgemachte zu Diwali. Mit Martins Mutter unternehmen sie Familienreisen nach Ghana, mit Joshas Vater arbeiten sie an dessen Erinnerungen und halten die Großeltern in Ehren, die ihn zurückgelassen und ihm aus einem polnischen Deportationszug zum Abschied zugewinkt haben. Sie machen den Babysitter für die sechs Familienbabys und sind die idealen Patenonkel für mittlerweile zehn andere Kinder.

Ihr Leben ist so erfüllt. Jeden November bereits ist das

kommende Jahr ausgebucht mit Terminen und Ereignissen, die sorgfältig im Kalender festgehalten werden; ganze Tagebuchseiten sind dem reinen Genuß des Lebens gewidmet. Daran arbeiten sie intensiv und mit großer Hingabe. An schwulen gesellschaftlichen Anlässen besteht kein Mangel. Es gibt EuroPride und Winter Pride und Northern Pride und Manchester und Mardi Gras und das Mayfest und das London Film Festival und das Edinburgh Fringe und die Hay-on-Wye Book Fair. Josh nimmt außerdem noch an einem Marathon teil, der abwechselnd in London und New York stattfindet, und Martin zieht sich zweimal im Jahr in ein Kloster in Bedford zurück. Aber sie nehmen beide an der Verleihung des Booker und des Turner teil, und sie geben jährlich eine Party zum Grand Prix d'Eurovision de la Chanson. Sie genießen gemütliche Sonntagabende, die bei Loyd beginnen und bei Melvyn enden, und gelegentlich gibt's eine wilde Montagnacht, in der sie von Camden nach Clapham ziehen, wobei sie unterwegs sechzehn Bars und drei Clubs mit ihrer Anwesenheit beehren.

Sie sind wunderbar, glücklich, reich und gesund. Da sie beide im Zeitalter sexueller Offenheit und Furcht groß geworden sind, haben sie den Terror aufgeklärt und gebildet überstanden. Sie sind HIV-negativ und monogam und in Sicherheit. Seit drei Jahren sind sie ein Paar, seit zwei Jahren leben sie zusammen, und nächstes Jahr haben sie vor, nach Peru zu fahren, um dort ein Gelübde füreinander abzulegen, mit dem Wind als einzigem Zeugen. Jedes Jahr machen sie zweimal Urlaub: Einer dient der Bildung – diesmal geht's nach St. Petersburg –, der zweite ist zum Ausruhen – auf einer kleinen griechischen Kykladeninsel, wo sich reiche Familien aus Athen erholen und wo es genausowenig schwule Knaben gibt wie Arme an der Venus von Milo. In den griechischen Ferien läuft alles ganz ruhig, sie träumen und schlafen und ruhen sich aus und essen und bereiten sich vor auf die restlichen fünfzig Wochen, in denen die Leidenschaft regiert, den unablässig hochinteressanten Gedankenaustausch, die Wehen der Kreativität, die Intimität des Begehrens, die Strenge des Intellekts und vor allem die bedingungslose Hingabe an ihre Funktion als Herz und Seele all der zahlreichen Partys. An die Aufgabe, einfach die Besten zu sein.

Sie haben enge neue Freunde und gute alte Freunde, Heterofreunde und schwule Freunde, Paare und Singles, alt und jung. Martins und Joshs Partys sind legendär, und eine ihrer liebsten Vergnügungen sind ausgedehnte Shoppingtouren. Josh bereitet seine eigene Pasta zu, und Martin verschenkt zu Weihnachten geschmackvolle Gläser, gefüllt mit selbstgemachter Konfitüre. Stets befindet sich Kuchen in ihren Blechdosen, der mangels Eigenbedarf jedem angeboten wird, der an ihre Tür klopft, um ihre sprichwörtliche Gastfreundlichkeit zu genießen. In ihrem Haus ist immer Platz, aber bei Bedarf auch jederzeit ein stilles Plätzchen, wo sie zu zweit allein sein können. Die Mädchen lieben die beiden, und die Männer respektieren sie. Alte Frauen singen ihr Loblied, junge Burschen sind schlichtweg hingerissen. Heterosexuelle Paare mit winzigen Horrorbabys finden bei Martin das Verständnis, das sie bei ihren unverheirateten, kinderlosen Freundinnen vergeblich suchen. Schwule Paare mit Elternproblemen finden Hoffnung und Frieden an Joshs Tafel. Verzweifelte Mütter und wütende Stiefväter von Töchtern und Söhnen im Teenageralter werden von Martin besänftigt, von Josh verwöhnt und schließlich voll neuer Energie, erfrischt und vor allem wesentlich netter wieder in den Schoß der Familie entlassen.

Josh und Martin wohnen in einem vor kurzem sanierten, selbst eingerichteten weißen, sachlichen, hellen viktorianischen Reihenhaus in Islington. Das genau durchgestylte Heim, dominiert von Edelstahl, ist in kühlen, klaren Linien gehalten. Sie respektieren ihre Putzfrau und bezahlen sie weit über Tarif. Die Bügelwäsche erledigen sie selbst. Das ganze Jahr über gedeihen in dem von einer Mauer umgebenen Garten prächtige, duftende Blumen, aber sie haben auch ein kleines Feuchtbiotop mit Farnen und Sukkulenten angelegt. Im Innern des Hauses gibt es offene Räume, in die die Sonne ungehindert hereinströmt, aber auch dämmrige Winkel, um den Fluß brillanter Gedanken zu erleichtern, wenn diese in Joshs Dachstudio geboren werden oder in Martins daran angrenzendem Büro. Wo die Kreativität Blüten trägt, gemeinsam und doch individuell. Ihr Haus, manchmal Schmelztiegel, dann wieder Kloster, liegt in der einen Richtung gleich um die Ecke von Tonys und Cheries altem Familienwohnsitz entfernt, in der anderen nur einen Katzensprung entfernt von den müden Pennern und Säufern im Islington Green. Es könnte gar nicht zentraler sein. Und im Zentrum des ganzen sind Martin und Josh.

Josh und Martin genießen ein reges Sexleben, regelmäßig, leidenschaftlich und zuverlässig. Anders als bei befreundeten Paaren hat ihr sexuelles Verlangen im Lauf der Zeit nicht nachgelassen und ist auch nicht von tatsächlichen oder eingebildeten Eifersüchteleien gestört worden. In ihrem Bett herrscht nicht die bei lesbischen Paaren verbreitete Ermüdung, kein neugeborenes Baby stört ihr Vergnügen, und sie leiden auch nicht – wie so viele schwule Jungs – unter der Unfähigkeit, treu zu bleiben. Keine Spur von den Lügenklischees, die andere Paare benutzen, um mangelndes sexuelles Interesse zu übertünchen. Die Freude des einen an der Schönheit und dem Erfolg des anderen wird nie von Neid oder Mißgunst untergraben. Sie sind gleichzeitig Mentor, Lehrer und

Schüler und außerdem verdammt gut im Bett. Josh liebt Martin, und Martin liebt Josh für immer und ewig. Na bitte.

All das macht sie geradezu überreif fürs Erntefest, fürs Abpflücken, fürs Reinlegen. Für den Anfang vom Ende.

Ich betrete die Bühne.

Dem einen oder anderen wird mein Auftritt sicher nicht gefallen.

Etwas nie Dagewesenes geschieht im erstaunlich nahen und doch so fernen Land. Ein leises Grummeln, ein Gedenken, ein Gerücht. Der König verschlingt Butterbrote und grübelt über das Leben und über seine Frau, was praktisch dasselbe ist, weil er sie so liebt. Sicher, der König ist glücklich, aber andererseits ist er ja immer glücklich. Außer wenn mal Butterknappheit herrscht, und das kommt zum Glück selten vor. Ihre Majestät die Königin, die für gewöhnlich – abgesehen von seltenen Verschiebungen um Sekundenbruchteile – synchron mit dem König denkt, bemerkt ziemlich verstört, daß ihr ein ganz anderer, höchst unwillkommener Gedanke durch den Kopf geht. Sie stickt gerade in einem anderen Flügel des Palasts, so weit entfernt, daß ihr Ehemann noch im Frühling sitzt, während bei ihr bereits der Sommer angebrochen ist. Während sie vorsichtig den Fingerhut auf den Zeigefinger stülpt, damit kein königliches rotes Blut das schneeweiße Taschentuch verunziere, das sie gerade bestickt, kommt ihr also der Gedanke, daß irgend etwas fehlt. Oder vielleicht fehlt auch irgend jemand. Wie ein Staubkorn im Auge, so macht sich dieser Gedanke in ihrem Bewußtsein bemerkbar, verschwindet wieder, aber nur, um ein paar Augenblicke später abermals aufzutauchen. Die Königin macht unbeirrt den nächsten Hexenstich. Sie weiß, daß sie eine Antwort finden wird, sie braucht nur ihren königlichen Verstand auf das Problem anzusetzen. Vielleicht kommt die Antwort mit der Mittagspost. In dem sicheren Wissen, daß die Weisheit über sie hereinbrechen wird, gestattet sie sich ein Lächeln, denn nun gibt es einen Sohn im Palast. Selbstverständlich ein wunderschöner Junge, bezaubernd und intelligent, und dank des verbesserten U-Bahn-Fahrplans und einer leichten Lohnerhöhung für das Transportpersonal besitzt er auch Mitgefühl und Güte. Genaugenommen hat die Fee des Mitgefühls in ihrer nun zusätzlich angeschwollenen Großzügigkeit und ihrem dicken, fetten guten Herzen voller Schuldgefühle dem Jungen eine doppelte Portion vollkommener Liebe verpaßt, während er gurgelnd in seiner Wiege lag. Gurgelnd und praktisch überflutet von seinem eigenen guten Willen.

Nun legt die Königin ihre Stickerei beiseite, betrachtet das Motiv, an dem sie arbeitet, aus der Nähe – eine Madonna mit Kind – und erinnert sich. Aber natürlich! Da gab es doch noch ein anderes Kind! Eine Tochter, soweit sie weiß. Vollkommen in jeder Hinsicht, na ja, nicht ganz. Zuviel Ehrgeiz. Jetzt erinnert sich die Königin wieder genau an ihre Erstgeborene. Sie wird ihren Ehemann auf die Sache ansprechen. Zwar wird er nicht wissen, was er tun soll, das weiß er nie, aber vielleicht fällt ihr im Gespräch mit ihm eine Lösung ein. Die Reise zurück in den Frühling braucht eine gewisse Zeit, und sie küßt unterwegs die Maiknospen. Wo kann das dumme Gör nur geblieben sein? Der Königin war gar nicht aufgefallen, daß ihre Tochter verschwunden ist. Hat sie vielleicht beim Frühstück wortlos den Tisch verlassen? Der König überlegt, ob es womöglich auch kurz vor dem Nachmittagstee passiert sein kann, während die Muffins getoasted wurden und der Honig darauf wartete, auf dem warmen, gebutterten Hefe-Untergrund zu zerfließen? Oder ist sie vielleicht letzten Monat, letztes Jahr, vor einem Jahrzehnt verschwunden? Linkisch und fremd stehen die Fragen im Palast, wo es doch sonst immer heiter und geordnet zugeht. Der Teufel soll das Mädel holen. Sie hat die Vollkommenheit gestört. Das ist zuviel für den König, und seine Krone verrutscht ein wenig – er ist nicht daran gewöhnt, die Stirn zu runzeln, er weiß nicht, wie er sich aufrecht halten soll, wenn er verwirrt ist. Ein nationaler Sorgenfall. Er schläft ein.

Doch Ihre Majestät hat natürlich schon einen Plan. Sie will das Zimmer ihrer Tochter untersuchen. Eine der Zofen muß doch wissen, wo sie ist. Denn die Königin ist eine sehr kluge Frau, und sie erinnert sich, daß auf einem Regal in der Bibliothek ein dickes Buch steht mit einer Gleichung zur Messung von Staub: Die Zahl der vernachlässigten Partikel verhält sich proportional zu den Stunden, die sie nicht beachtet wurden. Multipliziert sie das Ergebnis mit den Minuten, die sie mit dem Grübeln über das vermißte Kind vergeudet hat, ergeben sich aus der Summe die Koordinaten für den Ort, wo das Mädchen nicht ist. Nun ist es nur noch eine Frage simpler höherer Analysis – mithilfe der Inversionstheorie –, um zu berechnen – wenn auch nicht ganz exakt –, wo sie sich jetzt befindet, oder zumindest, wie lange sie schon dort ist. Der König öffnet ein Auge, um die hektischen mathematischen Prozeduren zu verfolgen, und freut sich wieder einmal mächtig, daß er ein Mathegenie geheiratet hat. Dann läuft er fröhlich ins herbstliche Spielzimmer, um dort seinem dreijährigen Sohn zu erklären, wie immens wichtig es ist, Häuser und Geld zu zählen. Oder ging es dabei um Honig?

Nicht länger als sechs Wochen braucht Ihre Kaiserliche Majestät, um die komplizierte Berechnung durchzuführen, und das ganze Lehensreich wartet mit angehaltenem Atem auf die Ankündigung, daß die Prinzessin entweder seit sechs Stunden, sechs Tagen oder vielleicht schon seit Jahren vermißt wird, denn schließlich war sie ja bereits sechzehn. Im letzteren Falle würde die Königin entdecken, was wir alle schon wissen. Daß sich ihre Tochter nämlich irgendwo herumtreibt.

Tumult und Tohuwabohu halten an. Bald erscheinen Abgesandte des Volks im Palast. Die Monarchie fühlt sich etwas unsicher, was natürlich in den besten Königshäusern vorkommen kann. Es muß etwas geschehen. Oder, wie es in solchen Fällen üblicher ist – es muß dafür gesorgt werden, daß jemand etwas unternimmt. Da passiert es. Mit Kutschen und Karossen trifft die Fee des Mitgefühls ein, samt ihrer Schwester Weisheit und ihrem Bruder Schönheit, und dann stehen die drei in der alten Halle dem kleinen Jungen gegenüber. Die Anwesenheit der Fee des Humors war zu diesem Zeitpunkt nicht vonnöten, also blieb sie lieber zu Hause und flickte die Knebel, denn erzwungenes Schweigen konnte am Ende doch noch das Mittel der Wahl werden. Und die drei, die so alt sind, daß sie keine Jahre brauchen, und so klug, daß sie keine Angst kennen, verkünden, was jeder die ganze Zeit über kommen sah. Daß das kleine Miststück sich da draußen rumtreibt und in großem Stil Scheiße baut. Darauf gibt es nur eine Antwort. Der Sohn muß losgeschickt werden, um zu retten, was zu retten ist.

Der kleine Prinz wird erwachsen, verstaut und expediert. Diesmal denken König und Königin wenigstens daran, zum Abschied zu winken und ihm noch einen sehr teuren Reisewecker mitzugeben. Die Zeit verzerrt sich, entspannt sich mit dem Alter, und das ferne Land kommt so nah, daß man es beinahe sehen könnte, wenn man vergißt hinzuschauen. Aber das tut man nicht, und auch die Prinzessin ist anderweitig beschäftigt.

Nun macht sich das Königreich wieder an die Arbeit, und König und Königin gehen in die Küche, um für die Rückkehr ihrer Kinder einen Kuchen zu backen. Aus Raben vielleicht, Amseln sind immer so mager, und man braucht so viele. Es kann lange dauern, bis der Junge zurückkommt, aber das stört ihn nicht, denn in seinem Land würde er immer nur ein Prinz bleiben, während er in unserer Welt alle anderen um einen Kopf überragt, jeder Zentimeter ein König, jeder Schritt eine Herausforderung.

Vielleicht gibt es am Ende ein Duell, und vielleicht kostet die Dualität sie beide das Leben. Doch im Moment hat der Prinz an einem einzigen sonnigen Nachmittag die Wandlung vom kleinen Jungen zum erwachsenen Mann vollzogen.

Was eigentlich ganz normal ist.

Josh und Martin. Ich muß in die Gänge kommen. Irgend etwas passiert, jemand stiehlt mir die Sekunden. Ich weiß nicht, wer oder was, das Wie liegt weit jenseits meines Vorstellungsvermögens, aber ich spüre eine gewisse Dringlichkeit. Also fange ich nochmal an.

Die Wahl ist hier nicht so einfach. Eine Entscheidung zwischen zwei Männern ist nie einfach schwarz oder weiß. Obwohl das in diesem Fall tatsächlich eine Rolle spielt. Wenn wir unbedingt absolute Begriffe benutzen wollen. Aber während Martin ganz eindeutig schwarz ist, ist er gleichzeitig dunkel-karamel-schwarz und kaffee-schwarz – damit meine ich bittere, kiesige arabische Kaffeebohnen, nicht den milden Kolumbianer. Er ist keine leichte Peggy-Lee-Ballade, nicht diese Art schwarzer Kaffee, einfach und in der ganzen Tasse gleich. Das Dunkelbraun seines Gesichts, seiner Arme und seines breiten Brustkorbs geht über in ein Braun wie geschmolzene Schokolade in einem warmen Schaufenster – an den Rändern ist er heller und weniger intensiv gefärbt. Übrigens sprechen wir hier von einer verdammt guten Schokolade, mindestens siebzig Prozent Kakaoanteil. Teuer und exklusiv. Martins schwarze Schattierungen sind vielfältig und mannigfaltig. Und doch müssen wir bei der Beschreibung daran denken, daß wir in London sind, daß wir sehr vorsichtig sein müssen, damit wir unsere Worte auch mit Bedacht wählen, um der politischen Korrektheit Genüge zu tun.

Das gilt natürlich auch für den weißen jungen Mann – was für eine Farbe hat dieses Weiß? Die Reflexion aller Farben, die Absorption keiner Farbe. Weiß ist ein Alles und ein Nichts. Das können sich alle die hinter die Ohren schreiben, deren Bibeln sich auf die Farbe der Vollkommenheit berufen. Aber Josh ist genausowenig nur weiß, wie Josh nur schwarz ist. Er ist weder rosaweiß wie die Kelten noch grauweiß wie die armen Leute, die keine Sonne abkriegen, noch durchscheinend bläulichweiß wie ein Gewächshausbaby. Joshs Haut besitzt die dunkle Elfenbeinfärbung der spanischen Juden vor der Inquisition. Ein sephardischer Farbton von glänzendem Kupfergelb liegt unter seiner Haut, eine dünne Schicht über den schlanken Muskeln. Im Winter ist er bleich und interessant, im Sommer ein feiner dunkler Südländer.

Josh und Martin wissen, daß körperliche Schönheit ein Minenfeld politisch korrekter Attribute ist. Glücklicherweise besteht ihre Beziehung schon lange genug, so daß sie keinen Eiertanz um angemessene Worte und Begriffe vollführen müssen. Sie haben einander ausreichend geküßt, miteinander gevögelt und geschmust. Es ist klar, daß sie verschieden und doch gleich sind, man braucht nicht drum herum zu reden. Genetische Ethik spielt in ihrer Partnerschaft eine untergeordnete Rolle. Denn sie lieben sich. Ihre Liebe verleiht ihren Körpern Wohlgeruch und ist ansonsten blind wie ein Maulwurf.

Man kriegt sich auch in die Haare.

Bevor ich mich entscheide, wer ich sein will, muß ich erst einmal beschließen, welchen von beiden ich mir vornehme. Aufschüttle, durchrüttle. Die durchschnittliche Traumfrau kann hier nichts ausrichten. Ich muß auch ein Traummann sein. Eine Traumperson. Wirklich und wahrhaftig ein wahrgewordenes Wunder.

Könnte ich ein Mann sein? Ich blicke nach innen und überprüfe Eierstöcke, Gebärmutter, die zentrale Höhle, die mein Geschlecht bestimmt. Ich atme durch den

Mondzyklus. Mein Blut ist dick und mineralstoffreich, so schwer, daß mein Kopf ganz leicht davon wird. Nein, ich werde das Frausein nicht aufgeben. Dazu habe ich nicht die geringste Lust. Ich mag die Höhle viel zu sehr, den leeren Schoß, der eine unbestimmte Zukunft beherbergt. Ich bin zwar herzlos, aber nicht seelenlos. Außerdem bin ich schrecklich gern eine Frau.

Ich wäge die Vor- und Nachteile sorgfältig gegeneinander ab. Martin hat es früher schon mal mit einer Frau getrieben, Josh nicht. Andererseits weiß Martin bereits, daß es nicht funktioniert, daß er es nicht will, daß er es nur aus Neugier ausprobiert hat. Das alles weiß Josh noch nicht. Man könnte sagen, Josh ist in einer doppelt ahnungslosen Situation. Und was er nicht weiß, macht ihn nicht heiß. Jedenfalls nicht sehr. Oh, und selig sind die Unwissenden ... wer bin ich, daß ich das zerstören sollte? Vielleicht war die Frau, mit der Martin es ausprobiert hat, einfach nicht die Richtige für ihn. Denn wir Frauen sind ja bekanntlich genauso vielfältig wie die Männer, stimmt's? Möglicherweise sogar noch vielfältiger, wenn man bedenkt, wie viele Verkleidungen jedes herkömmliche Warenhaus für uns bereithält. Ich bin die Meisterin der Verkleidung. Ich bin eine Mätresse von Masters and Johnson. Und von Johnson and Johnson.

Ich überlege lange und sorgfältig. Als mir in wachem Zustand nichts mehr einfällt, nehme ich das Bild der beiden mit mir ins Bett und träume von ihnen durch die Dunkelheit und das Licht. Ich vermeide das Sternenlicht, das meine Wahl falsch ausleuchten könnte, ich lasse die trokkenen Blumen in der Vase sterben. Mein Turmzimmer ist praktisch eine Polarkappe, während ich meine Vorbereitungen treffe. Ich nehme mir ein paar Stunden Tageslicht, und in der Dunkelheit experimentiere ich, spiele, wende das Innere nach außen, um zu einer Transformation zu gelangen. Dann sehe ich sie endlich in ihrer ganzen Vollkommenheit. Jetzt weiß ich, was ich mit den beiden anstellen muß. Ich werde die weibliche Beilage zum männlichen Hauptgericht spielen. Ich werde nichts an mich reißen, sondern nur komplementieren. Und komplimentieren.

Ich bin schwarz, aber schön, o ihr Töchter Jerusalems.

Ich bin schwarz und schön, o ihr Mütter von Nordlondon.

Und ich bin gekommen, um eure Söhne zu holen.

Na ja, vielleicht nur einen oder zwei bestimmte.

Ich bin ein nettes jüdische Mädchen aus Nordlondon. *Angeschmiert*! Ja, ich habe mich wahrscheinlich fürs Klischee entschieden, aber sie haben da etwas an sich, diese Muttersöhne, ihre Konditionierung hat den Geruch der Unveränderlichkeit. Ich hatte mir überlegt, entweder das schwarze Mädchen für den jüdischen Jungen oder die exotische Jüdin für den schwarzen Mann zu spielen. Aber dann fiel mir Joshs Bar-Mizwa ein, der letzte religiöse Akt seines jungen Lebens, und ich dachte, seine Großmutter hat ihm wahrscheinlich mehr vererbt als nur die hellgrünen Augen in einem faltenlosen dunkelhäutigen Gesicht. Sie hat ihm das schwere Joch der Elite hinterlassen. Natürlich hat Josh sich in der Liebe, in der Politik und im Geschlechtsbewußtsein gewissenhaft weitergebildet, die bloße Anerkennung des kollektiven Unterbewußtseins und der genetischen Schuld sind für ihn ein alter Hut. Er ist nicht in dem primitiven Bewußtsein steckengeblieben, zu den »Auserwählten« zu gehören. In dem einen kleinen Glas frischgepreßten Apfelsaft, das er täglich trinkt, konzentriert sich sozusagen allumfassendes Wissen.

Nicht, daß ich mit Martin nicht ins Bett wollte. Generell ist mir ein Mann, der es wenigstens einmal mit einer Frau gemacht hat, lieber als eine heterosexuelle Jungfrau, und möglicherweise werde ich ohnehin beide ausprobieren müssen. Vielleicht lohnt es sich. Aber ich habe nicht ewig Zeit, und Josh ist zweifellos schneller. Ich habe ein dreiteiliges Altarbild der Liebe zu vollenden, und die Zeit verrinnt.

Wenn Josh mich ansieht, sieht er eine weibliche Version seiner selbst. Ich habe die hellen Augen und die dunkle Haut, die dichten, lockigen schwarzen Haare und die langen, schmalen Hände. Ich bin seine Schwestern und seine Mutter und alle seine Großmütter, und Freuds Tochter liebt mich. Ich bin hundert Stammesmütter, während Martin sich ihm ausschließlich als Bruder und Freund anbieten kann. Unsere vollen Lippen passen genau zueinander, dunkles Weich auf weichem Dunkel. Welcher Mann kann auf Dauer dem Spiegelbild seiner eigenen Schönheit widerstehen? Ich bin seine identische Umkehrung. Josh, der Jude, nennt sich einen Atheisten, aber was wird er ausrufen, wenn er in mir kommt? Und wenn sein Sohn gegen die Wand pißt, wird er nicht wollen, daß sein Schwanz genauso aussieht?

Was? Was? Um meine Mission erfolgreich durchzuführen, muß ich entweder einen Schwarzen oder einen Juden verarschen. Welcher wäre für das liberale Gewissen wohl leichter zu verkraften?

(*Und überhaupt, was glaubt ihr denn, welche Hautfarbe ich habe?*)

Als Martin Cushla zum erstenmal begegnete, mußte er sofort an Josh denken. Nicht wegen ihres Äußeren, sondern wegen ihrer Persönlichkeit. Er war sicher, Josh würde sie mögen, würde sie kennenlernen wollen, würde sie in ihrem bezaubernden Freundeskreis willkommen heißen, bei den Dinnerpartys und den Sonntagmorgenspaziergängen auf der Heath. Martin machte Cushlas Bekanntschaft an einem Arbeitstag. Es war die Zauberei des Internet, eine klitzekleine blinkende Botschaft. Cushla wollte gern mit ihm sprechen. Und Martin unterhielt sich liebend gern mit interessanten Menschen.

Sie recherchierte für ihren zweiten Roman, sie hatte Martin im Radio gehört, vier seiner neuesten Kolumnen gelesen und die Hälfte seines dritten Buchs. Sie fand seine Arbeit toll. Martin stellte ihren Enthusiasmus nicht in Frage, denn er war daran gewöhnt. Er erwartete ihn beinahe. Und als er auf ihre e-mail antwortete – die Adresse hatte sie (wie die meisten) vom Freund eines Freunds der Freundin eines Redaktionsassistenten – teilte er ihr mit, daß er ihr gern helfen würde. Er freute sich immer, wenn er andere Künstler im kreativen Prozeß unterstützen konnte. Sie verabredeten sich zum Lunch. Bei Martin und Josh ließ sich so etwas fast immer in den Arbeitstag einbauen. Sie waren das vollkommene Yuppie-Pärchen, zu jung, um sich vom Kommerzdenken und der Gier der Achtziger anstekken zu lassen, und deshalb sahen sie einen zweistündigen Lunch nicht als verlorene Chance zum Geldverdienen an. Für sie gehörte der Lunch – der sich, wenn es sein mußte, über den ganzen Nachmittag hinziehen konnte – zum Recherchieren, zur Erforschung der menschlichen Verfassung. Ein guter Lunch konnte ein ganzes Kapitel füllen, den nächsten Artikel ergeben oder ein Gemälde. Martin betrachtete ein Treffen zum Lunch als Teil seiner Arbeit. Sein Ansatz für das Essen und das Treffen war die gleiche wohldurchdachte Sorgfalt, mit der er den Einleitungssatz eines Buchs formulierte. Ein einziger Satz benötigte bisweilen den halben Vormittag. Tausend Worte manchmal nur eine halbe Stunde. Martins Muse mißt eher Qualität als Quantität.

Dieser Lunch jedoch nahm mehr als den halben Tag in Anspruch. Das Vorbereiten, das Aufbereiten, das Anziehen, die Reise ins West End. Lunch in Soho. Für ein Dinner war Islington oder Clerkenwell oder sogar Clapham oder Battersea akzeptabel, für den Lunch aber ausschließlich Soho. Daß Martin seine Einsichten vermittelte und seine Geheimnisse mit anderen teilte, daß er eineinhalb Stunden sein verschwenderisches Gehirn strapazierte – dafür war der Preis eines Essens für zwei nicht zu hoch. Zumindest, wenn man Martins Steuerberater Glauben schenkte. Martin verschenkte gern die Parmesankrümel seiner Brillanz, und der glückliche Empfänger konnte sich geehrt fühlen, wenn er die Rechnung an sich nehmen durfte. In welchem Steuerbüro sie schließlich landete, war Martin gleichgültig. Das Essen war bloß eine geschäftliche Transaktion. Martins Liebe war für Josh bestimmt, er bekam sie gratis, aber sein überreiches Wissen konnte gegen ein Essen von jedem erworben werden, der unterhaltsam genug war, um seine Aufmerksamkeit zu fesseln.

Am Tag, als Martin mit mir aß, zahlte er die Rechnung.

Martin trug einen schwarzen Anzug mit einem strahlend himmelblauen Hemd aus gekämmter Baumwolle. Der doppelreihige Armani betonte seine Größe, die hellen

Boxershorts aus Seide umschmeichelten seine Schenkel. Damit Josh etwas hatte, woran er denken konnte. Er befand sich nämlich in seiner Denkphase, wie jedesmal, kurz bevor er kreativ wurde. Wenn eine Idee in seinem Künstlerherzen heranreifte, ließ Josh sie erstmal in der warmen Küche gedeihen. Danach nahm er sie dann mit ins kühle Studio unter dem Dach und setzte sie der Präzision des weißen Lichts aus. Seit zwei Wochen duftete das Haus nun schon nach frischem Brot, honiggesüßten Marmeladen und den Knoblauchsehnsüchten der Idee, auf die Josh wartete. Martin kam zu einer Menge leckeren Essens dank Joshs Kreativität. Er liebte diese Phasen. Schon bald, das wußte er, würde Josh sich in sein Studio zurückziehen, und dann würden sie beide wieder schlanker, weil sie sich von den kargen Krumen der Kunst ernährten. So sorgte Joshs Muse dafür, daß sie schön und begehrenswert blieben. Martin lächelte vor sich hin, als er – wie aus dem Ei gepellt – die Treppe hinunterging. Er hatte seinen Ehepartner gut gewählt. Josh war ein Glücksgriff, handverlesen mit Vergnügen und Präzision.

Als Martin das Haus verließ, küßte er Josh zum Abschied. Er küßte ihn rücksichtsvoll und doch leidenschaftlich – eine ungewöhnliche Kombination, gut einstudiert, um exzessive Reinigungskosten zu vermeiden. Denn er küßte Josh in der Küche, wo Josh Brot backte – Soda-Vollkornbrot. Zuerst küßte er Joshs mehlige Hände, und eine dünne Staubschicht ließ sich auf Martins kastanienbraunen Lippen nieder. Dann küßte er die starken Unterarme, die sich so sanft an den kostbaren Luftblasen zu schaffen machten, eine nach der anderen, und sie geschmeidig in den Sauerteig einarbeiteten. Küßte als nächstes die aufgerollten Ärmel des frischen weißen Hemds. Reinigungsduft blieb an seiner glattrasierten Wange haften, als er sein Gesicht über Joshs baumwollbedeckte Brust zu den feinen

Bartstoppeln der letzten Nacht und schließlich zu den vollen Lippen führte, die von der Anstrengung des Knetens rasch atmeten.

Sie küßten einander ohne Hände, ohne Arme, ohne Körper. Küßten einander mit Lippen, die genug Sinneserinnerung besaßen, um sich den Rest vorzustellen. Küßten einander mit der Sicherheit vieler solcher Küsse, sanft geknabberter Zungen, vorsichtig festhaltender Zähne.

Auf dem Weg zur U-Bahn hatte Martin den Geschmack von Joshs Kuß, den Atem seines Geliebten noch warm im Mund. Langsam schlenderte er den kurzen Weg zur Station und zählte die Stunden, bis er wieder zu Hause sein würde.

Er lächelte alten Damen zu und dachte daran, daß das Brot prächtig aufgegangen und noch warm sein würde. Er sah einen schönen Afrikaner vorbeigehen und wußte, daß er heute abend in Joshs wartende Arme, die warm sein würden wie das frische Brot, fallen würde, Mund und Körper voller Sehnsucht. Er kaufte sein Ticket, ging hinunter in den Londoner Untergrund und ließ sich den Plan seines Tages noch einmal durch den Kopf gehen. Der Lunch würde alles in allem etwa vier Stunden dauern. Zweihundertundvierzig Minuten. Das war okay, er konnte sich diese Minuten leisten, er konnte diese Sekunden von seinem wirklichen Leben abzwacken. Ein Essen mit Fremden war nie verschwendete Zeit, und sein Appetit würde um so größer sein, wenn er zurückkehrte. Martin und Josh würden noch oft in ihrem Leben vier Stunden miteinander verbringen können – jede kostbare Viererportion ein Sechstel jedes einzelnen vollkommenen Tags ihrer vollkommenen Zukunft. Also bedeuteten die nächsten vier Stunden ein sehr kleines Opfer.

Martin nahm sich vor, einen guten Wein mitzubringen, den sie zu dem frischen Brot trinken konnten. Und hellrosa Lammfleisch zum Dinner.

Für das, was nun folgte, erscheint die Beschreibung »Lunch« äußerst banal. Lunch war für Cushla und Martin nicht einfach eine gemeinsame Mahlzeit im Café, mit Garnelenmayonnaise oder Baked Beans mit Kartoffeln. Aus vier Stunden wurden fünf, aus fünf beinahe sechs. Martin amüsierte sich prächtig. Er aß frische Pasta mit Basilikum, trank kühlen Sauvignon Blanc mit einem Hauch Reineclauden-Sommer um die Nase, danach gab es starken süßen Espresso und ein kleines Glas weichen bernsteinfarbenen Brandy. Zum guten Schluß genehmigte sich Martin noch einen zweiten Espresso und einen winzigen zweiten Brandy, weil er so lecker war. Martin amüsierte sich prächtig.

Cushla hatte ihre Sache ausnehmend gut gemacht. Auch sie hatte ihre Kleidung sorgfältig gewählt. Ehrlich und unverblümt weiblich. Keine Spur androgyn. So hatte sie es beschlossen und anschließend in die Tat umgesetzt. Zarter Körperbau, breite Hüften, volle Brüste, aber nichts übertrieben Aufreizendes. Lange dunkle Locken, die zwar zurückgesteckt waren, sich aber kunstvoll ihrer Fesseln entledigten und das außergewöhnlich hübsche Gesicht weich umrahmten. Hübsch, aber nicht schön. Cushlas Vorhaben verlangte mehr als nur Schönheit. Für die Haut hatte sie einen warmen Olivton gewählt, auffallend helle grüne Augen, lange, dichte Wimpern, feine schmale Hände, ein natürliches, zurückhaltendes Make-up, ein sanftes Lachen. Und sie war einfach sehr hübsch. Ziemlich ungefährlich.

Irrtum.

Cushla hätte Joshs Schwester sein können, aber sie sprach von Foucault und Lacan statt von Babys und Buggys. Cushla hätte Joshs Mutter sein können, nur duftete sie nach L'Air du Temps statt nach Toilettenseife auf Lanolinbasis. Cushla hätte Josh sein können, wäre sie keine Frau gewesen. Cushla hätte irgendeine Freundin sein können, eine Geliebte, hätte gut und gern zu ihrem engen Klüngel von Anbetern und Angebeteten gehören können; Martin stürzte sich in diese Begegnung von Geist und Seele und stellte seine Uhr entsprechend um. Natürlich rief er Josh zweimal während des Lunchs an, um ihm die Umdisponierung mitzuteilen. Leise Anrufe von einem diskreten Handy, damit die anderen Gäste sich nicht gestört fühlten. Gelegentlich wirkte Martins zu Recht legendäre Brillanz etwas protzig, seine Manieren jedoch waren untadelig.

Josh störte das alles nicht. Ihre Beziehung kannte keine kleinlichen Eifersüchteleien und traditionellen Ansprüche. Martin arbeitete, dafür hatte Josh selbstverständlich Verständnis. Martins immenses Wissen wurde angezapft, Martins ohnehin nicht gerade unterentwickeltes Ego verwöhnt. Auch dafür hatte Josh Verständnis. Aber könnte sein lieber Schatz bitte daran denken, irgendeine gute Flasche mitzubringen, wenn er irgendwann doch nach Hause kam? Vor einiger Zeit war Josh zu der absolut korrekten Erkenntnis gelangt, daß Ansprüche und Gejammer eher Irritation und Ärger erzeugten als Schuldgefühle. Und Schuldgefühle brachten viel hübschere Geschenke mit. Heute erwartete Josh mindestens Champagner. Und zwar nicht die billige neuseeländische Sorte.

Der Lunch war ein großer Erfolg. Die Kellner hatten Martin und Cushla in ihrer Ecke einfach ungestört weiter plaudern lassen. Daß Cushla während des gesamten Essens mit ihnen geflirtet hatte, zahlte sich nun aus. Leise räumten sie den Speisesaal auf und schafften Platz für Cushlas Attacke, ohne daß Martin auch nur ansatzweise begriff, welche Gefahr von dieser Frau ausging. Der Abend war nach London zurückgekehrt, und durch die Fensterscheiben sah man jede Menge Pendler, müde Gesichter, mit Sorgenfalten beim Gedanken an das tiefgefrorene Abendessen, das ihnen bevorstand. Doch Cushlas und Martins

Tisch erstrahlte in Vollkommenheit. Cushla hatte sich Notizen gemacht. Martin hatte ihr alles erzählt, was er wußte. Jedenfalls über ein bestimmtes Thema: Cushla hatte reichlich Stoff zum Nachdenken, eine Unmenge von Anregungen, mit denen sie weiterarbeiten konnte. Sie war Martin sehr dankbar – für seine Zeit, seinen Enthusiasmus. Dafür, daß er sich mit ihr getroffen hatte.

Ja, Martin ist sehr klug, aber Cushla hat sowohl magische Künste als auch königliches Blut vorzuweisen.

Und dann kommt es: Wie kann sie sich für seine Freundlichkeit erkenntlich zeigen?

»Sie müssen mich zahlen lassen.«

Martin schüttelt den Kopf, als wäre das ganz unerhört. Als wäre es ein absurder Vorschlag. Absurd, aber nett. Cushlas Kopf neigt sich volle zwei Grad zu ihrer Schulter, sie lächelt, und ihr linker Mundwinkel hebt sich einen halben Zentimeter weiter als der rechte. Dann wird ihre Stimme so leise und tief, daß Martin denkt, er hört Josh: »Sie sind sehr nett, Martin. Darf ich Sie denn vielleicht zum Abendessen einladen? Sie und Josh natürlich?«

Anscheinend sieht Martin ein wenig überrascht aus, vielleicht hebt sich eine verräterische Augenbraue. Aber klar, natürlich weiß Cushla von Martins Beziehung zu Josh. Jeder kennt doch Martins Freund. Warum soll ausgerechnet ihr der reflektierte Glanz des goldenen Pärchens entgangen sein? So gesehen bleiben Martin nicht viele Möglichkeiten zu reagieren.

Widerstrebend verabschiedet er sich von seiner halbausgeformten Phantasie, stundenlang mit Cushla allein zu sein. »Oh, sicher, vielleicht sollten Sie Josh kennenlernen. Ja, klar. Vielleicht kann er Ihnen auch bei Ihrem Buch helfen. Sie werden ihn bestimmt mögen. Und er Sie auch. Ja, genau. Wir gehen alle zusammen aus.«

Martin reitet so lange darauf herum, wie hervorragend

diese Idee ist, daß er sie irgendwann für seine eigene hält. Cushla läßt ihr Gesicht einen Moment länger strahlen, als es streng genommen ihrem Blutdruck zuträglich ist. Funkelnde Augen und ein glückliches Gesicht als Belohnung für Martins Großzügigkeit.

»Wenn es Ihnen wirklich nichts ausmacht. Das wäre wundervoll.«

Cushla nimmt seine Hand, und während Martin ihr in die Augen sieht, hat er das Gefühl, daß es Joshs Hände sind, die ihn da anfassen, und plötzlich hört er, wie er Cushla in sein wundervolles Heim einlädt.

Trautes Heim, Glück allein.

Cushla ist geradezu entzückt! Sie würde schrecklich gern Martins und Joshs Haus sehen, ihr Essen probieren, ihren Wein trinken.

Und ihnen das Herz brechen.

Donnerstag abend, halb acht. Jetzt sind sie offiziell verabredet.

Von einer Einladung auf dem Anrufbeantworter läßt sich nur in den seltensten Fällen darauf schließen, daß der potentiell gelungene Abend zu einer Dinnerparty in der Hölle degeneriert, unvergeßlich wegen des Champagnertropfens, der die Sektflöte zum Überlaufen brachte. Man plant die Abfolge der Gerichte, sucht die am besten zu den Köstlichkeiten passenden Getränke aus. Man wählt Duftkerzen, zum Ausgleich Blumen, die nicht riechen, sorgt für die richtige Temperatur – gemütlich, aber nicht so warm, daß man menschliche Nähe als unangenehm empfindet. Auch die Gäste sind mit größter Sorgfalt ausgesucht, allesamt außergewöhnliche und interessante Persönlichkeiten, die schönen Pärchen das i-Tüpfelchen und die Zierde des Abends. Alle individuellen Komponenten sind nur daraufhin abgestimmt, das Mahl als Ganzes zu einem Höhepunkt des Genusses werden zu lassen, und doch – aufgrund einer zufälligen Kreuzung unverträglicher chemischer Ingredienzen – hat man selbst an den bestgedeckten Tafeln von Mäusen und Menschen einfach keine Garantie. Sie findet ihn langweilig, er verletzt ihre postfeministisch wunden Punkte mit seinem modischen Männerhumor. Dieses Pärchen findet, daß jenes Pärchen zu sehr aufeinander gluckt. Die verliebten schwulen Jungs sind von der kühlen, zweimal geschiedenen Distanziertheit der lesbischen Mädchen regelrecht vor den Kopf gestoßen. Der Babysitter sagt in letzter Minute ab, das kreischende Baby mit den höllischen Bauchkrämpfen wird angeschleppt. Die verwitwete Schwiegermutter aus Yorkshire ist zur Zeit auf Besuch, und in letzter Minute gerät die arme alte Lady ins Gemenge der nachträglich aufgestellten Extrastühle, wo die gotteslästerlichen Sprüche und Scherze über ihr schütteres weißes Haar hinwegpfeifen und die Anspielungen für ihr schwerhöriges Ohr weit hergeholt sind.

Oder, noch schlimmer: Sie lächelt ihn an. Beugt sich zu ihm. Berührt ganz leicht seinen Arm, wenn sie das Salz weiterreicht, und irgendwann zwischen der Auberginenquiche und den Straußensteaks zerbricht das, was ehemals eine stabile Beziehung war, zur Begleitmusik klingender Gläser und klirrender Messerschneiden, die an noch schärferen Zungen gewetzt werden.

Martin und Josh haben fast den ganzen Tag mit Kochen verbracht. Sie lieben es, zusammen zu kochen. In rhythmisch abgestimmten Tanzschritten gleiten sie durch die weiße Edelstahlküche mit den blitzsauberen breiten Arbeitsplatten und riesigen Fenstern. Der Raum ist vollkommen, und die Einfachglasscheiben, durch die man auf den Garten hinter dem Haus sieht, sind so fachmännisch eingesetzt, daß sie nicht beschlagen und demzufolge auch nicht die Sicht verderben können. Josh rührt die Marinade, Martin ist am Entsafter zugange. Josh blanchiert, brutzelt und brät, Martin schneidet, siebt, seiht und sautiert. Im Rest des Hauses ist Rosie damit beschäftigt, Staub zu wischen, zu saugen und zu bohnern. Sie ist eigentlich Designstudentin, und so inspiriert es sie ungemein, die ausgefallenen Haare der beiden Freunde wegzuputzen. Von Martin und Josh bekommt sie pro Stunde zwei Pfund mehr als von ihrer übrigen Kundschaft, und die Steuer erfährt nichts davon. Zu dritt essen sie einen frühen leichten Lunch, dann packt Rosie den Staubsauger weg; Josh und Martin stellen Radio 4 schon um zwei wieder ab – keiner von ihnen interessiert sich für schlechte amerikanische Akzente bei der BBC –, laufen nach oben, stolpern übereinander, um endlich miteinander zu schlafen, schnell und heißer als Lava. Danach duscht Martin, kehrt perfekt gekleidet in die Küche zurück und hantiert nun – wenn möglich – mit noch größerer Sorgfalt. Auf keinen Fall will er die Seide versauen. Josh schlendert ein bißchen durch die Straßen, offiziell, um sich ein wenig auf den Weinregalen umzusehen und gegebenenfalls etwas Nektar mitzubringen, inoffiziell, um den Schnitt seiner neuen, samtweichen Lederjacke zu bewundern, deren Spiegelbild in den verdunkelten Schaufenstern an ihm vorübergleitet.

In der warmen Küche kreiert Martin unterdessen die letzten Feinheiten des Dinners. Er formt zierliche hausgemachte Pastetchen, Stiltonkäse und Spargel zwischen den hauchzarten Blätterteigschichten versteckt. Er erwärmt kleine Lachsschnitten, verfeinert mit frischen Kräutern aus dem eigenen geschützten Kräutergarten. Mit äußerster Sorgfalt werden einzelne Spinatblätter ausgepreßt, mit gewürztem Eiweiß Rücken an Rücken aneinandergeklebt und ganz kurz sautiert, daß sie noch delikat knusprig und flockig sind. Drei Stunden braucht er insgesamt, dann arrangiert er alles fein auf Tabletts, eine Augenweide für die bald eintreffenden Gäste, die nach Herzenslust knabbern sollen, ein Glas in der Hand, den Mund voller Worte. Vermutlich fällt keinem auf, daß er wahre Kunst verzehrt. Aber Josh und Martin wissen es, und das genügt.

Dann kommt Cushla. Mit dem Taxi und nachdem sie sich eine Weile in den Straßen herumgetrieben hat. Nur um sich zu vergewissern, daß sie so begehrenswert ist, wie sie es beabsichtigt. Und sie ist es. Der Mann im Weinladen bietet ihr einen hundertprozentigen Preisnachlaß auf den Laurent Perrier an, der Taxifahrer will ihr Trinkgeld nicht annehmen und küßt ihr statt dessen die Hand. Einen Augenblick ist sie versucht, den Abend doch anders zu gestalten. Vielleicht hat derjenige, der da gerade den Kopf so rasch nach ihr verdreht hat, etwas noch Angenehmeres und Amüsanteres zu bieten als das, was sie sich für heute ausgedacht hat. Das würde Spaß machen, hier dagegen wartet Arbeit auf sie. Aber sie hat eine Mission. Sie muß einen Hattrick schaffen, keine Zeit für ein nettes Teepäuschen. So betritt sie die perfekte Eingangshalle und fällt – wie geplant – in der erlesenen Gesellschaft erstmal überhaupt nicht auf. Die zierliche Gestalt von dem breiten Türbogen umrahmt steht sie da, Champagner in der einen, Pralinen in der anderen Hand, den handgemachten Körper schlicht in hellgraues Leinen und hellgrüne Seide gehüllt.

Neben der kühlen amerikanischen Schönheit von Melissa, der Kunsthändlerin, die sich heute abend in eine knochenenge Silberhülle gezwängt hat, wirkt Cushla klein, wenn auch vielleicht ein wenig zu weiblich für Melissas Geschmack. »Oh, Darling, wo hat Marty Sie denn aufgetrieben? Sie sind ja eine ganz Süße!«

Cushla lächelt, und Melissa serviert sie vor den Augen der übrigen Gäste lässig ab, die Geste einer großen Frau, die ihre Größe steigert und ihre Bedeutung hebt. Cushla weiß, daß Melissa sich aufblasen muß, weil sie allein schläft und ihre anderen Single-Freunde nur fickt, um Gesellschaft zu haben. Melissa kann einen Liebhaber genausowenig halten wie sie ihren skelettartigen Körper dazu bringen kann, sich nach jedem Fest nicht erstmal gründlich auskotzen zu müssen, ehe sie sich Nachtcreme aufs Gesicht klatscht, in schöne Träume fällt und schließlich in einem stillen Haus erwacht, ohne einen Mann, der ihren morgendlichen Kater stört. Und wie sie sich dabei nach einem Mann sehnt, der ihren morgendlichen Kater stört!

Neben den furchterregenden Reizen von Sunita, der berüchtigten asiatischen Schauspielerin in rotem und purpurnem Samt, wird unsere graue Cushla-Maus geradezu unsichtbar.

»Sie sind keine Schauspielerin, oder? Nein, bestimmt nicht. Sie sehen nicht aus, als wollten sie gleich jeden Mann im Raum auffressen!« Sunita lacht ihr berühmtes schallendes Lachen, widmet Melissa einen flüchtigen Blick und fügt hinzu: »Und natürlich auch noch die Hälfte der Frauen.«

Melissa wendet sich ab, zurück zu den Jungs. Jawohl, sie wird heute nacht mit Sunita vögeln. Obwohl sie beide grundsätzlich hetero sind und der Sex mit Frauen sie nicht sonderlich befriedigt. Sie würden wesentlich lieber einen Mann mit nach Hause nehmen. Irgendeinen. Andererseits ist lascher Sex immer noch besser als noch eine Nacht ohne wärmenden Bettgenossen.

Neben der männlichen Kameraderie von Josh und Martin und ihren jeweiligen ehemaligen Liebhabern wirkt Cushla schlicht, hübsch, vernachlässigenswert weiblich. Sie hat sich dafür entschieden, nicht aufzutrumpfen. Cushla kann ganz einfach nett sein, ganz locker, wenn es sein muß. Irgendwann wird sie dann allmählich die Temperatur aufdrehen. Fast unscheinbar wird sie den Abend beginnen, und im Lauf der Zeit wird sie alle in die Tasche stecken. Niemand wird die Verwandlung bemerken, die sich vor seinen Augen vollzieht. Oder jedenfalls erst, wenn es zu spät ist. Neben der Weltgewandtheit von Joan und Peter beispielsweise – Journalisten der alten Schule, Paar der alten Schule – verkörpert Cushla schlicht die Jugend. Und dazu noch die Unschuld.

Während der Abend weiterrollt, der Wein in den Flaschen ab- und das Tempo zunimmt, gerät Cushlas Charme zusehends in den Mittelpunkt. Wo Joan ihre Mediengegner mit Bitterkeit geißelt, ist Cushla witzig und selbstironisch. Joans ehemals feministische Aggression gräbt jetzt nur noch mehr Falten in ihr Gesicht, dem man das jahrelange Rauchen schon schlimm genug ansieht. Cushlas Kichern dagegen glättet sogar die Lachfältchen um ihre Augen. Während Melissa versucht, mit ihrem Gewäsch über Saatchi und Guggenheim und transatlantische Dollar Eindruck zu schinden, flüstert Cushla Josh ins Ohr, wie gern sie sich die oft so geschmähten Prä-Raphaeliten in der Tate Gallery ansieht. Diese grün und rot gekleideten Frauen, ihre langen Haare, die zarten Hände. In wortloser Übereinstimmung nickt Josh und reicht Cushla einen Granatapfel. Während die Männer über Magazine, Autos und Häuserpreise plaudern und die Frauen sich über Stechuhren, Autos und Häuserpreise unterhalten, rückt Cushla ihren Stuhl zu Josh und redet mit ihm über ihn. Nicht darüber, wie er Martin kennengelernt hat oder über seine Liebe zu Martin, sondern ausschließlich über Josh. Cushla nickt, lächelt und flüstert sanft. Sie wird nicht betrunken, sie trinkt die Weinsorten nicht durcheinander. Als einziger Gast bleibt sie klar im Kopf. Sie ißt weder zuviel wie Melissa noch zuwenig wie Sunita. Wenn sie lächelt, was oft und anscheinend gern geschieht, enthüllt sie einen winzigen Überbiß, den Josh zu seiner eigenen Verwunderung sexy findet. Vermutlich wird er diese Entdeckung nicht in seinem Tagebuch verewigen. Vor allem, weil er weiß, daß Martin sein Tagebuch liest. Er schreibt ja jeden Abend nur deshalb, um Martin am andern Morgen zu erregen.

Falls Josh die Signale überhaupt hört, nimmt er wahrscheinlich an, daß es sich um die Alarmanlage im Rechtsanwaltsbüro ein paar Häuser weiter handelt. Er sieht nicht die blitzenden Warnlampen, das Bimmeln der Alarmglokken dringt nicht bis zu seinem Ohr vor. Aber Martin sieht und hört alles, und er verflucht sich jetzt schon, daß er diese Frau ins Haus gebracht hat.

Schließlich begleiten Martin und Josh ihre Gäste zu den nachmitternächtlichen Minitaxis, und während sie die Teller zusammenräumen und das Geschirr abwaschen, verdichtet sich das Gewitter am Horizont, bis es sich in einem mächtigen Wolkenbruch entlädt.

»Du scheinst dich heute abend ja blendend amüsiert zu haben.« Martin knallt einen Teller nach dem anderen ins Edelstahlgestell.

»Hast du damit etwa ein Problem?«

Josh reicht ihm die Weingläser, deren Stiele so dünn sind, daß sie sich fast zwischen den Fingern verbiegen.

»Hat dir diese Frau gefallen?«

»Ich nehme an, du meinst Cushla? Ja, ich fand sie bezaubernd.«

»Das war ziemlich offensichtlich.«

Ein Glas zerbricht in Martins Hand. Josh nimmt es ihm ab und wirft es in den Mülleimer. Beide verwünschen murmelnd die Göttin der Vorzeichen. Leider viel zu leise: Sie hört nichts, weil sie sich abschminkt und dabei ist, ins Bett zu gehen. Wobei sie sich ziemlich laut Carole King reinzieht. Die Göttin hat nämlich einen gräßlichen Ausgehabend hinter sich und fühlt sich ein bißchen nach Drama. In Martins Kopf fängt Joshs Stimme an zu leiern.

»Sie ist deine Freundin, Martin, du hast sie eingeladen. Ich war nur nett zu ihr. Wir haben uns einfach gut verstanden. Wäre es dir lieber gewesen, ich hätte sie öde und langweilig gefunden und sie ganz dir überlassen?«

»Es wäre mir lieber gewesen, du hättest unsere anderen Gäste nicht ignoriert, nur damit sie sich wie was Besonderes vorkommt.«

»Ich glaube kaum, daß Sunita es bemerkt hätte, wenn ich sie gepackt und vor die Tür gesetzt hätte, um mich mit Cushla unterhalten zu können. Die war doch spätestens um neun abgefüllt.«

»Das hab ich auch bemerkt. Stell dir vor.«

»Und weil sie sich zusäuft, soll ich Konversation mit ihr

machen? Komm schon, Martin, ihr war doch alles scheißegal, sie hat nur darauf gewartet, sich endlich mit Melissa vom Acker machen zu können.«

»Irrtum. Sie konnte nicht abwarten, sich vom Acker zu machen. Punkt.«

»Ist doch egal.«

»Ich wollte nur sagen, daß es mir ein bißchen seltsam vorkam.«

»Seltsam?«

»Ja.«

»Das ist doch Scheiße. Du bist eifersüchtig.«

Martins Ärger macht sich mit einem scharfen und etwas tuntenhaften »Wie bitte?« Luft.

Josh tut die Wut seines Geliebten mit einem Achselzucken ab. Ist doch alles Kinderei. »Du hast eine Frau kennengelernt, von der du dachtest, sie könnte eine ganz besondere Freundin werden, eine für dich allein, und jetzt bist du einfach sauer, weil ich mich gut mit ihr verstanden habe.«

»Unter Ausschluß aller anderen.«

»Was du selbst gern getan hättest. Martin, du kannst nicht wegen etwas wütend auf mich sein, was du selbst gern getan hättest.«

Josh hat die weise Entscheidung getroffen, vernünftig und sachlich zu bleiben. Er wird den Köder nicht schlukken, wird sich nicht wütend machen lassen. Er will sich nicht verteidigen. Das ist bloß der Anfang. Er versucht zu beschwichtigen. »Unsere Gäste haben sich doch gut amüsiert.«

Martin verzieht nur das Gesicht und weigert sich einzulenken, und das Geschirr klappert heftiger. Jetzt schwenkt Josh etwas von der Besänftigungstour ab und bemerkt nicht ohne eine gewisse Schärfe: »Du warst der einzige, der den ganzen Abend geschmollt hat.«

»Wunderbar. Es ist dir also tatsächlich aufgefallen, daß ich mich nicht ganz so prächtig amüsiert habe?«

»Allerdings. Das ist allen aufgefallen. Bestimmt schreibt Peter schon in seiner Kolumne darüber – eifersüchtiger Ehemann aus Islington stochert in seinen Linguini, deren Verwicklung seinen magengeschwürverursachenden Zorn versinnbildlicht.«

Martin verzieht spöttisch den Mund. Peter ist ein angesehener Satiriker, und Martin weiß, daß es Josh verletzt, wenn Martin durch seinen verzogenen Mund andeutet, daß er es stilistisch nicht mit Martins Ex-Lover Peter aufnehmen kann.

Prompt ist Josh gekränkt über Martins verzogene Lippen und geht zur nächsten Attacke über: »Es war doch klar, daß du wütend warst. Ich hab es nur nicht für nötig befunden, dein Ego aufzupäppeln, indem ich deiner lächerlichen, kindischen Eifersucht auch noch Vorschub leiste.«

Der Streit dauert den ganzen Abwasch. Als die Teller sauber und trocken sind, die heil gebliebenen Gläser sanft poliert in ihrem dunklen Schrank vor sich hin glänzen und auch der Küchenboden gefegt ist, nimmt Martin Josh in die Arme und küßt ihn. Die Küche ist aufgeheizt vom warmen Wasser und von den hin und her geschleuderten Gemeinheiten, vom Eßzimmer ist abgestandener Rauch eingedrungen, und Josh macht die Tür zum Garten auf. Draußen hat der abendliche Regenguß den Himmel gesäubert, und jetzt will sich der Frost einen Monat zu früh niederlassen. Ein leerer Mond glitzert im Rauhreif. Martin geht barfuß übers kalte Gras, und Josh folgt ihm. Im gleißenden Sternenlicht küssen sie sich, und Josh bemüht sich ehrlich, etwas zu empfinden. Er will es wirklich.

Oben vögeln sie zwischen weicher roter Baumwolle,

und es hört sich fast entspannt an, als sie einander Gute Nacht sagen. Aber der Sichelmond hängt verkehrt herum am Himmel, das Glück läuft langsam aus, und Josh wälzt sich unruhig im Bett herum. Er und Martin träumen, Rükken an Rücken, getrennt, und die fünf Zentimeter zwischen ihnen sind so breit wie ein Mondsee.

Die vollkommenen Füße mit magischem Schabernack beschuht, so fliegt Cushla quer durch London nach Hause. Heute abend gibt sie sich nicht mehr mit Straßenflirts ab. Sie steckt mitten in ihrer Mission, Körper und Geist ganz auf den einzigartigen Moment konzentriert. Das lange schwarze Haar, das sie hinterlassen hat und das anscheinend achtlos ins Waschbecken gesegelt ist, windet sich langsam den Abfluß hinunter. Der Glanz des tagtäglich polierten Edelstahlsiebs lenkt kaum von dem dunkelgrünen Schimmelbelag ab, der sich zwei Zentimeter weiter unten angesiedelt hat. Rosies hausfrauliche Bemühungen können der Macht der Algen nicht ewig Paroli bieten. Das Haar läßt sich im Rohrknie nieder, um dort zu warten, bis es genug Material für eine ordentliche Verstopfung um sich gesammelt hat, einen Damm sozusagen. Cushla verdammt Josh und Martin. Jetzt kann man sie nicht mehr wegwischen, weder mit Liebe noch mit Gewalt. Der silberne Ohrring, den sie zielgerichtet auf dem Schneidebrett aus gebleichtem Buchenholz vergessen hat, lauscht aufmerksam den gebrüllten Bruchstücken des Streits, erhascht das Zischen zweifelnder Küsse und schickt schaurigschöne Schallwellen des Sieges über die schlafende Stadt direkt in Cushlas Elfenbeinturm. Die mascaraverklebte Wimper, die sie auf Joshs sauberes Kissen hat fallen lassen, sendet das Bild seines Gesichts im Augenblick des Versöhnungsficks als Großaufnahme und verbeugt sich dann zwinkernd vor seinen fest geschlossenen Augen. Josh und Martin werden ausspioniert, aber sie sind sich dessen genausowenig bewußt wie der alte Hirsch, der in blindem Vertrauen auf Bambis Macht und der daraus resultierenden idiotischen Annahme, daß der Jäger nicht schießen wird, leichtsinnig auf die Lichtung hüpft. Langsam, erstaunt und blutig stirbt der Hirsch. Die Liebe hat Martin und Josh befreit, hat die Wände ihres vollkommenen Heims mit Schönheit und Licht tapeziert, ihnen aber nicht beigebracht, auf der Hut zu sein.

Aus der Unverletzlichkeit ihres kalten, jungfräulichen Betts beobachtet Cushla, wie die Männer sich lieben, wie sie ihre Wut in Liebe umsetzen. Die Alchimie ist beeindruckend, aber sie wird nicht ewig halten. Die Kunst, das Leben in Gold zu verwandeln, verlangt unermüdliche Anstrengung und Aufmerksamkeit. Sie wird ihnen schon zeigen, aus was für einem unedlen Metall sie tatsächlich geschmiedet sind. Nach dem Vögeln herrscht eine Art Frieden, und die beiden Männer gleiten verschwitzt hinab in den Schlaf. Josh dreht sich um, Unsicherheit durchzieht seinen Schlummer, und Cushlas Wimper gerät ihm ins Auge, nur eine kurze Begegnung, aber sie hinterläßt eine Reizung. Eine reizende Reizung. Er schläft weiter, aber Cushla kennt nicht Rast noch Ruhe. Am nächsten Morgen ist Josh nicht frisch und ausgeschlafen wie sonst, seine grünen Augen brennen und sind gerötet, als hätte er geweint. Trauer oder Sehnsucht? Oder beides? Josh ist zu Recht so müde, denn er hat die ganze Nacht davon geträumt, mit Cushla zu vögeln. Eine Nacht mit einer Frau. Sein Solarplexus schmerzt von der Anstrengung. Noch nie hat Josh so etwas geträumt, und er erwacht mit pubertärer Schamröte auf den Wangen. Martin interpretiert die Röte als Temperaturproblem und nimmt sich vor, den Thermostat runterzudrehen. Vielleicht ist es zu warm im Haus. Die Liebe wird sie bestimmt schön warmhalten in der bevorstehenden Pantomimen-Saison.

Aber nein, falsch geraten.

Martins Terminkalender ist heute brechend voll: Er muß einen Essay schreiben, der nächstes Jahr veröffentlicht werden soll, einen Artikel für das *Oberserver Magazine* recherchieren, ein Filmprojekt weiterentwickeln. Er ist glücklich über sein erfolgversprechendes junges Leben. Nachdem er Josh einen Abschiedskuß gegeben hat, verläßt er ganz entspannt das stille weiße Haus, in der Gewißheit, daß er Termin für Termin an ihrer wundervollen gemeinsamen Zukunft arbeitet und daß sein Geliebter den Tag in kontemplativer Kreativität verbringen wird. In der Dämmerung des Spätnachmittags wird Martin zurückkehren, und Josh wird aus dem Studio treten, zufrieden mit ihrem jeweiligen schöpferischen Tag, beide gierig aufeinander.

Die Anspannung und Irritation der letzten Nacht wird vergessen sein, und sie werden sich im Herzzentrum ihres Heims treffen, sich küssen, warmes frisches Brot essen und Wein trinken. Ihre Küsse werden nach Lust schmecken – vergangen, zukünftig und gegenwärtig. Martin weiß, daß dies die Wahrheit ist, es ist schon öfter so passiert. Er ist zu jung und hat noch nicht genug Enttäuschungen erlebt, um zu wissen, daß man keine Garantie dafür hat, daß alles, was einmal geklappt hat, beim nächsten Mal wieder klappen wird. Aber er wird es schon noch lernen. Der Streit ist vergessen in der Unbeschwertheit eines ganz gewöhnlich grauen guten Morgens. Martin erinnert sich nicht mehr an seine Eifersucht, und falls doch, dann nur als alkoholbedingten Ausraster. Martin liebt Josh und wiegt sich in Sicherheit. Deshalb verläßt er das Haus in einem dunkelblauen Anzug von Paul Smith und einem Mantel der Selbstzufriedenheit.

Josh steigt die Stufen zu seinem Studio empor. Halb zehn, es regnet auf das Oberlicht. Er weiß nicht, wo er anfangen soll, irgendwas will raus, aber er hat keine Ahnung, was. Zuerst versucht er es mit Malen, aber die Farbe weigert sich, aus seiner Trickkiste zu springen. Das Blau ist zu blaß, das Rot wie fades, aspirinverdünntes Blut. Schließlich resigniert er und verschiebt das Zweidimensionale auf einen anderen Tag. In der Ecke liegt ein Brocken Kalkstein. Das krümelige Material muß mit größter Vorsicht behandelt werden, wenn man es in eine erkennbare Form bringen will. Schon vor Wochen hat er damit begonnen, aber das glitschige Zeug wollte Martins Konterfei einfach nicht annehmen. Heute jedoch kommt rasch ein klar definierter Kopf unter seinen langen Fingern zum Vorschein. Nach drei Stunden sind Martins Lippen verschwunden, und an ihrer Stelle ist deutlich der perfekte Schwung eines Mädchenmunds zu erkennen. Ihres Munds.

Vier Stunden später grinst Cushla Josh aus ihrer vom Oberlicht erhellten Ecke an. London wäscht die Fenster von draußen, Josh leckt sich die Lippen und irgendwann auch ihre. Der Kalkstein müßte sich kalkig und trocken anfühlen, aber zur großen Überraschung seiner Zunge ist er feucht und nachgiebig. Der Mund der Cushla-Skulptur ist tatsächlich warm. Winterschnell bricht die Dunkelheit herein, und Josh sieht sein Spiegelbild im Oberlicht, sieht sich selbst, wie er dieses Traummädchen küßt. Mit der Bewegung des strömenden Regens auf der Scheibe kräuseln sich ihre Mundwinkel; der Cushla-Kopf lacht ihn aus. Josh weiß, daß er kommt, und deckt den schmunzelnden Kopf mit seinem Körper zu, viel zu vertieft in den Augenblick, um auch nur Überraschung über sich zu empfinden. Nur die kahlen Studiowände reflektieren ein gewisses Maß an Verachtung angesichts solch mangelhafter Selbstbeherrschung. Immerhin ist dieser Raum doch der Kunst geweiht. Eine Stunde später ist Josh wieder bei Verstand, nun eher verblüfft als peinlich berührt. Nach reiflicher Überlegung kommt er zu der Erkenntnis, daß sein Verhalten vielleicht nicht ganz koscher war, aber eigentlich nicht wirklich der Definition des Schlechten entspricht. Als Jude in dieser jüdisch-katholischen Ehe lehnt er die sich hauptsächlich selbst genügende Beichte ab, nimmt statt dessen das Waschen als Absolution und schrubbt sich mit Hafermehlseife und der Büßerkühle des sprudelnd aus dem Hahn schießenden kalten Wassers ab. Bei Martins Rückkehr ist er wieder rein, bereit und erwartungsvoll, wie geplant. Allerdings ist ihm klar, daß er das Werk, das er heute vollendet hat, seinem Freund und Geliebten nicht zeigen wird.

Cushla läßt sich fast einen ganzen Tag Zeit, um ihre Bildung aufzufrischen. Eine schnelle Tour durch die Tate Gallery, den Sainsbury Flügel, die Royal Academy. Nur ein ganz kleines Lächeln für den Wachmann gestattet sie sich. Der geht nach Hause, verläßt seine Frau und steigt in den nächsten Zug nach Paris. Rasch durchblättert sie neununddreißig Bücher über die Kunst des zwanzigsten Jahrhunderts und genießt eine lange Lunch-Minute auf der Waterloo Bridge, wo sie in einem dem Regen abgetrotzten Moment zusieht, wie die Themse träge unter ihren Füßen hindurchfließt. Ein alter Mann und eine einsame junge Frau gehen an ihr vorbei. Der Mann überlegt kurz, ob er ins Wasser springen soll, eilt dann aber lieber zurück zur Arbeit, statt sich der Realität seines unerfüllten Lebens zu stellen. Die Frau hebt sich ihr Vorhaben für die Battersea Bridge auf, wo ihr halbherziger Versuch dazu führt, daß ihre wohlhabende Familie sie ins Krankenhaus einweisen läßt und ein junger Constable eine Tapferkeitsmedaille dafür bekommt, daß er auf sie eingeredet und ihren Sprung verhindert hat. Cushla fährt mit ihrem Lernprogramm fort. Früher, im Palast, hat sie das alles schon mal gewußt. Sie verfügt über die entsprechenden Informationen, die heutige Arbeit besteht aus einer reinen Auffrischung ihrer

Erinnerungen. Im Palast hat man ihr eine sehr gute Bildung zukommen lassen, exzellente Tutoren, entzückt von ihrer eigenen Kreativität und ganz scharf darauf, sie weiterzugeben. Jetzt ist sie wieder voll auf Zack, was man von der Themse nie wieder wird behaupten können. Cushla ist bereit, sich auf Josh zu stürzen.

Es gibt da noch etwas, an das Cushla sich erinnern sollte, aber sie ist viel zu verzaubert von ihren Plänen, um einen Blick zurückzuwerfen.

Während die Hurenstadt London ihre Beine für Cushla schnell breit gemacht hat, braucht sie ein wenig länger, um den Prinzen an sich ranzulassen. Er ist kein Dick Whittington, der gekommen ist, um sein Glück zu machen. Beispielsweise mag er schon mal keine Katzen. Außerdem hat er ja sein Glück schon gemacht, trägt es im Herzen, weiß ohne Dorothys Hilfe, daß es zu Hause am schönsten ist, und hat vor, den Ausflug in die befestigte Stadt mit Anmut zu ertragen, sich aber nicht von ihr vereinnahmen zu lassen. Obgleich seine Natur jeden Pflasterstein vor seinen Füßen in Gold verwandelt, wandert er doch lieber auf Waldwegen als auf Hauptstraßen. Schon immer war dem Prinzen die ländliche Idylle lieber, und von seinem Palastflügel aus ließen sich die Felder und der Fluß überblicken. Seine durchsichtige linke Netzhaut kann sich weit besser auf Sternenlicht einstellen als auf Umweltschmutz, während sein rechtes Auge, das für gewöhnlich das sieht, was ihm gefällt, jetzt ständig mit einem Kinofilm beschäftigt ist, nämlich dem Leben seiner Schwester. Er blendet ihre Faxen aus, um die Verkehrslage zu überprüfen, blendet den Verkehr aus, um ihr zu folgen, wandernd, werkelnd, wartend – was mag wohl ihr nächster Schachzug sein? Wenn er wollte, könnte er ihr auch im Bett und im Bad zusehen, aber mit instinktiver Ritterlichkeit schließt er beide Augen vor der vollkommenen Nacktheit, die zu sehen ihm nicht zusteht. Und so durchstreift der ideale moderne David, dünn, blaß und ästhetenhaft schön, bei Nacht die Straßen der Stadt, kettenrauchend und seltsame

Musik vor sich hin summend. Gelegentlich zwinkert er gedankenlos einem Minitaxi oder einem Minirock zu.

Er studiert London im ersten Semester – das Vokabular, die Idiome, die Zeiten, die Seiten. Obwohl er sich am Anfang echt bemüht, alles aktiviert hat und in die Tiefe gestiegen ist, hat er die U-Bahn inzwischen aufgegeben. Die konstante, unvermeidliche Mißachtung der Elemente tut seiner königlichen Bauernseele weh, und er wartet lieber stundenlang oben im 13er Bus, bis der Stau sich aufgelöst hat, als daß er unter der Erde vom heißen Atem der Million Pendler geröstet wird. Er ist eine sensible Seele, der kleine Prinz.

Nach der Sprache kommt die Geographie, und er kartografiert das neue Land mit Blasen an den Füßen, macht lange Wanderungen von Hackney nach Stoke Newington, durch Highbury, Islington, Kings Cross, Euston und von dort weiter in die Stadt. Als könnte man alles, was nicht West End ist, als ländlich bezeichnen. Er hakt das, was er kennenlernt, auf dem Monopolybrett ab, läßt das Leben seiner Schwester nicht aus dem rechten Auge und braucht weder Zylinderhut noch Stiefel noch zweihundert Pfund.

Wenn David Cushla durch die langen Wimpern seines rechten Auges beobachtet, tut er das ohne jeden Vorwurf, eher mit anthropologischem Interesse. Seine Schwester ist eine unbekannte Spezies, losgelassen auf eine Rasse, die Cushlas charakteristische Merkmale nicht erkennen kann, ein Volk, das gierig ihren fremdartigen Geruch einatmet und doch alles daransetzt, sich vorzumachen, sie wäre eine der Ihren. Als könnte einer von ihnen sie besitzen. David ist von der Dummheit der Menschen ebenso fasziniert wie von der Kühnheit seiner Schwester. Er kann sich nicht erinnern, mit ihr aufgewachsen zu sein, in seinem Gedächtnis ist nichts gespeichert über geflüsterte Geständnisse spät in der Nacht, klammheimlich geöffnete, mit Spucke und viel schlechtem Gewissen wieder zugeklebte Weihnachtsgeschenke. Aber er weiß, daß Cushla seine Schwester ist, er spürt sie aus drei Meilen Entfernung, selbst bei schlimmster Luftverschmutzung. Einfach dadurch, daß sie sich in derselben Stadt aufhält, provoziert sie eine kleine Genesis in seiner DNA.

David war noch nie unter Fremden, das erregt ihn, und er saugt ihre Andersartigkeit in sich auf. In Highbury Fields zieht er seine Designerstiefel aus und wandert barfuß auf dem grauen, rauhreifbedeckten Gras umher, um die Spuren derer zu fühlen, die hier vor ihm gegangen sind. Zu seiner Überraschung registriert sein sensibler Spann jedoch nur Doc-Martens- und Turnschuhe – Caterpillar und Nike. Dort, wo er aufgewachsen ist, war Gras eine willkommene Einladung zum Barfußgehen, die nicht leicht ignoriert oder gar abgewiesen wurde. Aber er ist ja auch nicht in der Stadt der Londoner aufgewachsen, die stur ihre illegal leinenlosen Lieblinge in den städtischen Parks spazierenführen.

Im Friedhof Abney Park kämpft er sich durchs Gebüsch und entdeckt eine Gruppe Engel und Engelchen, die alle zerbrochene Lautenlieder spielen, um die Verwesung der seit langem Toten zu beschleunigen. Er legt den Kopf auf die Grabsteine und lauscht den Beichten dahingegangener Londoner, aber sie haben nicht viel Neues zu berichten. Weder die seit langem Toten noch die erst kürzlich Gestorbenen sind besser mit dem Schicksal auf dem laufenden als die jüngst Geborenen oder fast Erwachsenen. Instinktive Einsicht ist eine Gabe, die in den gehobenen Kreisen der Stadt nicht viel zählt, denn hier wird Wissen eher nach der Größe des Gartens bemessen oder nach der Anzahl der unbenutzten Zimmer und Klugheit nach der Intelligenz der Nanny. In Hackney natürlich nicht, denn da bedeutet Nanny nicht Kindermädchen, sondern immer noch Großmutter. Aber indem er das wirkliche Leben unablässig aus der Distanz mit dem Wirbel vergleicht, den seine Schwester veranstaltet, indem er lauscht und beobachtet, lernt er sehr viel über seine neue Heimat, der clevere kleine Prinz.

Der perfekte Prinz. Gut einsachtzig pures, modernes Matinée-Idol. Das traditionelle Matinée-Idol kommt auf der Church Street in Stoke Newington nur sehr selten vor, und wenn eines entdeckt wird, ist die Bewunderung groß. Die moderne Version jedoch ist ein Genuß. Die scharfen Kanten des frühen Bolan sind dank des späten Bowie anglisiert, von einem guten Neunziger-Anzug ins eindeutig Männliche abgerundet, dazu eine Vollkommenheit, die, wenn sie wirklich und wahrhaftig wollte, alle Grenzen überschreiten könnte. Volle Anziehungskraft auf Mädchen, aber durchaus auch auf etliche Jungen. Die etwas affigen Strähnen in der Stirn eine Einladung, tief in die Augen dahinter zu blicken. So gleitet David dahin, leichtfüßig in seiner Schönheit, so schwebt er durch die Straßen, auf denen sich für gewöhnlich Müll und Abfall ein Stelldichein geben, segelt über tückische Gullys, und wenn er doch einmal in eine Pfütze zu treten droht, legt diese schnell ihren Mantel über sich, damit er trockenen Fußes weitergehen kann.

Dieser Prinz ist wirklich etwas Besonderes. Frauen lächeln vielsagend und Mädchen giggeln begehrlich, bisweilen legt ein junger Mann sanft und unbemerkt die Hand auf seinen Arm, aber der Prinz schüttelt alles ab, mit einem ebenfalls vielsagenden Lächeln. Er ist aus einem bestimmten Grund in unser Land gekommen, er hat hier etwas zu erledigen. Er muß den Greueln ein Ende setzen, er muß dem Mord an der Liebe Einhalt gebieten. Er ist ein Missionar. Und wenn seine Mutter sechs Jahre gebraucht hat, um sich daran zu erinnern, und sein Vater sechs Sekunden, um es zu vergessen – was soll's! David ist ein Mann mit Integrität. Das Herumspielen mit den einfachen Sterblichen, auf das Cushla sich eingelassen hat, ist nichts für ihn, auch nicht das hastige Menschentesten. Er ist der reine Mönch von Hackney, der Ästhet des Bezirks. David hat ein Ziel vor Augen, er wartet nur auf einen Fehler. Er verweilt beim Anblick ihrer einfallsreichen Reize, er läßt es langsam angehen, bis sie ihre dritte Romanze beginnt und er aktiv werden darf. Er muß aufs dritte Mal warten. In Gesetz und Legende ist der Palast fair – ein Missetäter wird stets der Justiz zugeführt, aber vorher darf er sich erstmal ein bißchen amüsieren. Die Dreimal-Regel ist nicht neu. Jede Magie funktioniert in Dreierrhythmen, und dem Prinz ist vollkommen klar, daß auch er seinen Auftrag im Walzertakt erledigen muß. Also wandert er und wartet.

Natürlich kommt David bei seinen anfänglichen geographischen Erkundungsgängen gelegentlich an einem Videoverleih, einem Zeitschriftenhändler, einem Buchladen, einem Fernsehgeschäft, einer Eisdiele, einem Sexshop, einer Kirche, einer Synagoge, einer Moschee oder einem Tempel vorbei und erhascht einen Blick auf das jeweilige Angebot. Und er fragt sich – allerdings nur so kurz, daß der Gedanke nicht hängenbleibt –, was eigentlich das ganze Theater ums Ficken soll. Warum ist die körperliche Vereinigung, der animalische Instinkt so ungemein wichtig für die Leute? Warum wird in Musik und Literatur dermaßen viel Wind darum gemacht? Was ist ihr Problem, warum ficken sie nicht einfach und damit basta? Aber dann wendet er sich rasch von dieser Frage ab und wichtigeren Dingen zu. Irgend jemand muß doch ruhig bleiben und kühlen Kopf bewahren und die Rolle der Familienjungfrau übernehmen – jedenfalls einstellungsmäßig, wenn auch nicht unbedingt in der Realität. Gott weiß, daß das für seine Schwester, die Schlampe von Notting Hill, keine passende Aufgabe wäre.

Eine zufällige Begegnung ist in dieser Vorbereitungszeit natürlich nichts weniger als zufällig. Cushla kannte Zeit und Ort, doch nicht einmal sie hätte auf einen so vielversprechenden Beginn zu hoffen gewagt.

Josh in der U-Bahn über den Weg zu laufen, war eigentlich nicht ihre Vorstellung eines solchen zufälligen Zusammentreffens, aber es war zumindest ein Weg herauszufinden, wieviel Eindruck sie auf ihn gemacht hatte. In der City der Menschenmassen hatte Cushla schnell gelernt, wie einfach es ist, in der U-Bahn verlorenzugehen. Ihr war auch aufgefallen, wie locker man einen öden Bekannten, einen fett und alt gewordenen Schulfreund ignorieren kann, ja, sogar einen Ex-Liebhaber, der nur vier Sitze entfernt sitzt, vertieft in den *Evening Standard*. Selbstverständlich macht es die Sache wesentlich einfacher, wenn beide Parteien am absichtlichen Übersehen interessiert sind. Kein erzwungener Augenkontakt, keine über die flüchtige Begegnung erfreut hochgezogenen Mundwinkel, und ein neuer Fluchtweg eröffnet sich alle zwei Minuten, wenn der Zug mit qualmenden Bremsen zitternd stehenbleibt. In der U-Bahn menschlichen Kontakt zu vermeiden, ist eine leichte Übung, genau so leicht, wie es für einen Politiker ist, einem Obdachlosen kein Geld zu geben. Allen Krokodilstränen zum Trotz.

Demzufolge weiß Cushla auch, daß Josh, der fünf besetzte Sitze von ihr entfernt sitzt, jederzeit aufstehen und verschwinden könnte. Seine Aufmerksamkeit wird nicht gefordert. Die Mauer aus lebendigen Körpern zwischen ihnen wäre eine gute Ausrede, sie nicht zu sehen, zu riechen, das leise Geräusch nicht zu hören, mit dem sie die Haare aus dem Kragen und über ihren nackten Nacken hebt. Ja, ihr ist kalt, so wie sie angezogen ist, oder vielleicht sollte man besser sagen, wie sie ausgezogen ist. Auf der Straße peitscht der Wind gnadenlos ihr Kleinmädchen-Schlüsselbein, aber vernünftig gegen die Elemente eingemummelt gäbe sie längst kein so hübsches Bild ab. Wenn man vom rustikalen Charme vernünftiger Kleidung einmal absieht, gewinnt nackte Haut jeden Schönheitswettbewerb, auch gegen den weichsten Kaschmir. Außerdem ist Josh allergisch gegen Kaschmir, und man kann sagen, was man will, aber Cushlas Recherchen sind immer akkurat.

Aus dem Augenwinkel sieht er sie. Sofort wird es im Waggon zu heiß, zu eng, es gibt zu viele Leute, es ist stikkig, Josh kriegt keine Luft. Er will nicht atmen, solange er ihr nicht nah genug ist, um ihren Duft zu riechen. Sein Parfüm vermischt sich mit ihrem, er kann sie schmecken. Als der Zug in die Station Leicester Square einfährt, reckt er den Hals, um an dem fetten Amerikaner, dem klapperdürren Kroaten, den müden Pendlern, den Jungs, die sich nach einem Bier, einem Curry und einer Schlägerei sehnen, vorbeizuspähen. Zwar sieht er Cushla auch so nicht richtig, denn zwei *Guardians*, ein tropfnasser Schirm und ein eselsohriger Penguin-Taschenbuch-Klassiker versperren ihm die Sicht, aber immerhin kann er ihr linkes Bein, ihren linken Arm und die Falten ihrer aufgeknöpften Wildlederjacke, wo sie gegen ihre Brust stößt, in Augenschein nehmen. Er hält angestrengt Ausschau, ob sie vorhat aufzustehen. Nein, nichts. Keine Gefahr im Verzug, sie bleibt sitzen.

An der nächsten Haltestelle steigen drei Leute aus, einer kommt rein, vier nehmen Platz. Als alle Schachfiguren zur Ruhe gekommen sind, ist der Sitz neben ihr frei. Ohne nachzudenken steht Josh auf und will sich gerade neben ihr niederlassen, da stürzt in letzter Sekunde noch eine Frau herein, drängt sich durch die Tür, die bereits zugeht, schlängelt sich hinter Joshs bereits gebücktem Rücken vorbei und klaut ihm – stumm triumphierend – seinen Sitzplatz. Ein Sieg ohne jeden Augenkontakt. Die Bahn setzt sich wieder in Bewegung, und Josh, den es kalt erwischt hat und der außerdem noch hin und her gerissen ist zwischen dem Bedürfnis, sich neben ihr niederzulassen, und den Zweifeln an seinen Beweggründen, gerät komplett aus dem Gleichgewicht. So haut es ihn also vom Sockel, und er landet wie ein Häufchen Elend auf ihren Füßen.

Cushla zuckt nicht zurück und schreit auch nicht auf. Sie schimpft nicht und höhnt nicht, sie verdreht nicht mal den Kopf resigniert zur Zeitung ihres Nachbarn. Statt dessen blickt sie auf, lächelt Josh an, als wäre dieser Fußfall das Netteste, was ihr heute passiert ist, und nach einer winzigen Pause gestattet sie sich ein Aufstrahlen der Augen und tut so, als registriere sie erst jetzt, wer da versucht hat, sie zu verkrüppeln, und sich jetzt rückwärts ins Gewühle verziehen will, mit rotem Gesicht und Entschuldigungen stammelnd.

»Oh, Josh, wie nett! Ich hab eine Karte für dich in der Tasche!«

Sie hat eine Karte für ihn in der Tasche. Warum? Warum schreibt sie ihm? Weiß sie etwas, was Josh nicht mal sich selbst eingestehen kann? Nicht mal im leisesten Flüsterton?

»Eine Karte? Ähmmm ... na so was.« Die Dummheit blinder Lust gewinnt die Oberhand. »Warum?«

»Für dich und Martin meine ich natürlich. Weil der Abend neulich so toll war. Na ja, mir hat er jedenfalls wahnsinnig gefallen. Ich mußte heute fast den ganzen Tag lächeln, immer wenn ich daran gedacht habe.«

Lächeln. Sie mußte lächeln. Seinetwegen, wegen ihnen beiden, seinetwegen. Meint sie das ernst? Meint sie, daß sie über ihn gelächelt hat? Ihn womöglich ausgelacht? Was weiß sie über ihn?

Josh hat genug Therapie hinter sich, er durchschaut, was vorgeht. Er kennt die Natur seiner Ängste, seiner verdrängten Furcht. Ihm ist klar, es macht ihm nur was aus, weil es ihm was ausmacht. Er taxiert die Gefahr. Ja, er fühlt sich zu Cushla hingezogen. Aber was kann das bedeuten? Er ist schwul, er hat einen Partner, er ist glücklich, Martin ist glücklich, sie sind beide erfolgreich, angesehen, sie haben ein schönes Zuhause, den Segen ihrer beider Familien und der Allgemeinheit. Und schließlich liebt er Martin doch. Martin ist schwul und Josh auch. Sie dagegen ist eine Frau, aber sie ist ihm ähnlich, sehr ähnlich. Deshalb sieht er in ihrem Gesicht die Antwort. Cushla gleicht ihm, und in diesem Fall erliegt er einem rein narzißtischen Verlangen, als solches durchaus verständlich. Wahrscheinlich braucht er sowieso ein paar mehr Frauen in seinem Leben, er hatte doch nie vor, im Ghetto zu leben ... und so weiter. Genauer gesagt ist es ja nicht irgendeine Frau, zu der er sich hingezogen fühlt, es ist eine ganz bestimmte. Er verfällt durchaus nicht in ein allgemein heterosexuelles Verhaltensmuster, sondern er verhält sich, wie sich ein bestimmtes Individuum einem anderen bestimmten Individuum gegenüber verhält. So rationalisiert Josh seine Begierde außer Sichtweite und manövriert sich selbst in eine ausgesprochen prekäre Situation. In einem fünf Sekunden dauernden Bungee-Sprung rationalisierter Selbsttäuschung stürzt er sich Hals über Kopf auf die Chance, sich Hals über Kopf auf Cushla einzulassen.

»Hör mal, hast du was vor? Ich meine, Martin bleibt heute länger weg ... und ich hasse es, heimzukommen und das Haus ist leer. Ich muß bei der nächsten Station raus, und da gibt es gleich um die Ecke ein nettes Café, eine Art Bar ... ganz in der Nähe von unserem Haus ...«

Jetzt geht es Schlag auf Schlag, und Josh verliert rapide die Kontrolle. Er stammelt wie die Parodie eines verknallten Sechzehnjährigen. Er holt tief Luft und versucht es auf die coole Tour.

»Ich meine ... falls du nichts anderes vorhast ... obwohl heute Freitag ist natürlich ...« Die coole Tour funktioniert überhaupt nicht. Er meint Freitag abend als Beginn des Wochenendes, als den Beginn einer dreiundsechzigstündigen Flucht aus dem Büro für eine berufstätige junge Frau, aber kaum sind die Worte heraus, fällt ihm ein, daß diese berufstätige junge Frau Jüdin ist. Vermutlich ist sie unterwegs zum Abendessen nach Nord-London zu ihren Nord-Londoner Eltern in ihrer Nord-Londoner Doppelhaushälfte, wo die Flasche Nord-Londoner Palwin No 4 schon bereitsteht. Andererseits hat sie vielleicht überhaupt nichts übrig für solche Traditionen, und jetzt hat er sich in ihren Augen als einer von diesen jüdischen Knaben entpuppt. Er kommt sich vor wie in einem Woody-Allen-Alptraum, dabei haßt er Woody Allen. Am liebsten möchte er ihn verprügeln und ihm sagen, er soll aufhören zu nerven und erwachsen werden und sich zusammenreißen. Doch Cushla schient nichts von all dem bemerkt zu haben. Sie lächelt ihn immer noch an.

»Nein, ich hab nichts anderes vor. Ich war den ganzen Tag in der Stadt. Der gestrige Abend war eine echte Inspiration für mich. Ich bin in den Galerien umhergewandert und hab alles in mich aufgesogen. In London gibt es soviel Schönheit, aber wir nehmen sie oft gar nicht wahr. Findest du nicht?«

Sie hebt ihm ihr Gesicht entgegen, und er kann die Schönheit nicht ignorieren, die sie ihm darbietet. Die Komplimente, die durch seine Großhirnrinde rauschen, sind eine feminine Version der Loblieder, die Martin in ihrem ersten gemeinsamen Jahr immer vom Stapel gelassen hat.

»Gott, deine Lippen sind so weich.«

»Ich möchte dich küssen.«

»Ich liebe es, wie deine Haare sich kräuseln.«

»Ich möchte dich berühren.«

»Das Grün deiner Augen ist wie das Meer im Sonnenlicht.«

»Ich möchte dich spüren.«

»Wie können deine Hände nur so schmal und stark und weich sein?«

»Ich möchte dich festhalten.«

»Dein Brustbein ist so vollkommen.«

»Ich möchte mit dir schlafen.«

»Du bist wunderbar.«

»Ich möchte mit dir schlafen.«

»Ich möchte mit dir schlafen.«

Noch immer sieht sie ihn an, die U-Bahn setzt sich in Bewegung, und allmählich wird der Waggon leerer. »London? Die Galerien?«

Er nickt, stimmt ihr zu, stimmt Martin zu und sich selbst. Ja, er möchte mit ihr schlafen, und ja, die Galerien sind wunderbar. »Ja. Ja. Man vergißt einfach manches, stimmt's?«

Die Sitzdiebin steigt aus, Josh kann sich endlich unangefochten auf den Platz neben Cushla setzen. An ihm ist alles ein bißchen größer als an ihr. Sein Kopf ist ein bißchen dicker, sein Hals ein bißchen länger, sein Körper ein bißchen breiter. Sie gleicht ihm sehr. Als sie sich ins Gesicht sehen, entdeckt er links direkt unter ihrer Unterlippe eine winzige Narbe, seine Hand fährt über seine eigene Unterlippe, über die identische Kerbe an seiner eigenen Lippe. Josh ist verwirrt, aber er hat sich nicht geirrt.

An seiner Station steigen sie aus. Er betritt die Rolltreppe als erster, ohne sich umzusehen, und sie schweigen, bis sie die engen Sperren hinter sich haben und in der Halle stehen. Das warme Café ist auf der anderen Straßenseite, Lärm, Licht und Zigarettenqualm erwarten sie dort. Auf der nassen Straße, die zwischen ihnen und der Gemütlichkeit liegt, saust der abendliche Verkehr vorbei, Motorradfahrer, die sich auf irre Kämpfchen mit Taxis einlassen, das Licht der Straßenlaternen, das in den Pfützen glitzert. Einen Augenblick ist Josh wie erschlagen, und es erscheint ihm unmöglich, diese Straße zu überqueren. Beinahe will er umkehren, Aufregung und Gefahr zum Teufel schicken, sich einen schnellen Espresso genehmigen und dann zügig und erleichtert nach Hause gehen.

Doch dann nimmt Cushla seinen Arm, ihre Haut berührt seine, sie ist neben ihm, ganz nah, sie atmet rasch und tritt einfach hinaus auf die belebte Straße. Die Autoschlangen teilen sich vor ihnen, die Dreckpfützen trocknen aus, und sie führt ihn über die Straße ins gelobte Land.

Auf dem Weg zum Café, den sie im Laufschritt zurücklegen, gibt es eine Sekunde, in der man das Lenkrad der Geschichte gerade noch herumreißen könnte. Eine Sekunde, in der Josh über die Straße ins Unbekannte rennen und sich doch noch für den Espresso und fürs Weglaufen entscheiden könnte. Sie stehen zusammen auf der linken Straßenseite, und selbst in dem Moment, als sie loslaufen, als der Verkehr sich vor ihnen teilt, selbst in diesem Moment hat Josh noch die Möglichkeit, sich anders zu entscheiden. Sie gelangen zur Straßenmitte und werden nicht überfahren. Jetzt hat Josh die Auswirkungen ihres Zaubers gesehen, er spürt die heißen Finger auf seinem Arm, er staunt. Doch es könnte auch anders sein, Josh ist kein Calvinist, er hat einen freien Willen, und in diesem Moment könnte er beschließen, den Rest seiner Tage auf der Verkehrsinsel zu verbringen. Dann jedoch überschreitet er die Linie, die weiße Linie, die Les Holloway vor vier Jahren am zweiten Tag in seinem neuen Job gezogen hat. Und da ist es vorbei.

Cushla und Josh überqueren die weiße Linie, die an einem schwülen Sommernachmittag gezogen wurde. Eine neue Linie, sauber und frisch, und an diesem Tag hatte Les fast das Gefühl, daß sein neuer Job sich lohnte. In der ersten Woche nach zwei Jahren Arbeitslosigkeit hatte er tatsächlich Spaß bei dem, was er tat. Draußen, an der frischen Luft – jedenfalls mehr oder weniger. Vor vier Jahren schien sich alles zu einer idyllische Realität zusammenzufinden: der neue Job, die neue Wohnung, die neue Frau. Inzwischen weiß Les es besser, deshalb ist er jetzt allein und hat die Hälfte seines neunten Bieres in einem schmuddeligen Pub in Bounds Green intus. Les trinkt, bis das Wochenende vorüber ist und er aufwachen und den Montag verfluchen kann. Les haßt seinen Job, die Monotonie, das Wetter, die Arschlöcher von Autofahrern, die ihn Tag für Tag verarschen, den Gestank der Farbe. Aber damals war der Job neu, und die Sonne schien liebevoll auf Les und sein neues Leben. Schien so schön, daß Les seinen neuen Job pries und, während er die schmale weiße Linie zog, tatsächlich glaubte, seine Arbeit wäre wichtig. Seine Arbeit spielte eine Rolle. Und weil Les so fest daran glaubte, war es auch so. Diese Linie ist sehr schwierig zu überqueren, aber wenn man erstmal drüben ist, gibt es kein Zurück mehr.

Aus dem Espresso wurde Wein mit Wasser, der schnelle Drink dauerte zwei Stunden, das Händeschütteln verwandelte sich in fingerverflochtenes Händchenhalten. Auf einmal hat Josh keine Angst mehr.

»Willst du mit zu mir kommen?«

»Zu mir« hat er gesagt, nicht »zu uns«.

»Ist Martin da?«

»Nein. Martin geht heute aus. Und sonst ist auch niemand zu Hause.«

Als Josh »zu Hause« sagte, klang das, als wäre er ein alleinstehender Mann. Es klang wie eine Einladung. Und Cushla ließ sich nicht zweimal bitten.

Er liegt ihr gegenüber. Das frische Laken schlägt Falten unter ihnen. Es ist sauber. Sie sind auch sauber und riechen gut. Sie etwas süßer als er, immerhin ist sie ja eine Frau. Vom zuckrigen Ende des Backzutatenregals in Ihrem freundlichen Supermarkt. Ihre Gesichter sind parallel, Cushlas Brüste auf einer Höhe mit Joshs durchtrainierter Brustmuskulatur, ihr Kinn gerade unterhalb von seinem. Bei einem leidenschaftlichen Kuß weicht ihre Nase gekonnt der seinen aus, ihre Schneidezähne geben dem emaillierten Zusammenstoß eine ausgewogene Note, Überraschung verwandelt sich in klare Harmonie. Cushlas Augen öffnen sich und blicken durch flatternde Lider in ihre Gegenstücke, in Joshs Augen. Gesichtszüge im Gleichklang. Ohren, Augen, Nase, Lippen, Zähne, Zunge, zwei Gesichter, die in einen Spiegelsee blicken.

Josh denkt nicht an solche Dinge, er kann es sich nicht leisten, darüber nachzudenken, was er tut. Er läßt sich einfach treiben. Er geht den Weg allen Fleisches. Das kollektive Unterbewußte und fünfundzwanzig Jahre in der wirklichen Welt zerren ihn den klassischen Pfad von »boy meets girl« entlang, wo doch an seiner eigenen Abzweigung für ihn deutlich lesbar »boy meets boy« stand. Anders als der schwule Junge, der zum ersten Mal mit einem Mann schläft, braucht Josh nicht zu fragen, was er tun soll. Er ist auf diesem Planeten aufgewachsen. Er hat die Filme gesehen, die Bücher gelesen, ist bei den Miniserien eingeschlafen und hat die Daten analysiert. Er weiß, wohin das führt, was passiert und was er zu tun hat. Wie der Elefant auf dem Fahrrad muß er im Gedächtnis nicht erst lange nach dem kramen, was er sowieso nie vergessen durfte.

Josh berührt Cushla, orientiert sich an ihrem langen Zeigefinger, der seinem genau entspricht. Ihren Arm hinauf, glatt und flach, blaßblaue Venen, fast überdeutlich unter der Elfenbeinhaut. So weit, so gleich. Jetzt führt sein rechter Ringfinger mit seiner Direktverbindung zum Herzen die Erkundung fort. Sie läßt ihn machen, beobachtet ihn stumm. Einer, zwei seiner Finger berühren ihre Lippen, sie öffnen sich, hauchen einen Kuß und schließen sich, ein angedeuteter Biß in die Fingerspitzen, dann sind sie wieder frei. Der Weg von den Lippen zur Brust ist ganz nah. Jetzt sind drei Finger beteiligt, eine zögernde Liebkosung. Josh fällt ein, daß der Homo sapiens die Gegenstellung des Daumens nicht in erster Linie entwickelt hat, um einen Hammer zu schwingen, sondern zum Festhalten von Händen, Brüsten, Penis. Jetzt hält Cushlas Hand ihn fest. Für ein Mädchen hat sie lange Hände, aber sie sind immer noch kleiner als die von Martin. Kleiner und weicher. Martin mag ein Modell vollendeter Eleganz sein, aber Cushlas Hände stammen von perfekt aufeinander abgestimmten XY-Chromosomen. Josh gestattet sich einen kurzen Moment als Nachdenken getarnter Rationalisierung: Die Frau, die hier vor ihm liegt, ist das Anders-Gleiche. Sie sieht gleich aus in Farbton und Schattierung. Sie ist aber nicht gleich. Sie ist sein weibliches Gegenstück. Gleichanders, anders-gleich. Na Gott sei Dank! Wenn man die Sache aus dieser Perspektive betrachtet, dann vögelt Josh doch genaugenommen mit Martin, stimmt's?

Bis jetzt vögelt er noch gar nicht.

Weiter geht's. Ihre Brüste sind gerade eine Spur üppiger als mittel, fest und natürlich. Wenn sie so daliegt, fallen sie leicht nach links. Fallen weich über ihr nichtexistentes Herz. Josh entsinnt sich wieder der Evolution und nimmt ihre Brüste in die Hand. Er kann das weiche Fleisch gerade mit der Hand umfassen; ihre rechte Brust ist ein klein wenig voller als die linke. Das überrascht Josh, denn er hat keine Asymmetrie erwartet. Aber Martins linker Hoden ist auch ein klein wenig größer als sein rechter. Schon wieder anders-gleich. Im Schlafzimmer ist es nicht besonders warm, aber unter ihren Brüsten ist es heiß, die Wärme wird in der Hautfalte gespeichert. Er beobachtet, wie ihre Lunge sich hebt und senkt. Bemerkt ihren Atemrhythmus und lauscht einen Moment auf seinen eigenen Körper. Aber der ist stumm. Heute weigert sich sein Herz, mit ihm zu sprechen.

Cushla küßt ihn, und er rollt sich auf den Rücken, um das Küssen besser genießen zu können. Cat Woman schleicht um seinen Körper, mit geschmeidigen Gliedern und spitzen Raubtierzähnen, die an ihm knabbern, leise in seine Brust beißen, in Arme, Hände, Schultern, Brustwarzen, Bauch, Zehen, Füße, Waden, Schenkel, Schwanz. Sie beißt ihn in den Schwanz. Winzige Knabberbisse, Mädchenzähne, gerade so, daß er merkt, es tut weh, aber so sanft, daß es ein Genuß ist. Josh nimmt das Beißen zur Kenntnis, aber dann hört es auf, denn jetzt beißt sie ihn nicht mehr, jetzt trinkt sie ihn, ißt ihn auf. Wenn Josh die Augen schließt, ist er in Sicherheit, denn sie könnte irgend jemand sein, irgendein Mann.

Wenn Josh die Augen schließt, sitzt er endgültig in der Bredouille. Ich verstehe was von meinem Handwerk.

Josh läßt die Augen offen, er will wissen, was da abgeht. Außerdem ist das sowieso nicht die Realität, er könnte mit irgendwem im Bett liegen, er hat das schon mit allen möglichen gemacht. Schließlich riskiert er nicht seine Ehe dafür, daß ihm jemand für zehn Dollar einen bläst. Aber jetzt will er es so. Sie erscheint neben ihm und dann über ihm, und er merkt, daß er – o Wunder! – ganz genau in sie reinpaßt. Josh und Cushla passen ineinander, als wäre das alte Reinraus-Spiel extra für sie erfunden worden.

Aber es stimmt doch nicht. Der Mann ist schwul, verfickt nochmal.

Ach, ich bin doch so flexibel!

Jahrelang hat Josh verborgene schwule Literatur ausgegraben, schwule Fernsehsendungen, schwule Filme. Wie jeder seiner Art, wie jede Gruppe, Minderheit, Clique, Elite hat er das gesucht, durch das er sich repräsentiert fühlt. Hat nach dem anerkannten Funken geforscht, der ihm hie und da die Chance gibt, sich selbst, sein Leben, sein tiefstes Inneres auf der kreativen Leinwand reflektiert zu sehen. Er hat sich Filme über Juden angesehen und Filme über Schwule – und bisweilen über beides –, ein- oder zweimal hat er sogar ein schwules schwarz-jüdisches Pärchen vorgesetzt bekommen. Als wäre so was tatsächlich auch außerhalb seiner vier Wände möglich! Als leidenschaftlicher Filmfan hat Josh den einen von hundert Filmen angeschaut, der das zeigt, was der Rest der Welt für so selbstverständlich nimmt, daß er es schon gar nicht mehr merkt – das eigene Sexleben lebensecht und direkt da oben auf der Leinwand, dargestellt in grellen Technicolorfarben.

Und jetzt macht er so was! Macht er genau das, was er so oft gesehen hat, in Liedern so oft gehört, in Büchern so oft gelesen! Ja, sie ist weich, ja, sie riecht phantastisch, ja, sie ist kleiner als er, und ihre Kleinheit gibt ihm ein Gefühl der Stärke, ja sie ist sexy, und Himmel, sie ist wirklich gut! Zweifellos trifft das alles zu, aber jetzt, wo er mittendrin ist und sich den Momentfilm dessen ansieht, was sie da machen, da erscheint ihm die Tatsache, daß sie Cushla ist, im Grunde nebensächlich. Josh sieht, was los ist, und erkennt nur »boy fucks girl«, und einen Augenblick lang ist er in allem, und es ist so verflucht einfach. Er ist in ihr, und es ist so leicht. Ihre Körper vereint, Schwanz und Möse, Josh ist eins mit dem Mythos und fällt Hals über Kopf über Arsch über Titten in die Falle. Josh ist nicht heterosexuell, er wird es auch nie sein. Aber bei der klassischen Debatte über angeboren oder anerzogen wird nur äußerst selten in Betracht gezogen, wieviel leichter es ist, die Kinderlieder mitzuträllern, wenn man die Melodie gelernt hat. Schließlich ist Josh genauso aufgewachsen wie der Rest von uns, hier, in der normalen Welt. Folglich kennt er die Melodie, notgedrungen. Und während er im keuchenden, synkopischen Fick-Takt mitsingt, ist alles so einfach und ungefährlich, es gibt keinen Konflikt, kein Drama, und alles, was er tun muß, um in diesem netten Kuscheleckchen zu bleiben, ist, diese Frau zu ficken. Und genau das tut er.

An einem kalten Winterabend entdeckt Josh in seinem Schlafzimmer in Islington Norman Rockwell und fickt ihn, bis ihm Hören und Sehen vergeht.

Nicht schlecht für einen Amateur.

Cushla weiß, daß die Planung ihres nächsten Schritts etwas ganz Besonderes werden muß. Ihr jetziger Einfall ins Reich zwillingshafter Hingabe verlangt mehr als nur die Hitze der Leidenschaft, damit Joshs bisherige Beziehung in sich zusammenbricht. Eine schnelle Nummer bringt dieses liebende Paar nicht auseinander. Also muß sie auf die Strategie des steten Tropfens zurückgreifen. Sie beginnt mit dem Samen einer Beziehung zu Josh, eine langwierige Entwicklung, in der das Krebsgeschwür des Mißtrauens möglicherweise erst auftauchen wird, wenn einige Zeit seit dem ersten heißen Tag unter der sengenden Sonne ihrer Sünde verstrichen ist. Doch sie ist bereit zu warten. Der Lohn ihrer Mühe wird um so größer sein, wenn sie sich so anstrengen muß. Und in der Zwischenzeit amüsiert sie sich doch eigentlich recht gut. Obwohl sie von dem Gedanken besessen ist, Paare aufzumischen, am besten alle, mischt sich Cushla doch lieber unter die besser gestellten Ehebrecher, und Josh und Martin haben wirklich einen ausgezeichneten Geschmack, was Bettwäsche angeht. Immerhin ist sie ja eine Prinzessin.

Joshs heterosexuelle Jungfräulichkeit war für Cushla natürlich ein guter Treffer, eine funkelnde, brustschmückende Medaille. Aber der wirkliche Preis ist Josh selbst. Man kennt ihn als redegewandt und sympathisch. Er hat seine Meinung zur Lage Europas öffentlich kundgetan, er vertritt einen klaren Standpunkt hinsichtlich klassischer Bildung. Nach und nach wird Cushla herausfinden, daß er außerdem gemütliche Spaziergänge und zügige Dauerläufe mag, schnellen Sex im Bett und langsames Ficken im Bad, daß er Maria Callas liebt und sich freut, wenn Chelsea beim Fußball gewinnt. Am besten alles gleichzeitig.

Aber während jedes geheime Stelldichein und jeder kurze gemeinsame Nachmittag Cushla ihrem Ziel einen angenehmen Schritt näher bringt, geht es dabei natürlich auch um den Job. Ihre elegante Planung ist der feuchte Traum jedes Ergonomie-Besessenen. Die guten Zeiten rütteln bereits an dem Gebäude Martin und Josh. Und Martin ist nicht Sally oder Jonathan, er ist weder dumm noch leichtgläubig. Außerdem ist er nicht bereit, kampflos aufzugeben. Zwar weiß er nicht genau, wie ihm geschieht, aber er ist sensibel genug, um zu durchschauen, daß Joshs Abgespanntheit nicht auf die übliche Wintererschöpfung, das Ausgehungertsein nach Sonne, zurückzuführen ist. Die Distanziertheit, die von Josh ausgeht, läßt sich nicht mit einer Woche Florida für zwei heilen. Martin ist klug genug, um ein Problem zu spüren, und verliebt genug, um Angst zu bekommen. Was auch immer passiert, er hat vor, der Sache auf den Grund zu gehen und das Übel mit Stumpf und Stiel aus seinem Leben zu reißen.

Am Mittwoch quetscht Josh ein zweistündiges Treffen mit Cushla in einem hübschen Hotel ganz nah beim Sender in den Terminplan, bevor er Martin von seinem neuesten Auftrag bei Radio 4 abholt. Martins Ansichten zur Integrität der Architektur im kulturellen Niemandsland, mit einigen witzigen Nebenbemerkungen zu kombinierten Baumaßnahmen vor der Jahrtausendwende, werden einer bereitwillig lauschenden Zuhörerschaft etwa im gleichen Moment dargebracht, in dem Cushlas perfekte Lippen von Joshs Brustbein zu seinem bereitwilligen Schwanz wandern. Zum zweiten Mal heute nachmittag. Nach fast zwei Wochen gestohlener Nachmittage und heimlicher Rendezvous ist der Frauensex für Josh immer noch abartig genug, um ihn zu erregen, und fremd genug, um ihm neu zu erscheinen. Sie wiederholen die ganze Sache noch einmal, dann zieht Josh sich an, bestellt Tee und läßt Cushla nackt im zerwühlten Bett allein, wo sie die Überreste ihres Appetits mit warmen Scones stillt und Butter und Erdbeermarmelade auf die heißen Laken tropfen läßt. Josh trinkt einen Schluck von ihrem lauwarmen Lapsang Souchong, küßt ihre krümeligen Lippen und macht sich gerade rechtzeitig auf den Weg, um die Schwingtüren des Senders in dem Moment zu erreichen, als man Martin für seinen heutigen Beitrag dankt.

Martin fährt selbstbewußt mit dem Lift nach unten, tritt ins Foyer und verliert nur ganz kurz die Fassung, als er Josh sieht, der sich die Haare glattstreicht und die dichten schwarzen Locken aus dem schuldbewußten Gesicht schiebt, ungefähr an die Stelle, an die sie sich eines Tages naturbedingt zurückziehen werden. Martin hat fest vor, diesen Prozeß mitzuerleben. Er drängt sich durch eine dichte Botengruppe zu Josh durch, ignoriert den besorgten Blick seines Geliebten ebenso wie den rauchigen Teegeschmack seines Atems, küßt ihn und läßt weder auf der Straße noch im Taxi die Finger von ihm, bis sie endlich zu Hause in ihrem Bett ankommen. Und als Josh dann doppelt erschöpft und schlafend in seinen Armen liegt, plant Martin seinen Angriff. Er wird rasch, effektiv und gut versteckt ausgeführt werden. Zuerst jedoch muß er die Tarnung aufdecken.

Am Donnerstag morgen schreitet Martin zur Tat. Er folgt Josh in die Stadt. Aber erst, nachdem er ihn dreimal in der Nacht und einmal ganz früh morgens zum Sex geweckt hat. Wenn die Strategie heute nicht funktioniert, kann er zumindest hoffen, daß er Josh so ausgepowert hat, daß ihm keine Kraft für Betrügereien mehr übrigbleibt. Martin folgt Josh zu einem Geschäftstreffen in Soho, dann zum

Friseur in der Old Compton Street, bei dem sie beide Kunde sind und der heute Joshs Locken noch ein bißchen lässiger stylt, als sie von Natur aus sind. Martin verdrückt sich hinter ein Ladenfenster schräg gegenüber und trinkt Capuccino aus einem Styroporbecher, zum Aufwärmen, nicht aus Geschmacksgründen. Dann bleibt er Josh bei einigen irritierend normalen Erledigungen im Bannkreis der Londoner Schwulenszene auf den Fersen. Schließlich überschreitet er die Grenze und begibt sich ein Stück nördlich der Oxford Street zurück ins Land der Heteros. Martin ist schon kurz davor, sein Unternehmen abzublasen und nach Hause zurückzukehren, als Josh in ein Café tritt, die Arme ausbreitet und Cushla sich hineinwirft.

Cushla will Josh gerade küssen, um seine kalten Lippen zu trösten – ihre sind vom Lippenstift geschützt und vom heißen Tee erhitzt – als etwas Ungewöhnliches in ihr Blickfeld dringt und ihre Aufmerksamkeit zu einem Mann auf der Straße lenkt. Zu einem Mann mit dickem Mantel und dunklem Hut. Einem Mann, der leidet. Einem Mann, der diese Szene viel früher beobachtet, als Cushlas Plan es vorsah. Blitzschnell korrigiert Cushla ihre Kopfhaltung und haucht Josh einen Kuß auf die Wange.

»Lächle, freu dich, mich zu sehen, und setz dich hin.«

Josh versteht nicht, denn er hat sich inzwischen fast daran gewöhnt, in der Öffentlichkeit mit Küßchen zu begrüßen. »Aber warum denn ...«

»Martin. Er steht da drüben, auf der anderen Straßenseite. Er beobachtet dich. Uns.«

Josh ist entsetzt, und da sich ihm weder die Möglichkeit zum Kampf noch zur Flucht bietet, begibt er sich auf traditionelles Terrain. Er verfällt in Panik.

»Was? Scheiße. Scheiße! Verdammte Scheiße!«

Im Adrenalinrausch verliert Josh den Zugriff auf seinen überreichen Wortschatz. Er will Spaß und Leidenschaft und Lust. Aber er will ganz bestimmt keine Szene. Jedenfalls keine, die er nicht selbst inszeniert hat. Sein verängstigtes Geplapper geht weiter. »Weiß er, daß du ihn gesehen hast?«

»Ich bezweifle es. Vielleicht.«

Cushla weiß, daß Martin es nicht weiß, sie spürt, daß er es nicht weiß, aber sie sagt es Josh lieber nicht. Sie beschließt, Josh einen Moment des ganz besonderen Nervenkitzels, wenn sexuelle Spannung sich mit schlechtem Gewissen trifft, zu gönnen.

Cushla beruhigt ihn. Josh setzt sich widerstrebend, unter Protest sämtlicher am Vorgang beteiligter Muskeln. Sie bestellen Tee und Kuchen. Als die Kellnerin mit den Tellern erscheint, steht Cushla auf, um ihr zu helfen, dreht sich schnell zum Fenster um, entdeckt den Beobachter und beginnt, ihm freudig erregt zuzuwinken.

»Oh, sieh mal, Josh, da ist Martin. Auf der Straße da drüben. Das ist aber ein netter Zufall!«

Reichlich hölzern dreht Josh sich ebenfalls um, und zu zweit geben sie Martin Zeichen, herzukommen. Er gesellt sich zu ihnen, genauso widerwillig, wie Josh sitzen bleibt, aber Cushla überspielt den unangenehmen Augenblick, indem sie eine Teetasse umwirft. Im Chaos des Aufwischens verliert sich die Spannung. Schließlich bringt die Kellnerin neuen Tee, und dann folgt die Erklärung, daß Cushla Josh furchtbar gern bei seiner neuen Ausstellung helfen möchte. Die Erklärung wird mit gerade so viel oder so wenig Interesse vorgebracht, daß man sie für möglich halten könnte, und nun bildet sich ein Dreieck, gleichschenklig, aber nicht gleichwinklig. Ganz langsam taucht Josh aus dem Sumpf seiner Angst wieder auf.

Für Martin wird Kaffee bestellt, für Cushla noch ein Cremetörtchen, Josh möchte etwas Herzhaftes und bestellt Welsh Rarebit. Martin hat keinen Hunger. Josh merkt, daß er eigentlich auch keine Lust auf Käse hat. Aber die Zeit vergeht, die Teetassen sind fast leer, und es kommt zur Quadratur des Dreiecks. Man hört ihr Lachen bis in die Küche im Keller. Als die Sonne über dem Oxford Circus untergeht, spielt Cushla die Schwulenfreundin, aus den Männern sind Nachmittagsteetunten geworden. Martin spielt mit Joshs Locken, Josh ißt die Hälfte von Cushlas Kuchen, und Cushla zahlt für alle drei. Sie brechen auf mit einem im Brustton der Überzeugung geäußerten und ehrlich gemeinten »Wir müssen zum Abendessen«.

Zu Hause leidet Josh gleichermaßen an schlechtem Gewissen wie an ungestillter Leidenschaft. Daneben fühlt er Erleichterung, ist aber nicht sicher, ob sie daher stammt, daß er um Haaresbreite davongekommen ist, oder daher, daß er heute nicht lügen mußte. Jedenfalls nicht in sexueller Hinsicht.

Martin ist besänftigt und bereit, für den heutigen Abend seinen Verdacht als unbegründet ad acta zu legen. Martin ist jede Gelegenheit recht, seinen Verdacht zu verdrängen. Er ist von Natur aus eine vertrauensvolle Seele und will seinen instinktiven Glauben nicht mehr als nötig auf die Probe stellen. Außerdem, selbst wenn Josh sich insgeheim mit jemandem trifft, wird es bestimmt nicht diese Frau sein. Zwar war Martin erstmal sauer auf Josh, weil er ihm die besondere Freundin geklaut hat, aber darüber ist er jetzt weg. Als Paar verkraften sie solche Eifersüchteleien allemal, es geht um die Wahl der Freundschaften, was manchmal auch nerven kann, aber letzten Endes spielt es keine Rolle. Es geht darum, daß man bestimmte Freundinnen für sich allein haben will. Ich bin der Anführer meiner eigenen Gang, ich gehöre nicht zu deiner. Für Martin und Josh geht es bei solchen Freundschaftsspielchen darum, sich wie ein verliebter Vierzehnjähriger aufzuführen – es geht nicht um Sex. Die Beziehung zum besten Freund oder

der besten Freundin besteht aus heimlichen Geständnissen und verstohlenem Händchenhalten, nicht aus heimlichen Küssen und verstohlenen Bettgeschichten. Zumindest weiß Martin jetzt, daß Josh ihm heute treu war.

Cushla hat es sehr genossen, mit den beiden zusammenzusein, in ihrer Phantasie den guten Kumpel des glücklichen Pärchens zu mimen, aber währenddessen hat sie natürlich munter an ihrem Zerstörungswerk weitergearbeitet. Sie plant, bei ihrer nächsten Zusammenkunft mit Josh Cremetörtchen einzusetzen. Und dank der netten Gesellschaft hat sie so viel gelacht, daß sie darüber fast das unangenehme Gefühl vergessen hat, beobachtet zu werden. Jetzt weiß sie, daß ihr jemand nachspioniert. Ihr Gefühl hat sie nicht betrogen. Martin hat sie beide beobachtet.

Und der Prinz ebenfalls.

Mit seinem Voyeurauge genießt Prinz David diesen Sex. Er ist ganz anders, als er es erwartet hat. Anders als das, was er gewohnt ist. Anders als der Palastsex. Allmählich hat er das Gefühl, daß er anfängt zu verstehen, warum die Leute hier soviel Wind darum machen. Zu Hause ist die sexuelle Vereinigung eine angenehme Routineangelegenheit. Gelegentlich heftig und sogar leidenschaftlich. Aber niemals neu. Als nicht unbedingt geplante, aber genaugenommen natürlich unvermeidliche Konsequenz einer modernen Einstellung zur freizügigen Sexualität ist der Sexakt in seinem Heimatland so natürlich, daß er banal geworden ist. Was David, der Blasse, der Schöne, zwischen seiner Schwester und Josh beobachtet, ist jedoch alles andere als banal. Seine Kaiserliche Hoheit sitzt im 43er Bus auf dem Weg nach Hause, hat seine Haltestellen aber schon lange verpaßt. Er kann unmöglich aus dem linken Auge Ausschau nach der Imbißbude halten, an der er die Haltestelle immer erkennt, während sich vor seinem rechten Cushlas Sexshow abspielt.

Die Sexualerziehung im Palast folgt einem klar vorgeschriebenen Muster. Selbst für einen Jungen, der im Lauf eines einzigen Nachmittags erwachsen wird. In seiner Heimat ist Zeit ein beweglicher Feiertag, der Speiseplan jedoch genau vorgegeben. Die Instruktionen beginnen im Alter von fünf Jahren im Spätfrühling mit einem Ausflug auf die ferne Wiese, in Begleitung des Nachmittagstutors. Ein Tag mit nackten Füßen und Shorts, der Körper des kleinen Jungen frei im Sonnenschein. Der kleine David liegt flach auf weichem kühlem Gras und blickt über die Wiese, ein ungefegter Teppich aus winzigen Gänseblümchen, jedes gelbe Auge auf einer Höhe mit seiner Stirn, die einzelnen, dichten Blütenblätter reglos, während die ganze Blüte in der sanften Brise erzittert. Der Tutor liegt neben ihm, der Königliche Botaniker und Bienenzüchter. Auf ein Wort von ihm richtet sich Davids Aufmerksamkeit auf ein fernes Brummen, das lauter wird und näher kommt. Das Brummen erreicht die beiden schließlich als kleine schwarze Wolke und bricht dann in Hunderte verschiedener Töne auseinander. Der kleine Junge ist umgeben von einem Schwarm königlicher Honigbienen, läßt sich völlig unbesorgt von ihnen die weichen Haare auf Armen und Beinen zerzausen. Die Tiere klettern an ihm herunter, um zu den Gänseblümchen zu gelangen, die sie bereits sehnsüchtig erwarten. Die gierigen Bienen saugen Pollen aus ihren offenen Blüten und machen sich dann gemeinsam wieder davon, langsamer, als sie gekommen sind, die fetten summenden Bäuche vom Pollen geschwollen. Jetzt hat der Prinz die Bienen kennengelernt.

Dann kommen die Vögel an die Reihe. Jetzt ist David sechs und klaut Vogeleier, zusammen mit dem Palast-Ornithologen. Sie klettern auf hohe Kiefern, um in Krähennester und Eulenhöhlen zu spähen. Vorsichtig steckt der Tutor ein Ei ein und klettert eilig den Stamm wieder hinunter, ehe ein Elternvogel zurückkehrt und zur Attacke übergeht. Seine Hoheit ist ein langsamerer Kletterer, aber es ist trotzdem ein gutes Training – zwei Fliegen mit einer Klappe. Unter der Aufsicht des Tutors bricht David behutsam das unfertige Ei auf, und ein halb ausgeformtes Küken kommt zum Vorschein. Der Tutor erklärt die Körperteile, die Lebensphasen, und der Prinz nickt mit ernster Miene. Schon beginnt sich sein junger Kopf unter dem Gewicht all dieses Wissens zu senken. Sie lassen das aufgebrochene Ei am Fuß des Baumes liegen, als gesunde Nahrung für die Füchse oder Eichhörnchen. Aber nicht für die Katzen. David haßt Katzen. Im Palast zeichnet Seine Hoheit Bilder von Bienenstöcken und Küken und Honigwaben und Eiern. Er lernt Latein und Neugriechisch und beginnt Anaïs Nin zu lesen. Jetzt kennt er die Vögel.

Nach seinem siebten Geburtstag, dem Tötungsritual und den entsprechenden Festivitäten bekommt David einen Schlüssel für die Bibliothek und wird auf die Millionen Bücher darin losgelassen, von denen er manche versteht und andere nie verstehen wird. Er ist ein begieriger Leser, und als er die sexuelle Reife erreicht, ist David mehr als bereit für die Herausforderung. Das erste und das zweite Mal findet der Sex mit einem Palastangestellten statt, das dritte Mal mit Mutters bester Freundin, Nummer vier mit der Fee der Leidenschaft, Nummer fünf mit einem Geschäftsmann auf der Durchreise. Seiner Hoheit ist Begierde nicht mehr fremd, und jetzt ist er erwachsen und weiß, was man tun muß.

So hat der heldenhafte Prinz die Wege der Lust durchgespielt, geübt und erforscht. Sie waren alle einfach und haben ihm Spaß gemacht. Aber kein einziger davon war auch nur ansatzweise gefährlich. Deshalb kann er sein beobachtendes Auge einfach nicht von seiner Schwester und Josh losreißen und sich auf seinen Heimweg konzentrieren. Im Palast sind weder schwärmende Bienen noch das Klettern auf Bäume gefährlich. David zündet sich eine Zigarette an, sieht weiter zu und erkennt, was ihm bisher entgangen ist.

Er liegt auf mir, sein Körper bedeckt den meinen, sein Kopf schmiegt sich schutzsuchend an meine Schulter. Wo seine Locken am längsten sind, in der schmalen Kuhle seines Nackens, verfangen sie sich in meinen. Unsere Locken lokken sich ineinander. Das Haar, das ich für dieses Unternehmen ausgewählt habe, ist vollkommen, es mischt sich liebend gern mit seinem. Ich bürste meine Knoten aus, und sein Conditioner hilft mir dabei. Brust an Brust ist unser Hautton identisch; wo das blaß schimmernde Oliv an meinen Brustwarzen zu Rosa wird, ist es bei ihm das gleiche. Sein männlich kleinerer Warzenhof ist trotz seiner Männlichkeit identisch. Fast sind wir eins. Etwas breiter, ein wenig größer ist er und paßt deshalb genau über meinen Körper. Nur eine kleine maskuline Abweichung vom femininen Genpool. Er überlappt mich an den Rändern. Momentan. Bald werde ich mich ein bißchen größer machen und, fast ohne es zu merken, wird er hineinrutschen, hineinfallen, sich hineinstürzen, ertrinken.

Sex am Nachmittag bringt eine Menge Teezeitvergnügungen. Die anonymen, teuren Hotelzimmer sind sauber und warm und süß wie weiße Baumwolle. Hinter den goldbetreßten Türstehern rückt London dem ungeduldigen Spätnovember immer näher, zu früh aufgehängte Weihnachtsdekorationen sind kein Ersatz für die träge Sonne, die früh unter- und spät wieder aufgeht. Windgepeitscht und vom Regen schmuddelig, grenzen die schmalen kalten Straßen dicht an überhitzte Innenräume, Cafés mit Capuccino-Dampf und milchig beschlagenen Fenstern. Es kostet

Mühe, die City zu durchqueren, um ihn zu treffen. Aber mir macht die Anstrengung nichts aus, sie gehört zu meiner Arbeit. Ich nehme meinen Job ernst. Er wird gut bezahlt, er verdient mein volles Engagement. Meistens fahre ich mit der U-Bahn, nur wenn das Wetter ganz schlimm ist, nehme ich ein Taxi direkt vom Elfenbeinturm. Die Gefahren der U-Bahn sind gut dokumentiert, die Männer, die einen ständig fast berühren, die wütenden Frauen, aber allen schenke ich mein bezauberndes Lächeln. Überrascht bieten sie mir ihren Sitzplatz an, machen Platz für meine zarten Füße und wundern sich über sich selbst. Ich hebe mir fast alle meine Kräfte für Josh auf, aber es ist ja nur angemessen, den Weg ein wenig zu ebnen. Die Taxifahrt läßt sich weniger leicht genießen, denn im schwarzen Autoloch gibt es niemanden, um mich abzulenken. Ich muß mich mit einem einzigen Menschen zufriedengeben. Dabei gibt es den Fallstrick öder Konversation vom Rücksitz aus, wobei man den Dieselmotor übertönen muß, um gehört und ignoriert zu werden, oder man lehnt sich in den schäbigen Sitzen zurück und bemerkt plötzlich die Erinnerungen unglücklicher Seelen, die hier ihre metaphysischen Flecken hinterlassen haben, damit ich mich in ihnen wälzen kann. Ich gehe der Angst der anderen aus dem Weg, so gut ich kann. Ich habe ebensowenig den Wunsch, ihre Qualen mit ihnen zu teilen, wie von ihnen geliebt zu werden. Ich befinde mich auf einer Mission und brauche einen klaren Kopf. Aber ich sorge schon dafür, daß meine Mühe sich lohnt. Inzwischen sind wir etwas schlauer, mein Joshua-Zwilling und ich. Wir planen unseren Fluchtweg bis ins kleinste geniale Detail. Wir sind äußerst umsichtig.

Wir treffen uns am Nachmittag, wenn die Sonne an den Tagen mit frühem Ladenschluß gerade ihren halbstündigen Auftritt absolviert, dreißig Minuten, eingeklemmt zwischen Regen und kärglichem Sonnenuntergang, wie es die

Greenwich-Gier vorschreibt. Wir begrüßen uns auf der Straße, dann folge ich ihm in vier Schritten Abstand in nicht unterwürfigem Gehorsam zu den Bedingungen des Verheirateten-Protokolls. Schon wieder ein Grandhotel, Türsteher, Gepäckträger, Empfangschef, alle geübt in Oberschichts-Diskretion, denn er und ich sind ein gutaussehendes Paar, ein reich aussehendes Paar, jeder weiß, daß wir uns unser Vergnügen sehr wohl leisten können. Joshua trägt uns als Mr. und Mrs. Soundso ein, und die Dickensschen Untertöne entgehen dem Angestellten nicht. Dann die liftgedehnte Reise zum Zimmer, Blumen, die außerhalb ihrer Zellophanhülle nur die nächste Stunde überdauern, und Vorhänge, die zu langweilig sind, um sie zu schließen. Das »Bitte nicht stören«-Schild wird aufgehängt, die Tür zweimal verriegelt. Das Schild ist für den Korridor bestimmt, nicht für mich. Ich brauche mich nicht um solche Wünsche zu kümmern.

Ich bin unfähig, mich um solche Wünsche zu kümmern.

Joshua hat so etwas noch nie gemacht, nie im Leben, das Ritual des Betrugs ist ihm fremd. Aber er hat schnell die Vorzüge der Minibar begriffen, er hat gelernt, daß ich am liebsten langsam die beiden Halbliterflaschen Champagner ausschlürfe, vielleicht ein bißchen sexgeteilte Schokolade, dann der Kuß, das Ficken, das Bett, das Bad, die Dusche, das Fernsehen und das Radio, und wenn wir noch ein halbes Stündchen übrig haben, bestelle ich etwas vom Zimmerservice. Weißbrot, gesalzene Butter und mehrere dicke Scheiben guten frischen Schinken auf einem Silbertablett, dazu eine Leinenserviette. Vielleicht ein wenig süße Marmelade, deren Körnchen ich mir später aus den Zähnen klauben kann. Ein gutes Hotel bietet viele Annehmlichkeiten, und ich werde jede nutzen, um ihn zu korrumpieren.

Rasch wird das Neue gewohnt, eine Struktur wird festgelegt. Ich bin unter seiner Haut, Josh kann nicht genug von mir kriegen, aber seine Leidenschaft muß in Stundenportionen bemessen werden. Und natürlich ist da noch das schlechte Gewissen. Ich habe darauf bestanden, daß ich mich von seiner Scham nicht beeindrucken lasse. Weder darf er Martin erwähnen, noch darf er je seine Furcht äußern, ertappt zu werden. Auf diese Weise vergrößere ich meine Macht. Indem ich mich aus der ganzen Verstrickung heraushalte, muß Josh sich mit dem Schlamassel allein rumschlagen. Er bucht das Zimmer, er arrangiert den Treffpunkt, er nennt die Zeit. Mit meiner Anwesenheit gebe ich meine Einwilligung. Ich mache einfach mit, beuge mich seiner größeren Bedürftigkeit, nehme ihn ebenso locker auf, wie das Zimmer uns aufnimmt. Ich bin ein Blatt, das losgelöst im Fluß von Joshs Verlangen treibt.

Ich bin ein Pulverfaß, das ungeduldig auf den richtigen Zeitpunkt für die Explosion wartet.

Das Timing ist alles. Beim Küssen wie beim Ficken. Bei der Prise Kokain, gut dosiert und in die Mulde zwischen meinen Schlüsselbeinen gestreut. Wenn ich den Champagner von meinem Mund in seinen laufen lasse, von der Vertiefung zwischen meinen Brüsten zu seiner gierigen Zungenspitze. Bei den raschen Muskelkontraktionen, die meinen Orgasmus mit seinem perfekt in Einklang bringen. Wir sind rhythmisch genausowenig kompatibel wie jedes andere neue Pärchen, aber ich schaffe diese Verschmelzung postwendend. Für uns dauert es nicht Tage und Monate, bis aus zwei endlich eins wird. Ich teile mich willkürlich, gebe jeden neuen Gedanken in seiner Gegenwart auf, bis meine Ideen samt und sonders von ihm stammen. Wir erleben eine Symbiose, und Josh ist fassungslos. Gefangen in Schuld und Verlangen und Scham und Staunen, verzweifelt er ekstatisch an unseren als Paar vollendeten Sätzen, an unserer geklonten Sehnsucht. Er sieht, daß wir schon jetzt superfein aufeinander abgestimmt sind. Das Paargefühl, um das er und Martin jahrelang gekämpft haben, hat sich bei uns schon in der kurzen gestohlenen Zeit unserer Vögeleien eingestellt. Er ist perplex. Er glaubt an Zauberei. Er meint, das hat etwas zu bedeuten.

Es bedeutet, ich bin verdammt kaputt, wenn ich heimgehe.

Tief in seinem Herzen hämmert unablässig eine Stimme, und sie wird immer lauter. Jetzt fängt sie an, ihm einzureden, daß er beichten sollte, Genugtuung leisten, alles wiedergutmachen. Der ewige Jude beichtet dem abtrünnigen Katholiken – so habe ich mir das ganz und gar nicht vorgestellt. Noch nicht jedenfalls. Versöhnung ist wohl kaum das angemessene Sakrament im Angebot, außerdem habe ich die letzte Ölung schon immer vorgezogen. Und es muß noch einige Zeit vergehen, ehe Inquisition und Verstoßung angesagt sind, ich brauche noch mehr von ihm. Darüber hinaus gehört zur vollständigen Beichte auch die Absolution.

Absolution ist die Erfüllung des Verzeihens. Was absolut nicht in meinem Sinne wäre. Ich habe mich nicht in diese Unternehmung gestürzt, habe nicht soviel Mühe und Selbstüberwindung in diesen Plan investiert, um mir meine wohlverdiente Belohnung von einem durch schmerzliche Untreue nur noch fester verbundenen Paar streitig machen zu lassen. Ohne die völlige Zerstörung ihrer Verbindung hat sich die Sache für mich nicht gelohnt. Man kann mir einiges nachsagen, aber nicht, daß ich nicht gründlich bin.

Auch nicht, daß ich keine Herzensbrecherin bin.

Wir schlafen noch einmal miteinander. Es geht voran.

David wartet. Sammelt Daten, häuft Beweise an. Das Warten auf den dritten Teil wird so lange dauern, wie es nötig ist. Er kann seine Schwester nicht antreiben, und jetzt, wo er London entdeckt hat, will er das auch gar nicht mehr. Er unternimmt alles Notwendige, um sie gewissenhaft beobachten zu können, aber während er wartet und zuschaut, amüsiert er sich auch. Deshalb schläft der Prinz bis Mittag, und weil sogar ein dünner Ästhet bisweilen etwas essen muß, beehrt er jeden Tag ein anderes Restaurant mit seiner Gegenwart und entdeckt dabei, daß es in der Winter-City warme gemütliche Eckchen gibt, wo man sich verstecken kann, rauchen und einfach die Welt beobachten, bis das Licht erstirbt, dunkelrot wie Blut hinter den verrammelten Ladenfronten. David genießt das Beobachten sehr. Zu Hause in Palast-City gibt es nichts zu beobachten, nicht wirklich. Die Sonne scheint ständig, der Mond ist immer blau, die Vögel singen, alles geht seinen geregelten Gang in dieser Welt. Natürlich ist das schön. Aber David hat entdeckt, daß Vollkommenheit nicht unbedingt für einen unterhaltsamen Nachmittag sorgt.

Er verläßt seine Wohnung für den nächsten Tagesspaziergang. Das klingt nach Arbeit, aber er weiß, daß es keine ist. Er zieht durch London, und wenn seine Füße das kaputte Straßenpflaster nicht mehr sehen können, steigt er in den Bus, hält Ausschau nach den alten Routemasters, damit er sich rechtzeitig in die Kurve legen kann, während der Nachmittagsnebel seine perfekt zurückgeworfenen Ponyfransen befeuchtet. Er ißt eine Falafel in der St. Martin's Lane und chinesische Kokosrollen in der Little Newport Street und fährt dann den ganzen langen Weg nach Hause, um dort jamaikanische Pastetchen und starkes Bier zu genießen. Er atmet die ungleichen Entertainer-Paare und Seitenstraßen-Jongleure ein und schwimmt geschwind durch den schnell geschnittenen Film des Tages in seinem Kopf. David ist glücklich. Er tut so, als hätte er Urlaub. Er belügt sich selbst. Während die Prinzessin in einem Matriarchat gelegentlich ihre eigenen Regeln aufstellen kann, muß der Prinz die Regeln stets befolgen. Meistens. Jedenfalls irgendwann mal.

Als er in seine Wohnung kommt, reißt ihn jedoch der rot und vorwurfsvoll blinkende Anrufbeantworter aus seiner guten Stimmung. Nachrichten aus dem Palast. Der König will wissen, warum sein einziger Sohn heute morgen nicht im Kontor war. Er war schon immer ein bißchen zerstreut, aber seit das neue Geldsystem eingeführt worden ist, gerät ihm die Sache mehr und mehr außer Kontrolle. Momentan tröstet ihn nicht mal die salzigste Butter auf seinem Brot. Er jammert und klagt eine Weile und legt endlich irritiert wieder auf.

Ihre Majestät hat die Sache ein bißchen besser im Griff.

»Schätzchen, hier ist Mummy. Ich. Die Königin. Hör mal, Liebes, wir fragen uns allmählich, wie du so vorankommst. Wir haben nur deine Berichte, denen man nicht sonderlich viele Aktivitäten entnehmen kann. Deinerseits, meine ich. Die weibliche Genkombination geht anscheinend recht forsch zur Sache. Wie üblich. Inzwischen weiß ich, daß sie die Ereignisse mehr oder weniger in der Hand hat, aber könntest du die Angelegenheit nicht vielleicht ein bißchen beschleunigen? Schau doch mal, was du tun kannst, ja, Liebes? Bist ein guter Junge. Und ich will mich ja nicht beklagen, Davey, aber die Zeit vergeht, und wir werden alle nicht jünger. Na ja, genaugenommen stimmt das natürlich nicht mehr, seit die Zeit-Inversionsmethode erfunden wurde, aber na ja, du weißt schon, was ich meine. Und ich wünsche mir so, daß du rechtzeitig für den Ball zurück bist, ihr beide selbstverständlich, du und ähh ... du und deine Schwester, ja, die meine ich. Wenn es irgendwie möglich wäre ... aber wenn nicht ... na ja, übrigens ist uns noch ein anderer Weg eingefallen, den du dir gelegentlich mal durch den Kopf gehen lassen solltest ...«

Die Maschine piept, Ihre Majestät hat ihre zwei Minuten aufgebraucht, die Technik hat keinen Respekt vor königlichem Recht. Es piept noch zweimal. Abermals die Königin.

»Hmmm, ja, also, wo war ich stehengeblieben? Ach ja, stimmt. Also, wie gesagt, ich würde mich freuen, wenn ihr beide zum Ball da sein könntet, falls ihr es irgendwie schafft, aber, äähm ... wie soll ich es ausdrücken? Wenn du allein heimkommst, ist das auch in Ordnung. Weißt du, ich kriege noch ein Kind. Noch eine kleine Prinzessin vermutlich. Ist das nicht schön? Ich wollte ja gern das Dutzend vollmachen, aber Daddy hat gesagt, wir können uns die ganzen Ballettschuhe nicht leisten, und heutzutage herrscht ein ziemlicher Mangel an heiratswilligen Prinzen, und eigentlich brauchen wir von jeder Sorte sowieso nur eines ... na ja, wenn sie nicht zurückkommt, dann ist das von uns aus auch in Ordnung. Wäre ja auch irgendwie komisch, wenn zwei Prinzessinnen hier rumwandern, oder? Da würden wir die Paparazzi überhaupt nicht mehr vom Rasen verscheucht kriegen. Und ehrlich gesagt habe ich auch den Verdacht, daß sie Ambitionen auf meinen Job hat, und das wäre nicht in Ordnung, stimmt's, Davey? Also Davey, sieh zu, ob du die ganze Sache nicht ein bißchen beschleunigen kannst, und dann bring sie zu Ende. Ehe sie mit den nächsten drei anfängt. Du denkst doch dran, ihr Herz mitzubringen, ja? Ein archaischer Brauch, ich weiß, aber wir müssen uns an die Regeln halten, und die Öffentlichkeit will immer Beweise sehen. Andererseits ist im Palast natürlich nur Platz für eine Herzkönigin, stimmt's? Jetzt muß ich Schluß machen, Schätzchen, mit einem dicken Schmatz für dich.«

David spult das Band zurück und löscht die Nachricht. Er ist durcheinander. Er hat immer angenommen, daß seine Schwester kein Herz hat. Diese Geschichte hat er seit frühester Kindheit gehört, diese Geschichte kennt doch jeder. Schnell wählt er die Nummer des Palasts. Die Etikette verlangt, daß er sich zuerst nach der Gesundheit der Gräber seiner vier Großeltern erkundigt, nach dem Sexleben seiner Mutter und dem Bankkonto seines Vaters. Auf gar keinen Fall darf er die Schwangerschaft seiner Mutter zur Sprache bringen. Nach einer positiven Antwort auf sämtliche vorgeschriebenen Fragen kann er dann nach dem Herz fragen.

Ihre Majestät lacht. »Nein, Liebes. Du hast vollkommen recht. Es gibt noch keines. Aber ich gehe fest davon aus, daß sich das demnächst ändert.«

»Gibt es eine Prophezeiung?«

»Nicht direkt. Ich habe es gestern in den Eingeweiden gesehen. Wir haben einen jungen Mann hinrichten lassen.«

»Wofür?«

»Er hat mit seinem Fußball ein Palastfenster zerschossen. Überall waren Glasscherben. Eine gräßliche Unordnung.«

»O Mummy, das ist nicht fair.«

»Danach haben wir ihm natürlich sein Leben zurückgegeben, Schätzchen, sei doch nicht so ein Softie. Aber Daddy und ich mußten unbedingt wissen, ob es heute nachmittag schönes Wetter wird. Wir veranstalten ein Picknick, und da Seine Majestät den Konsum von Koffein aufgegeben hat, haben wir keine Teeblätter mehr, aus denen ich lesen kann.«

»Und scheint die Sonne?«

»Nein. Es schüttet. Vermutlich habe ich den unteren Dickdarm mit dem oberen verwechselt. Jedenfalls war der Blinddarm des Jungen furchtbar geschwollen. Wir haben ihn entfernt, damit er nicht irgendwann Probleme damit kriegt. Das ist ein Zeichen, glaub mir. Die Fee der Gesundheit sagt es auch. Deiner Schwester wird ein Herz wachsen. Würde mich nicht wundern, wenn es noch vor Jahresende soweit wäre. Mach dir keine Sorgen, es wird nicht besonders groß sein, man könnte es wahrscheinlich mit einer Nagelschere rausholen, wenn man wollte. Jetzt muß ich aber Schluß machen, Schätzchen, Daddy hat den Lunch fertig.«

»Was gibt es denn?«

»Honig, Liebes. Brot und Honig. Keine Experimente, wir lieben unsere Routine. Also, denk an das Herz, ja? Mach's gut, mein Schatz!«

David legt auf und erhebt sich langsam. Dann sieht er sich in seiner kleinen Wohnung um. Das warme Sonnenlicht ist verschwunden, das Zimmer dunkel bis auf das orangene Straßenlicht. Auf dem Tisch liegt sein Messer und reflektiert das kalte Ocker. Er seufzt und fährt vorsichtig mit dem Finger über die Klinge. Es ist Zeit, den Job zu erledigen.

Auf der anderen Seite der Stadt, weiter im Westen, nimmt sich die Nachmittagssonne ein paar Extramomente, um dunkelrote Streifen auf Joshs Schultern zu zaubern. Drei Minuten später verblassen sie, und die Sonne gibt ihr Debüt in der südlichen Hemisphäre und überläßt die Nacht dem Straßenschmutz. Cushla hält Josh fest, die weichen Laken sind heiß vom Sex und von Joshs schlafendem Körper. In fünf Minuten muß sie aufstehen und von vorn anfangen, aber jetzt liegt sie ganz still und läßt die wogende Dunkelheit ihre sexuellen Energien erneuern. Draußen kurven Fahrradboten tollkühn um die Taxis herum, die mit quietschenden Reifen im letzten Moment zum Stillstand kommen, von jetzt auf nachher ihre Fahrgäste ausspucken und die Straßen am Gefälle zu Selfridges Food Hall verstopfen. Vom oberen Ende der Oxford Street kann Cushla hören, wie London in die Frühphase der Nacht eintritt, das Brummen des Verkehrs, gedämpft von den Doppelglasfenstern und den dicken blauen Samtvorhängen. Vom Bett aus glaubt Cushla ein Geräusch zu erhaschen, als würde etwas sich öffnen.

Sie hält Josh in den Armen, umschließt den schlafenden Körper mit einer ungewohnten Wärme. Kuschelig und gefährlich zugleich. Ihre Brust hebt und senkt sich in dem dunkel werdenden Raum, und sie umfaßt Josh mit einer Unsicherheit, die ihr neu ist und der ins Gesicht zu blicken ihr schwerfällt. Josh liegt auf ihrer rechten Seite, und unter ihrer linken Brust spürt sie plötzlich ein leises Rühren, dann wieder in der Magengrube, leicht zu übersehen neben dem Auf und Ab seiner tiefen Atemzüge. Sie drückt ihn fester an sich.

Im Dämmerlicht wartet eine Verwandlung, das ahnt Cushla, eine verhaltene Einsicht, die vor ihren eigenen Augen stattfinden könnte, wenn sie nur hinschauen würde.

Ich staune. Ich hätte es nie für möglich gehalten, daß es aus eigenen Stücken wächst. Ein sanfter Geschmack in meinem Mund. Sein Geschmack, weich auf meiner Zunge. Vielleicht bringt das die Menschen zum Weinen. Wenn ich ihn festhalte, lächle ich, aber hinter der Berührung warten schon die Tränen. Ein bittersüßes Klischee, das Wünschen und Nichthabenkönnen, und einen Moment, so lange, wie ich brauche, um die Ecke vom Nagel seines kleinen Fingers zu beißen, diesen Moment glaube ich daran, daß es doch möglich ist. Die Wärme ist so angenehm, so tröstlich. Beinahe möchte ich darüber nachdenken, ob ich sein will wie sie.

Kurz davor, es zu glauben, befällt Cushla ein Nachgeschmack der Angst, und sie verschließt die Augen vor dem Möglichen. Statt dessen weckt sie Josh, küßt ihn blind, fickt ihn, zwingt ihn in sich. Treibt ihn in sich, bis da kein Platz mehr ist für das Unerwartete, kein Raum für unerwünschte organische Substanzen – für etwas, das sie nicht kontrollieren kann. Vielleicht erkennt Cushla manche Gefühle nicht, wenn sie in ihr auftauchen, aber die Angst auf ihrer Zungenspitze kennt sie verdammt gut, und sie weiß, wie sie damit umzugehen hat.

Die Zeit vergeht, ich komme wieder zu mir selbst. Ich bin die stolze Prinzessin, die eines Tages herrschen wird, aus dem einfachen Grund, weil ich es will und weil ich es besser weiß. Ich werde in meinen Turm zurückkehren und es herausschneiden. Von Hand, wenn es sein muß. Es dürfte nicht allzu schwer sein, eine Narkose brauchen bloß die mit einem richtigen Herzen.

Zwei Geschwister, ein Auftrag. Wie die Geschichte ausgeht, hängt davon ab, wer zuerst am Ziel ist. Andererseits spielt bei Herzensangelegenheiten immer der Zufall eine gewisse Rolle.

Josh macht den nächsten Schritt. Er ist es leid zu lügen, aber er hat vergessen, wie man die Wahrheit sagt. Weil die Zeit mit Cushla mit anderen Dingen erfüllt ist, reden sie nicht viel miteinander, und er weiß nicht, was sie über ihre gemeinsame Zukunft denkt.

Ich würde ihm auch nicht die Wahrheit sagen, wenn er mich danach fragt.

Wenn er nicht mit Cushla zusammen ist, überlegt er, was sie wohl von alldem hält, was sie einander eigentlich antun, sich selbst und Martin. Sobald er bei ihr ist, hat er weder Zeit noch Lust, ihr solche Fragen zu stellen. Aber er kann das Spielchen nicht mehr länger mitmachen, etwas muß passieren, es wird sich etwas ändern. Josh weiß nur, daß er etwas unternehmen muß. Er will Martin nicht aufgeben. Und er hat auch nicht vor, Cushla wegzuschicken. Josh will Kuchen, Sahne und um Gottes willen keine Diät. Und auch keine Veränderung. Aber die Stagnation und die ständige Unsicherheit machen ihn fertig. Er wünscht sich jemanden, der alles bessermachen könnte, aber sein bester Freund ist Martin, und wem soll er sich jetzt anvertrauen? Für Josh sind die ganzen Halbwahrheiten viel schmerzhafter, als er es sich je hätte träumen lassen. Er platzt beinahe von soviel Ungesagtem. Er versucht Martin auseinanderzusetzen, daß sie ein bißchen Abwechslung brauchen.

Zu Joshs Überraschung geht Martin begeistert auf die Idee ein. »Ja, Darling, natürlich, du hast vollkommen recht. Das ist ein großartiger Gedanke.«

Martin ist momentan dermaßen verunsichert, daß er

auch einen Tagesausflug zum Einkaufszentrum Elephant and Castle großartig finden würde, vorausgesetzt, der Vorschlag käme von Joshs verlogenen Lippen.

Martin verstärkt Joshs Schuldgefühle, treibt seine Nervosität und Furcht auf die Spitze. »Im November ist London wirklich pottscheußlich. Grau, eklig. Gott, ja, du hast vollkommen recht. Wir brauchen wirklich ein bißchen Abwechslung. Wohin sollen wir fahren? Ich entführe dich in die Wärme, ans Meer. Ich hab's – Thailand! Wie findest du Thailand? Ja, brillant, Phuket, lange Tage in der Sonne, du schläfst in einer Hängematte. Ich kann überall arbeiten, ich nehme den Laptop mit. Soll ich etwas für uns buchen? Hast du Lust? Soll ich alles vorbereiten?«

Martins ganzer Körper fleht Josh an, »Ja« zu sagen, sein Magen verkrampft sich in Erwartung eines Rückschlags. Josh fummelt mit Messer und Gabel herum, verschüttet den Wein, als er nach dem Glas greift. Sofort ist der Kellner da, wischt alles auf und schenkt in Windeseile den Fumé Blanc nach. Er benimmt sich ein bißchen überzogen theatralisch, um sein Trinkgeld aufzumotzen. In der Schwulenszene hilft man sich gegenseitig gern mit nicht mehr benötigten Fünf- und Zehnpfundscheinen aus. Das jedenfalls hofft der Kellner. Die frischen glatten Zwanziger sind verständlicherweise für wichtigere Dinge reserviert, beispielsweise um empfindliche Nervenenden und unersetzbare Gehirnzellen mit Kokain zu malträtieren. Der Kellner zieht sich zurück. Josh kann Martin nicht in die Augen sehen. Er starrt auf seinen Teller, er stochert in seinen unnachgiebigen *mange tout* herum.

Schließlich versucht er es noch einmal. »Na ja, ich hab eigentlich nicht gemeint, daß wir zusammen wegfahren. Nicht du und ich. Eine richtige Abwechslung, ich meine, ich muß mal eine Weile aus allem raus. Auch aus der Beziehung.«

Martin erstarrt. Sein Gedärm zieht sich zusammen in einer Erkenntnis, die noch nicht in Martins Gehirn angekommen ist, für die Martins Herz vielleicht überhaupt blind und taub ist. Die letzte Woche oder so hat er damit zugebracht, seine Sorgen in bereitwilliger Ignoranz zu ersticken. Er hat der Stimme, die rebellisch darauf beharrte, daß irgendwas nicht stimmt, einfach brutal den Mund gestopft. Gestern morgen, in einem klaren Moment, nachdem er die Wahrheit im Fitneßstudio zwei Stunden lang herausgeschwitzt hatte, schob er seine Befürchtungen bewußt beiseite und nahm sich vor, Josh in einem Jahr oder vielleicht auch in fünf Jahren nach der Wahrheit zu fragen. Um dann für eine zukünftige Integrität zu plädieren, wenn die Wahrheit Geschichte geworden war und ihm nicht mehr weh tun konnte. Aber jetzt schleudert Josh ihm die Realität ins Gesicht. Im Restaurant. In der Schutzzone eines öffentlichen Etablissements.

Trotzdem schlägt Martin nicht zurück. Wenn der Fuchs in die Enge getrieben wird, versucht er es erst mit Schmeichelei. »Was meinst du damit?«

Martin weiß Bescheid, deshalb tut er ganz locker, denn er hat das schon mal erlebt. Er hat schon mal dabei versagt. Nimm den Schlag ins Gesicht als freundschaftlichen Knuff, attackiere nicht, setze nicht unter Druck, gib dem kleinen Hund eine längere Leine, dann kommt er von selbst zurück und liebt dich danach um so mehr. Gib deinem Geliebten einen längeren Strick, an dem er sich erhängen kann. Oder du dich.

Josh ist überrascht über Martins scheinbaren Gleichmut. Weil er selbst viel zu tief in seinem Lügengespinst festsitzt, bemerkt er Martins Angst nicht, er begreift nicht, daß sein Liebhaber bloß einen Eiertanz um seinen eigenen Schmerz veranstaltet, um Josh in der Nähe zu behalten. Er schaufelt blutiges Lammfleisch in den Mund, kaut das weiche rosa Fleisch, läßt es einen Moment auf der Zunge zergehen, bevor er etwas schmeckt, und antwortet: »Es ist nichts, Marty, wirklich. Bloß eine kleine Atempause. Ich möchte nur ... ich fühle mich zur Zeit ein bißchen – erdrückt.« Josh tut so, als suche er nach dem richtigen Wort, als hätte er seine Rede nicht den ganzen Nachmittag einstudiert, als hätte er bei der Tischreservierung nicht genau diesen Moment im Kopf gehabt. Martin ist der Appetit gründlich vergangen, er sieht und hört nichts mehr. Derweil stottert Josh weiter in seiner einstudierten Lockerheit. »Es ist eigentlich gar nichts los. Ich bin einfach müde. Es geht nur um ein paar Tage. Ich brauche ein bißchen Zeit für mich. Bloß ein paar Tage.«

Josh sagt das »bloß«, als wäre sein Anliegen nur fair. Als wäre er kein bißchen ungerecht. Als spielte es keine Rolle. Josh sagt es so oft, bis Martin sicher ist, daß er lügt. Die Dreierregel. Einmal ist die Wahrheit. Zweimal trägt sowohl die Möglichkeit eines geheimen Plans in sich als auch die einer irritierenden Neigung zur Redundanz. Aber die dritte Wiederholung ist die endgültige Bestätigung der Lüge. Ich liebe dich, ich liebe dich, ich liebe dich – das ist einmal zuviel für die meisten Paare.

Jetzt hat Martin drei Alternativen. Er kann hier im Restaurant eine Szene machen, kann die Aufmerksamkeit nicht nur auf Josh und sich, sondern auch auf seine panische Angst vor einem Verlust ziehen und damit ihre drohende Trennung mit dem Stempel verstohlenen öffentlichen Gaffens versehen. Oder er kann warten, bis sie zu Hause sind und die Sache unter vier Augen erledigen, in dem Wissen, daß alles, was hinter geschlossenen Türen ohne Zeugen geschieht, später in eine andere Version der Wahrheit verdreht werden kann. Irgendwann können sie immer so tun, als wäre der Alptraum nie geschehen. Oder er kann Josh beim Wort nehmen. Martin ist nicht dumm, er überlegt gut und entscheidet sich zuerst für die dritte Möglichkeit. Lächelt, stimmt zu, ißt fertig, läßt das Mango-Sorbet lange genug stehen, daß es während der Diskussion über getrennte Wochenenden schmilzt, trödelt sogar noch beim zweiten Kaffee, um den Eindruck heiteren Desinteresses zu untermauern. Josh übernimmt die Rechnung, gibt dem erwartungsvollen Kellner ein übertriebenes Trinkgeld, was dieser als Anerkennung seiner Fähigkeiten mißversteht, das in Wirklichkeit aber nur generelle Dankbarkeit dafür ist, daß es keine Szene gegeben hat. Sie gehen schnell nach Hause – es ist zu feucht, um sich groß zu unterhalten –, schließen die Tür hinter sich und betreten ihr zentralgeheiztes sicheres Paradies. Dann greift Martin auf Alternative zwei zurück.

Zuerst schmeißt er seinen Mantel, seine Brieftasche und seine Schlüssel auf den Boden. Am liebsten möchte er Josh auch auf den Boden werfen, aber dafür ist er zu wohlerzogen. Kaum ist die Tür zu, fällt er über Josh her, drückt ihn mit der Wucht seiner Worte gegen die kunstvoll kahle Betonwand. »Was zum Teufel sollte das eigentlich alles?«

Wieder ist Josh überrascht. Eigentlich sollte er nicht überrascht sein, aber er ist es trotzdem. Er hätte es kommen sehen müssen. Hätte es auch besser gewußt, wären nicht seine gesamten Denkprozesse vernebelt, verstopft mit Phantasien über Cushla, mit Fluchtplänen.

Vor Überraschung fehlen Josh nun erstmal die Worte. »Was? Was sollte was? Was?« stammelt er.

»Diese Scheiße, daß du weg willst. Allein. Wie kannst du es wagen, mir so was in der Öffentlichkeit an den Kopf zu werfen? Was hast du dir dabei gedacht, verdammte Scheiße?«

Inzwischen hatte Josh einen Moment Zeit, um seine

Fassung wiederzugewinnen, seine Synapsen sind wieder funktionsfähig, und so steht er nun in dem vollkommenen Eingangsbereich ihres vollkommenen Heims. Er wird sich nicht unterkriegen lassen. Und er wird auch Cushla nicht verlieren. Angriffslust gewinnt die Oberhand über den Verteidigungsmechanismus, und auch er fängt an zu brüllen.

»Du gönnst mir also nicht, ein paar Tage ohne dich zu verbringen? Willst du das sagen? Ich habe nicht das Recht, ein paar Tage allein zu sein?«

»Ich glaube dir nicht.«

»Was glaubst du mir nicht?«

»Ich glaube nicht, daß du allein sein willst.«

Runde eins geht an Josh. Martin hat einen schwerwiegenden taktischen Fehler begangen. Er hat die erste Attacke verhunzt, weil er zu versessen darauf war, die Wahrheit herauszubekommen. Damit hat er Josh die Chance gegeben, seine Pläne zu ändern. Klar, Josh hat gehofft, mit Cushla wegfahren zu können, aber was wäre, wenn er tatsächlich allein geht? Wenn er sich Zeit nimmt, eine neue Perspektive zu beiden Beziehungen zu bekommen? Jetzt kann er nicht nur seine Lüge aufrechterhalten, vor sich wie vor Martin, sondern er kann sich auch noch zu moralischen Höhenflügen aufschwingen. In einer halben Sekunde hat Josh sich überzeugt, daß er die ganze Zeit schon allein sein wollte. Jeder Mann braucht gelegentlich ein wenig Zeit für sich. Martin verhält sich also nicht nur unvernünftig, sondern er hat zugegeben, seinem Partner nicht zu vertrauen, und das ist für die, welche in der Welt der gegenseitigen Verpflichtungen leben, eine weitaus schlimmere Sünde. Das alles legt Josh sich in den anderthalb Minuten zurecht, die er braucht, um seinen Mantel auszuziehen, und Martin, der voller Wut und Angst auf eine Antwort wartet, bestätigt Joshs Position moralischer Integrität auch noch mit seiner nächsten Bemerkung.

»Ich weiß nicht, wie es dazu gekommen ist, Josh. Wir haben uns noch nie einfach so getrennt. Ich traue der Sache einfach nicht.«

Dankbar stürzt Josh sich auf dieses neuerliche Sakrileg. »Du meinst, du traust mir nicht.«

»Das habe ich nicht gesagt.«

Zu spät. Auch Runde zwei ist verloren, denn Martin hat einen Mangel an Vertrauen erkennen lassen. Jetzt hat Josh freie Hand, und er läßt eine Litanei vom Stapel, die er nicht mal zu proben braucht. Sie gehört zum festen Bestand, der mit der ersten Liebe und dem ersten Kuß angelegt wird, sie ist angeboren und genetisch vorprogrammiert. Jedes Individuum, das je Teil eines Paares war, kennt das manipulative Credo:

Wenn du mir nicht vertraust, was für eine Beziehung können wir dann überhaupt noch haben?

Wie kannst du mir mißtrauen, nach allem, was wir zusammen durchgemacht haben?

Wenn du nicht an mich glaubst, was willst du dann überhaupt noch von mir?

Gefolgt von Catch 22 bis Catch 98: Vielleicht hab ich dir tatsächlich Grund gegeben, mir nicht zu vertrauen, aber wenn du mir nicht vertraust, dann bist du im Unrecht. Nicht ich.

Natürlich manipuliert Josh nicht absichtlich. Es kommt nur so raus. Josh ist auch nur ein Mensch. Es ist viel besser, Martin die Rolle des Sünders zuzuschieben, als sie selbst übernehmen zu müssen. Viel besser, den Spieß umzudrehen, als selbst auf der falschen Seite zu stehen. Josh ist ein Sterblicher, sein Überlebensinstinkt flammt in Zeiten der Bedrohung heftig auf. Kampf oder Flucht. Er entscheidet sich für beides. In dieser Reihenfolge. Zuerst wirft er seinen

Liebhaber mit dem Mißtrauenstrick zu Boden, dann nimmt er sein bereits geschnürtes Bündel und geht. Er weiß nicht, wohin. Sein Handy will er nicht mitnehmen. In ein paar Tagen wird er Martin anrufen. Es gibt keinen Abschiedskuß.

Martin schläft allein und friert. Und erwacht stinkewütend.

Cushla richtet ihr Zimmer her. Sprenkelt Rosenwasser und Orangenblüten in die Ecken, steigt in ein Bad mit Unmengen Meersalz. Sie weiß, was zu tun ist, sie hat es schon einmal erlebt. Einmal reicht, um das Schema ein für allemal in ihr Gedächtnis zu brennen. Es war nicht beabsichtigt, aber sie hat es gesehen.

Mit sieben Jahren, von der permanent entspannten Schönheit des Palasts gelangweilt, hatte sie ihre Kinderfrau geküßt, ihren Nachmittagsunterricht in Altgriechisch und Neukantonesisch abgesagt und einen Spaziergang in die Stadt gemacht. Zum Glück war das vollkommen ungefährlich, denn die Menschen waren glücklich, das Land freundlich, und jedes Kind konnte in aller Ruhe in einem Umkreis von etwa zehn Meilen Erkundungsgänge unternehmen, ohne daß sich die Eltern Sorgen machen mußten. Eine kleine Prinzessin konnte noch weiter gehen als die meisten anderen. Zumindest behauptet das die Legende.

Cushla wanderte also weiter und weiter, knabberte gelegentlich an ihrem Proviant aus Wachteleiern, Olivenbrot, frischem Kaviar und reifem Brie. Zur Abrundung gab es ein kleines Fläschchen kühlen Champagner und eine kleine Schachtel Rosinen. So marschierte sie durch das Tor des Palasts, eine Touristin im eigenen Land. Die Wachen nickten ihr mit einer kaum merklichen Neigung ihres stocksteifen Rückens zu, und sie stieg die neu gepflasterten Treppen hinunter zu den Straßen der Stadt. Sie wanderte durch den schönen Teil der Stadt, den schöneren Teil der Stadt und den schönsten Teil der Stadt. Sie wanderte, bis sie nicht mehr wußte, wo sie war. Bis ihr Proviant aufgegessen war und sie sich entscheiden mußte, ob sie umkehren oder weitergehen wollte.

Am Punkt der Entscheidung konnte sie entweder einen Fluß überqueren oder einen anderen Weg nach Hause nehmen oder in den Wald einbiegen. Cushla entschied sich für die Bäume. Sie wollte im dunklen Grün umherwandern. So betrat sie den Wald und gelangte viel zu früh zu den Glockenblumen, den Vergißmeinnicht und auf eine Lichtung. Dort stand ein kleines Haus, aus dessen Schornstein sich Rauch kräuselte; Geißblatt wand sich an der Mauer empor, und die Sonnenblumen waren drei Köpfe größer als die kleine Cushla. Doch trotz der Sonne, die hell durch die Bäume schien, lag die Hütte in dunkelgrünem Schatten. Cushla schlich sich unters Fenster, daß das nasse Gras unter ihren Füßen leise quietschte und kleine Insekten schutzsuchend davoneilten. Dann stellte sie sich auf die Zehenspitzen und blickte direkt ins Arbeitszimmer der Fee des Mitleids. Dort schuf die Fee Liebe, Staunen, Leidenschaft und Freude. Und auch Herzensbalsam aus verschmähten Herzen.

Gerade beugte sich die Fee des Mitleids über einen alten Mann. Trotz ihrer Jugend und Unerfahrenheit konnte die Prinzessin erkennen, daß der alte Mann müde war; das Alter rückte ihm schon seit vielen Jahren auf den Leib, und jetzt waren seine Augen entzündet, seine Gelenke arthritisch, sein Rücken gebeugt. Sogar im Palast-Reich bekam man im Alter irgendwann gewisse Nachteile zu spüren. Aber sein Herz pumpte weiterhin munter Blut und Liebe, und er küßte seine Frau, mit der er seit fünfzig Jahren zusammen war, noch immer jeden Morgen und jeden Abend. Hielt im Schlaf ihre Hand. Fragte sie nach ihrer Meinung und ihrem Segen, bevor er eine Entscheidung traf. Dabei war sie inzwischen seit fünfzehn Jahren tot. Die Fee des

Mitleids wußte, daß für ihn die Zeit gekommen war, seine Schulden zu begleichen. Sie beugte sich über ihn, zog die Fesseln an seinen Füßen und Händen enger und sagte: »Du hattest fünfzig Jahre ihrer Liebe, du brauchst sie nicht mehr.«

»Aber ich weiß nicht, wie ich ohne sie leben soll.«

»Das wirst du schon lernen, alter Mann. Komm schon, ich hab dir sogar noch fünfzehn Jahre extra gegeben. Ich hätte dich dazu bringen können, mit dem ganzen Liebesgetue aufzuhören, als sie kalt und tot unter der Erde lag.«

»Aber sie ist nicht tot. Sie lebt in meinem Herzen.«

»Genau darum geht es ja«, meinte die Fee und nickte weise.

Nun begann der alte Mann zu weinen. Cushlas Zehenspitzen taten weh, die Fee wurde ungeduldig.

»Die Zeit ist abgelaufen, alter Junge. Gib es her.«

Damit beugte sie sich vor und ritzte mit einem scharfen Fingernagel das Baumwollhemd des Alten auf. Seine Altmännerbrust war dünn und hohl, das spärliche graue Haarbüschel bot keinen Schutz vor der Kälte im Zimmer – konstante zehn Grad, um die Liebe frisch zu halten – und auch nicht gegen die Hitze des Messers, das die Fee des Mitleids nun schwang. Gebannt beobachtete Cushla, was nun geschah. Unter der leberfleckigen Haut konnte sie das Herz des Alten wie wild gegen die Rippen schlagen sehen, ein Vogel im Käfig, der sich zur Flucht anschickte. Die Fee des Mitleids bog die zusammengebundenen Hände des Mannes über seinen Kopf und drückte ihn auf den Holztisch, krümmte seinen Rücken, so daß der Brustkorb sich ihr entgegenwölbte. Mit einer Hand hielt sie dann seine Hände fest, mit der anderen schnitt sie behutsam durch das Fleisch. Der Schrei des Mannes ging in dem sanften Wiegenlied der Fee des Mitleids unter. Schließlich ließ sie das Messer auf den Tisch fallen und griff in die Körperhöhle, nach oben, unter die Rippen, bis sie das Herz fest im Griff hatte. Das Wiegenlied und ihre Hand, die sein Herz sanft streichelte, besänftigten den Mann, sie ließ seine Hände los, und die Arme fielen schlaff hinter seinen Kopf. Als sie die Venen durchtrennte, die ihn mit dem Leben verbanden, küßte sie seine Augen. Das Herz wußte nicht, daß der Mann tot war, und pumpte in der Hand der Fee des Mitleids im Takt ihres Wiegenlieds. Cushlas Kleinmädchenfüße schmerzten höllisch, die Waden protestierten heftig gegen die Überdehnung, die Finger waren taub, weil sie sich so lange an den Fenstersims geklammert hatten, aber Cushla konnte die Augen nicht abwenden.

Die Fee des Mitleids legte das Herz auf ihre Werkbank und schnitt es geschickt in vier Teile. »Einer für Küsse, einer für Wünsche, einer für Leidenschaft, einer für Liebe.« So sprach sie mit sich selbst, immer wieder von ein paar Takten Wiegenlied unterbrochen. Sie maß und analysierte jede Sektion, ehe sie die Herzviertel in vier separate Gläser legte. Jedem setzte sie Rosenwasser und Orangenblüten zu und versiegelte dann die Gläser. Dabei sang sie ununterbrochen weiter. Da öffnete sich hinter ihr die Tür, und eine alte Frau spazierte herein. Der alte Mann stand vom Tisch auf, die Fesseln an seinen Armen und Beinen lösten sich von selbst. Er lächelte die Frau an, ging zu ihr, nahm sie in die Arme und küßte sie. Dann hob die alte Frau den Mann hoch und trug ihn über die Schwelle. Zu zweit verließen sie das Haus durch die Eingangstür und gingen davon. Cushla versuchte ihnen hinterherzuschauen, doch kaum hatten sie den Schatten des Hauses verlassen, waren sie im hellen Sonnenschein verschwunden. Die Fee des Mitleids blickte nicht von ihrer Arbeit auf. Sie hörte, wie die Tür sich öffnete und wieder schloß, und sang »Gute Nacht« und »Dankeschön« und dazu den sechzehnten Vers ihres Wiegenliedes.

Cushla sah der Fee des Mitleids beim Arbeiten zu, bis die Nacht hereinbrach. Sie beobachtete, wie sie einen Liebestrank für Jungen mit Herzschmerz braute und einen Tapferkeitsmix für liebeskranke Mädchen. Lauschte, während sie Babyküsse aus dem nicht enden wollenden Wiegenlied formte. Als die letzten Sonnenstrahlen den Wald verlassen hatten, kam die Fee des Mitleids zur Haustür und bot Cushla eine Laterne an.

»Die wird dir heimleuchten. Ich hoffe, du hast gut aufgepaßt. Obwohl ich es mir nicht wünsche, wirst du die Lektion womöglich eines Tages brauchen. Doch solltest du es tatsächlich einmal selbst tun, so denk daran, stets saubere Schnitte zu machen, und was du auch tust, hör nicht auf das Herz, wenn es dich anfleht.«

Sie reichte Cushla das Licht und strich ihr mit ihrer blassen, sanften Hand über den siebenjährigen Kopf. Dann versetzte sie ihr eine heftige Ohrfeige und fügte hinzu: »Wag es bloß nicht, hier nochmal rumzuschnüffeln, du naseweises verwöhntes kleines Gör!«

Jetzt steht Cushla in ihrem Elfenbeinturm, die Fenster weit geöffnet auf das vor ihr ausgebreitete alte Londoner Büfett. Stumm wartet sie und horcht, ob sie ein Flehen hört. Nichts. Gut, anscheinend ist sie noch früh dran. Dann knipst sie jede Lampe in der ganzen Wohnung an – ein einladendes Licht für die kalte Nacht. Sie legt ein sauberes weißes Leintuch auf den Parkettfußboden, zieht ihren schwarzen Bademantel aus und tritt nackt auf die Mitte des weißen Tuchs. In der rechten Hand hält sie das Messer, mit der linken hebt sie die linke Brust an. Der erste Schnitt ist einfach, eine gerade Linie unter der Brust. Der Schmerz ist unbedeutend, schließlich ist Cushla an Messerschnitte gewöhnt. Als sie neun war, hat sie ihre eigene rituelle Opferung vollzogen, zwei Jahre früher als ihre Großmutter mütterlicherseits, die bisher den Palastrekord hielt. Dann schneidet sie nach unten und quer über den ersten Schnitt, schält ihren Herzraum frei wie eine frische Feige. Sie späht hinein. Es ist da. Winzig, jämmerlich, aber eindeutig. Cushla hört das Singen und dann das leise Flehen, hört es, schenkt ihm aber keine Beachtung. Schnell verschließt sie ihr Gehör und schneidet das Miniherz heraus. Die ganze Prozedur dauert ungefähr zwei Minuten, und Cushla verliert nicht mehr als neunzig Milliliter Blut. Dann verläßt sie das weiße Viereck, tritt ans offene Fenster und wirft das kleine Stückchen ihres eigenen Fleischs hinunter, wo es von einem Pekinesen aufgefangen und in einem Haps gefressen wird. Auf der Stelle verliert der Pekinese seine bislang typische Fiesheit und sein unangenehm schrilles Kläffen und überrascht seine Besitzer, indem er gleich am nächsten Tag lieb und nett mit ihrem Kind spielt. Außerdem verliert er aber auch seine angeborene höhnische Grimasse und als Folge den nächstjährigen Titel bei der Hundeausstellung in Crufts.

Cushla ist sehr gebildet. Sie weiß mehr als die meisten. Aber mit Herzen hat sie nicht viel Erfahrung. Sie begreift nicht, daß Liebe wächst wie ein Krebsgeschwür. Es gibt immer irgendwelche bösartigen Auswüchse von Begierde und Verlangen, die im Handumdrehen zu Liebe mutieren können.

In der Stoke Newington High Street schläft der Prinz. Aber auf dem Tisch liegt sein Messer gefangen in der Scheide aus Gazellenleder und zuckt und stöhnt. Es gibt noch etwas zu erledigen!

Inzwischen sind sie alle ruhelos. Keiner der Akteure schläft in Frieden.

Joshs größtes Problem bestand darin, daß er, nachdem er aus dem vollkommenen Heim gestürmt ist, das er mit Martin geteilt hat, eigentlich gar nicht wußte, wohin. Selbstverständlich gab es eine Schar von Freunden. Hunderte von Bekannten. Aber wenn er einen von ihnen aufsuchte, müßte er mit der Wahrheit herausrücken. Oder zumindest mit einer Version der Wahrheit, die ihm schmeichelt. Und Josh kannte niemanden, dem er auch nur eine geschönte Version der Wahrheit erzählen wollte. Eine Affäre zu haben, die der Beziehung womöglich schadet, einen Seitensprung zuzugeben – das ist eine Sache. Aber wenn es sich bei der Beziehung, die man gefährdet, um eine von allen Freunden bewunderte Institution handelt, dann ist das etwas ganz anderes. Wenn Josh seinen Freunden erzählte, was er Martin angetan hatte, würde er ungefähr das gleiche zu hören kriegen, wie wenn er gestände, er hätte sich einen Pelzmantel zugelegt. Schlimmer noch. Den Mantel konnte man noch als unabsichtlichen Ausrutscher erklären, als Rückfall in eine angeborene kitschige Neigung. Aber das vollkommene Paar Josh und Martin zu zerstören, das ließ sich unmöglich mit dem schwulen Ehrenkodex vereinbaren, der festlegte, was gerade noch erlaubt war, wenn man genügend postmoderne Drogen und Alkohol intus hatte. Außerdem war Cushla eine Frau. Schwule Männer, die ihre langjährigen Freunde wegen einer jüngeren Frau verlassen, können für gewöhnlich nicht auf allzuviel Verständnis und Sympathie hoffen. Dagegen werden heterosexuelle Männer, die endlich ihr Coming Out haben, wie Helden begrüßt. Die Schwulenwelt ist eine Villa Kunterbunt der Widersprüche.

Schlimmer noch: Josh will Martin ja eigentlich gar nicht verlassen. Er glaubt immer noch, daß er schwul ist. Josh *ist* immer noch schwul. Aber wenn Josh an Cushla denkt, dann zieht sich seine Magengrube augenblicklich vor Begierde zusammen. Josh erinnert sich daran, wie er Cushlas volle Lippen küßt, und die bloße Erinnerung an ihre Berührung bringt ihn auf Touren. Josh hält die Luft an, bis er Cushla begrüßt, und wenn er das erste Hallo des Tages gesagt hat, ist jede Körperzelle von der Furcht besessen, daß sie es nicht erwidert. Und wenn sie dann tatsächlich lächelt, wenn sie lacht, wenn sie sich allem Anschein nach freut, daß er da ist, spürt er eine überwältigende Erleichterung. Josh ist verliebt, und die wahnsinnige sexuelle Spannung macht jeden auch nur scheinbar vernünftigen Gedanken zunichte. Er weiß noch, wie ihm Martin dieses Gefühl beschert hat, damals, als dessen erster Blick bei irgendeiner Dinnerparty das süße Versprechen einer Nacht voller Leidenschaft in sich barg. Als er den Abend damit verbrachte, mit halbem Ohr den Gesprächen zuzuhören, die an ihm vorüberrauschten, während er gleichzeitig versuchte, den Duft des Objekts seiner Begierde einzufangen. Einmal ist er dem Gastgeber von einem Raum zum anderen gefolgt und hat jedes neu erworbene Stück Heals oder Habitat wie ein Blöder bewundert, nur weil er hoffte, im nächsten Zimmer würde er vielleicht Martin begegnen. Oder im übernächsten. Josh erinnert sich, wie es war, so für Martin zu empfinden, die erlesene Qual sexueller Spannung, der ständige Druck, wenn die Zukunft einer neuen Beziehung alles andere überdeckt, alles andere verschlingt. Josh weiß, daß dies – wie bei allen Langfristigen – von dauerhafter

Liebe ersetzt worden ist, einem glücklicherweise noch immer starken gegenseitigen Verlangen, ihren Zukunftsplänen und der Tatsache, daß sie einander so gut kennen. Es gibt nichts zu enthüllen. Martin hat nichts Falsches getan, er hat Josh einfach nur eine lange Zeit geliebt. Aber es gibt nichts, was den Reiz neuer Haut überbieten kann.

Von der sexuellen Spannung kommt Josh auf Sex an sich. Er versteht nicht, was ihn eigentlich dazu gebracht hat, mit einer Frau zu vögeln, sich darauf zu freuen, eine Frau zu vögeln. Josh hat so was nie erwartet. Er hat früher mal mit Martin darüber gesprochen. Martin, der bloß die eine getestet hat, aber das genügt ja, um ein bißchen was zu wissen, und er hat sich ehrlich Sorgen gemacht, daß Josh womöglich das Gefühl haben könnte, etwas verpaßt zu haben. In seiner Sorge war Martin sehr großzügig, hat sich in der Anfangszeit ihrer Beziehung einmal am privaten Eßtisch zu Josh gebeugt, ihn mit der einen Hand festgehalten und ihm mit der anderen die Freiheit angeboten.

»Ich meine, ich hätte Verständnis dafür, wenn du es wolltest. Du weißt schon, es mal ausprobieren.«

»Ich will es aber nicht ausprobieren.«

»Ich weiß, du weißt, daß du schwul bist ...«

Josh lächelte und küßte die Hand seines Geliebten. »Dann hab ich dich überzeugt?«

»Ja, es ist nur, na ja, was, wenn ...«

Die Frage versuchte, in der Luft hängenzubleiben, aber Josh ließ ihr nicht die Zeit, er schmetterte sie direkt zurück zu Martin. »Was, wenn ich ein nettes Mädchen kennenlerne? Was, wenn ich rumbumsen will? Was, wenn du mir nicht genügst?«

»Ja, genau. Das alles.«

»Dann«, hatte Josh mit dem Selbstbewußtsein des Ignoranten erklärt, »dann würde ich dir die Wahrheit sagen. Aber ich glaube nicht, daß ich losziehen und irgendein armes Mädchen vögeln sollte, nur damit du dir keine Sorgen mehr darüber zu machen brauchst, was ich mir vielleicht irgendwann in der Zukunft wünschen könnte. So benimmt sich doch kein moderner, postfeministischer schwuler Mann, oder?«

Martin mußte ihm recht geben. Er hatte keine Wahl. Ein Widerspruch hätte ihn ins Lager der Sexistenschweine verbannt, und Martin war weder ein stockkonservativer Heterosexueller noch eine frauenhassende alte Tunte. Zumindest war das der Lebensstil, den er und Josh sich vorgenommen hatten: eine nach links tendierende wache Offenheit jeder Minderheit und Mehrheit gegenüber, die auf dem kleinen Fleckchen Erde lebte, den sie ihre Heimat nannten. Die Ecke von Islington, die in alle Ewigkeit liberal bleiben wird.

Josh läßt sich die Szene durch den Kopf gehen, wie Martin ihm eine Chance angeboten hat, die Welt zu entdecken, und spielt sie zwei Minuten lang ab, bis das schlechte Gewissen unerträglich wird, und er zu seiner Lieblingsphantasie zurückkehrt – zu sich selbst mit Cushla. Josh und Cushla, die sich lieben, Josh und Cushla beim Vögeln, überall Josh und Cushla. Und überall Josh, der zu Martin zurückkehrt. Josh will alles. Er stellt sich die Zukunft nicht ohne Martin vor und die Gegenwart nicht ohne Cushla. Für einen Mann, der in dem Ruf steht, außergewöhnlich klug zu sein, leidet Josh plötzlich unter einem erschreckenden Mangel an Vorstellungskraft.

Josh verläßt das Haus ohne Martin. Klammert sich an seine fertig gepackte Tasche und an seine Selbstgerechtigkeit, schwingt sich von der Haustür auf die Straße und in ein Taxi. Die Nacht ist noch feuchter geworden, und das Taxi bringt ihn zu einem Bed and Breakfast in der Nähe von Victoria. Kein Landhäuschen, wohin er sich zurückziehen könnte, nicht mal ein paar Nächte in Paris, wo er bei den so ungeheuer beengt untergebrachten toten Seelen vom Père Lachaise Trost suchen könnte – Josh begnügt sich mit drei Nächten und zwei Tagen im dritten Stock eines Bed and Breakfast mit zwei Sternen. Teils zum Ausruhen, teils als Buße schläft er den ganzen Tag über, kann das fetttriefende Frühstück nicht essen, und seine Tagträume sind bevölkert von seinem Liebhaber. Und seiner Liebhaberin.

Am Donnerstag morgen steht Josh vor Sunitas Haus. Er drückt die Neunuhrklingel, und sie kommt die Treppe herabgestolpert, in einem Seidenpyjama mit Schottenkaro, verkatert, in der Hoffnung auf ein hübsches Postpaket, das ihre Morgenwut besänftigt. Gerade will sie zur Attacke auf Josh blasen, da sieht sie seinen Koffer. Der unerwartete Anblick von Josh ohne Martin wischt ihr den Schlaf aus den Augen und erfüllt sie mit wilder Hoffnung.

»Ärger im Paradies? Dann komm rein, Darling, komm rein.«

Josh folgt Sunita nach unten in die Küche. Spanischer Schiefer, britische Buche und schwedische Birke, gekauft von einer Jahresgage ihres dreijährigen Engagements bei der Seifenoper, wo sie eine emotional verkrüppelte Drogensüchtige gespielt hat. Die Seifenoper hat lebenswichtige Bonuspunkte dafür kassiert, daß sie eine asiatische Schauspielerin einsetzte. Sunita bekam ihre Küche, ein umwerfendes Badezimmer, hat einen großen Teil der Hypothek abbezahlt und sich einen Kokainkonsum angewöhnt, den sie mit gelegentlichen Auftritten bei Quizshows und bei Radio 4 nicht decken kann. Auch im richtigen Leben ist sie ein emotionaler Krüppel.

Josh trinkt zwei Gläser Preiselbeersaft, ißt ein Drittel Mandelcroissant und stochert in einem dünnen Streifen Räucherlachs. Sunita trinkt ein Glas Preiselbeersaft, vier Tassen schwarzen Kaffee, ißt zwei Croissants, eine dicke

Handvoll Räucherlachs und zum Schluß noch eine Schüssel Crunchy Nut Cornflakes, trocken, weil die Milch leider sauer geworden ist. Dabei gibt sie für Josh eine leicht verzerrte Version ihrer Meinung zum besten. Was Sunita furchtbar gern sagen würde ist: »Brillant! Noch einer beißt ins Gras! Ein Hoch auf alle Pärchen, die sich trennen. Jetzt erfahrt ihr endlich mal, wie das Leben für uns andere ist, in der wirklichen Welt außerhalb eures selbstzufriedenen Pärchenkokons. Ha ha, geschieht euch recht. Wirklich brillant!«

Statt dessen sagt sie aber: »Scheiße!« und »Verdammt« und »Herr des Himmels!«

Als Josh alles erzählt hat, was er über das Thema, wie es angefangen hat und seit wann es schon geht, erzählen will, macht Sunita eine Flasche Whisky auf, um die fehlende Milch in Joshs Kaffee zu ersetzen, und stellt die wirklich wichtigen Fragen.

»Also, was willst du jetzt machen?«

»Ich weiß es nicht.«

»Hast du ihr schon erzählt, daß du ihn verlassen hast?«

»Ich hab ihn nicht verlassen. Ich hab's ihr nicht erzählt.«

»Und wie denkst du darüber?«

»Ich denke gar nicht. Ich fühle bloß.«

»Liebst du sie?«

»Ja.

»Und Martin?«

»O ja.«

»Aber Herr des Himmels, er hat euch miteinander bekannt gemacht!«

Im Moment erwähnt Sunita lieber nicht, daß sie Josh ebenfalls von Martin vorgestellt wurde. Dann würde man womöglich etwas mehr Loyalität von ihr erwarten, und sie könnte die Szene nicht mehr ganz so innig auskosten.

Erwartungen jedoch haben die Neigung zu verkümmern, wenn ein warmer Regen guten Klatsches auf sie herniederfällt.

Sunita ist fasziniert von der Geschichte. Am liebsten möchte sie sich auf der Stelle ans Telefon hängen und all ihre gemeinsamen Freunde anrufen. Der ganzen erstaunten Welt ihre Exklusivmeldung verkünden. Josh schüttelt den Kopf, er hat keine Freundin, er hat eine Geliebte und einen Partner. Einer von ihnen ist viel wichtiger als der andere. Aber momentan hat Josh immense Schwierigkeiten, seine Prioritäten zu setzen, er ist einfach nicht sicher, wo sie liegen. Sie ziehen nach oben ins Wohnzimmer um und nehmen den Whisky mit. Die Sonne kommt um die Ecke, und Sunita schließt die Baumwollrollos. Im warmen Alkoholdunst kauen sie die Angelegenheit immer weiter durch. Wo und was und wie und – endlich entlockt Sunita ihm auch diese Information – wie oft. Und wie gut. Wie verdammt sehr gut. Schließlich macht sich der Whisky bemerkbar, und Josh erzählt Sunita, was er von der Wahrheit weiß. Über die ganze Wahrheit ist er sich nicht sicher, er hat sich noch nicht allzu intensiv damit beschäftigt, was er denkt, für den Fall, daß ihm das zuviel Angst einjagt. Er liebt Cushla, und er will Cushla, und er weiß, daß er Martin liebt und daß er Martin ebenfalls will. Aber im Moment scheint einer von beiden wirklich viel wichtiger als der andere, und das Licht der Begierde fällt auf Cushla. Auch Sunita teilt ihm ihre Wahrheit mit. Sie hat Cushla von Anfang an nicht über den Weg getraut. Sie wußte, Cushla wird Ärger machen. Aber nachdem das jetzt klargestellt ist (sie muß hier ganz ehrlich sein, sie war gerade mal kurz oben und hat sich ein paar Lines genehmigt) muß sie sagen, sie ist froh, daß Josh das durchmacht. Und Martin auch. Nicht nur sie ist froh, sondern alle ihre Single-Freunde sind derselben Ansicht. War das nicht zu erwarten?

»Klar, jeder liebt euch zwei, aber Himmel, dieser ganze

Scheiß mit dem glücklichen schönen Paar? Ihr seid einfach viel zu selbstzufrieden, das tut keinem gut. Vielleicht rüttelt euch die Geschichte jetzt ein bißchen wach.«

Josh nickt, als wäre ihre Bitterkeit nur fair und angemessen. Selbst im Vollrausch sind sie sicher, denn sie wissen, wenn sie aufwachen, wird ihre alkoholbedingte Ehrlichkeit vom Mittagskater ausgelöscht sein.

Josh und Sunita schlafen auf der Couch ein, ein spärlicher Rest Whisky in der Flasche neben ihnen. Drei Stunden später werden sie von der Türklingel geweckt. Es läutet zweimal. Sunita torkelt nach unten, öffnet die Haustür und dreht sich fast augenblicklich weg, preßt die Hand vor den trockenen Mund und rennt so schnell sie kann nach unten zur Toilette. Räucherlachs und Crunchy Nut Cornflakes sind nicht die ideale Ergänzung zu einem Single Malt Whisky. Josh hört ihre Stolperschritte, die Stimmen im Flur und stützt sich mühsam auf einen eingeschlafenen Arm, gerade rechtzeitig, um zwei Köpfe ins Zimmer spähen zu sehen. Er blinzelt heftig, in der Hoffnung, seine Schielaugen scharfstellen zu können und die Doppelvision zu vertreiben. Aber sie bleibt bestehen. Martin lächelt ihn an, voller Liebe und Sorge. Cushla steht neben ihm und tut das gleiche.

Martin lächelt Josh an. »Stellst du dir so dein Rauskommen aus der Beziehung vor?«

Josh fehlen erstmal die Worte. Seine Zunge klebt am Gaumen, sein Magen rebelliert, er sieht von Martin zu Cushla, und seine trüben Augen sehen seine beiden Liebhaber, die sich besorgt und liebevoll über ihn beugen.

Cushla steht ein Stück hinter Martin. Sie schweigt. Martin dagegen kriegt den Mund nicht zu. »Ich war krank vor Sorge, Josh. Ich hab dich überall gesucht, an all den üblichen Plätzen. In den Hotels, wo wir zusammen waren – das eine in Suffolk, in das du immer nochmal zurück wolltest. Ich hab alle unsere Freunde angerufen, und keiner hatte was von dir gehört. Gestern bin ich den ganzen Tag zu Hause geblieben und habe gewartet. Den ganzen Tag. Hab alle Treffen abgesagt. Nichts. Gegen sieben gestern abend hab ich dann richtig Angst gekriegt. Am Ende hab ich dann gedacht, wenn der Berg nicht zum Propheten kommt, muß ich wohl selbst versuchen, zum Basislager hochzuklettern.«

Joshs Kopf ist drauf und dran zu platzen, sein fettes, verängstigtes Herz zerschlägt seine Rippen zu Staub. »Was?«

»Na ja, ich wußte ja, daß du gelegentlich mit Cushla zusammen warst ...«

Josh ist überzeugt, gleich in Ohnmacht zu fallen oder zu sterben, aber seine rücksichtslos robuste Konstitution hält ihn aufrecht und trägt ihn durch die Schockwellen in die nächste Runde der Angst.

Anscheinend merkt Martin nichts davon, denn er plappert munter weiter. »Ich bin in dein Studio hochgestiegen – ein toller Kopf übrigens«, fügt er hinzu und lächelt Cushla an, um ihre feinen Backenknochen und ihr perfekt proportioniertes Kinn zu loben.

»Und da kam mir der Gedanke, du könntest bei ihr sein.«

Da jetzt die Möglichkeit einer Konfrontation mit der Wahrheit besteht, findet Josh wie durch ein Wunder seine Sprache wieder. »Nein, ich war hier. Erst in einem Bed and Breakfast und dann hier. Bei Sunita. Du weißt schon, wir haben was getrunken. Hier. Nicht bei ihr.«

Martin setzt sich neben ihn. »Das sehe ich. Eigentlich war es Cushla, die auf die Idee gekommen ist, es mal bei Sunita zu versuchen.« Er senkt die Stimme zu einem verschwörerischen Wispern und beugt sich ganz nah zu ihm. »Offengestanden wäre Sunita der letzte Mensch, von dem ich mich bemitleiden lassen würde.«

Cushla hat sich inzwischen links von Josh niedergelassen und legt eine kühle Hand auf seine verschwitzte Pranke. »Ich hab dich zu Hause angerufen, aber du warst nicht da. Ich hab Martin gesagt, daß ich dich auch seit drei Tagen nicht gesehen habe. Hast du vergessen, daß wir uns gestern nachmittag treffen wollten?«

Das hat Josh tatsächlich vergessen. Sein paranoider Kopf hat ein Treffen verschwitzt, das vier Tage vorher abgemacht war. Josh dreht sich zu ihr und hofft, Verständnis in Cushlas Augen zu entdecken, erwartet Sympathie und einen Blick stummer Verschwörung. Statt dessen sitzt da ein ganz anderer Mensch, hart und kalt. Alle Schotten dicht. Das ist nicht die Cushla, die er kennt. Man sieht doch auf den ersten Blick, daß diese Frau ihn nicht liebt. Jetzt bekommt Josh wirklich Angst. Martin hat ihm den Arm um die Schulter gelegt, drückt ihn von der anderen Seite an sich, während er unablässig weiterquasselt mit seinem »Tut mir leid, ich bin an allem schuld, natürlich brauchst du Zeit für dich, du hast soviel gearbeitet«. Gefolgt von einem liebevollen *maxima culpa* und einem dreifachen »Ich verstehe das doch«.

Josh kann Martin nicht richtig hören, weil das Blut so in seinen Ohren dröhnt, weil die Kälte, die von Cushla ausgeht, seine Sinne einfriert. Er denkt, daß dies ein guter Moment wäre, um zu sterben. Aber das Leben geht weiter.

Jetzt kommt Sunita zurück, in der einen Hand eine Flasche Champagner, in der anderen vier Gläser, ziemlich prekär zusammengebündelt. Sie lächelt Martin zu, funkelt Cushla wütend an und schenkt Josh ein schelmisches Grinsen. »Hat jemand Lust, was zu trinken? Die Sonne steht schon hoch am Mastbaum. Wie man in Islamabad sagt.«

Josh entwindet sich Martins Griff, steht auf, stolpert ein paar Schritte vorwärts und kotzt auf Sunitas Couchtisch-Sammlung – dreiundzwanzig makellose *Vogue*-Ausgaben von 1960.

Vielleicht war der Räucherlachs ja schlecht.

Alles ist wieder sauber und ordentlich. Die Kopfschmerzen sind ebenso verschwunden wie das Erbrochene, die Spannung läßt nach. Die beiden Männer und die beiden Frauen sitzen in der Wintersonne, die zum Fenster hereinscheint, ein blasses Licht, das sich an den goldgelben Wänden bricht. Sie unterhalten sich. Sunita und Cushla plaudern über Einkaufen und Männer, über Musik und gute Kneipen – Frauenthemen, genau die Art Tussigeschwätz, von dem Josh sich nie hätte vorstellen können, daß sich seine Cushla damit abgibt, und doch sitzt sie da und überschlägt sich förmlich wegen Sunitas neuem karamelfarbenen Hosenanzug von Nicole Farhi, als gäbe es nichts

Wichtigeres. Als schwebte Joshs Seele nicht über ihren Köpfen, um aufzusteigen oder abzustürzen. Sie braucht nur ein Wort von ihren perfekten Lippen. Aber Cushla sieht Josh nicht mal an, sie spricht nicht mit ihm, und Josh möchte sterben, er hält das Warten nicht mehr aus. Die beiden Männer trinken noch ein Glas Champagner. Martin hält die heitere Fassade aufrecht, sie wollen noch ein Stündchen hierbleiben und dann nach Hause gehen. Josh würde gern jetzt schon aufbrechen, aber seine Beine haben vergessen, wie man sich bewegt. Vergessen, wie man von Cushla weggeht. Martin würde auch lieber jetzt schon aufbrechen, aber er ist zu höflich, um einfach hier reinzuplatzen, seinen Süßen einzusammeln und wieder zu verschwinden. Schließlich ist Sunita nicht das Kindermädchen. Sunita möchte auch weg, aber sie wohnt hier. Sie schmachtet danach, ins Bett zu kriechen und ihren Kater auszuschlafen, irgendwann aus der Benommenheit aufzuwachen und mit einem einigermaßen klaren Kopf ihre Gedanken wenigstens so weit zu ordnen, daß sie die ganzen bedeutsamen Anrufe erledigen kann. Doch selbst mit ihrer alkoholgeschwächten Wahrnehmung vermutet Sunita, daß noch einiges im Busch ist. Und Cushla möchte auch gehen, sie wird auch bald aufbrechen, nur jetzt noch nicht. Denn gerade jetzt entwickeln die Dinge sich ganz prächtig.

Anschließend weiß Josh gar nicht mehr richtig, wie es dazu gekommen ist, daß er zu reden anfing. Sunita behauptet steif und fest, daß Cushla ihn dazu gebracht habe, mit einem Blick, einem Lächeln, einer Handbewegung vielleicht. Weder Josh noch Martin können – oder wollen – sich daran erinnern. Wie bei den Einzelheiten eines Autounfalls oder bei einem Kindheitstrauma blockiert ihr Gehirn den Realitätsschub aus ihrem Gedächtnis und ersetzt die schmerzhafte Erinnerung durch ein Gefühl der Taubheit. Cushla jedoch trägt das Gespräch unauslöschbar im Gedächtnis, mit Worten eintätowiert neben den Narben über ihrem Herzraum. So leicht vergißt Cushla nicht die Pointe eines guten Witzes.

Zuerst sah sie Josh an. Sie nahm seinen Blick auf und verstand die Angst und den Schrecken seines Herzens. Josh erwiderte ihren Blick, den ersten richtigen Blick, mit dem sie ihn den ganzen Nachmittag über gewürdigt hatte, und im Licht ihres Blicks wurde es endlich still im Zimmer. Sunita ließ den gefeierten Hosenanzug zu Boden sinken, Martins Hoffnung auf Frieden folgte ihm nach. In Cushlas Augen war ein Lächeln, dann kam ein Lachen aus ihrem Mund, dann krümmte sich ihr ganzer Körper vor Heiterkeit, so sehr amüsierte sie die Aussicht auf das Unvermeidliche. Fast ihr ganzer Körper, wohlgemerkt, denn aus der Herzhöhle kam ein leises Stöhnen, das nicht in den allgemeinen Frohsinn paßte. Mitten in einem Lachanfall erwischte sie sich dabei, wie sie ihr Verhalten hinterfragte, der Beginn einer Andeutung von Mitleid für Josh. Ein dünner Silberfaden Mitgefühl, der sie beinahe verstummen ließ. Aber sie riß ihn mit gefletschten Zähnen ab.

Ihr Lachen erlöste Josh aus seiner Lähmung; er öffnete den Mund, und die Wahrheit fiel einfach von seinen Lippen wie eine reife Frucht. »Martin, ich war mit Cushla zusammen. Ich bin in Cushla verliebt. Tut mir leid.«

Sunita zuckte zusammen, denn ihr Couchtisch wurde jetzt schon zum zweiten Mal attackiert. Diesmal war es Martins rechtes Bein, das gegen ihn knallte. Martin schnellte vom Sofa, so weit wie möglich weg von Josh, zum Fenster auf der anderen Seite des Zimmers. Dort starrte er in den Garten hinaus, als könnte der ihm eine Antwort geben, beobachtete, wie eine Amsel zwei Würmer aus dem Gras zerrte, einen verschlang und mit dem anderen im Schnabel zum Nest zurückflog. Martin wartete. Er wußte nicht aus noch ein. Unsicher über die Wirkung seiner Worte, versuchte Josh es noch einmal. Gerade hatte er den »Tut mir«-Teil eines weiteren, beispiellos unpassenden »Tut mir leid« herausgebracht, als Martin sich auf ihn stürzte, vor Wut bei uralten Jungeninstinkten Zuflucht nehmend. Der Couchtisch duckte sich. In der Zeit, die Sunita brauchte, um den Hosenanzug hinter ihrem Stuhl einigermaßen in Sicherheit zu bringen, hatte Martin Josh am Schlafittchen gepackt und hielt ihn nun mit der linken Hand fest, während er ihm mit der rechten einen Satz Ohrfeigen verpaßte. Sunita wandte sich gerade rechtzeitig um, als Josh eine kläglich schützende Hand ausstreckte, die aber nicht verhindern konnte, daß Martins rechter Haken ihn links unten gegen die Brust traf und eine Rippe direkt unterhalb des Herzens zerschmetterte.

»Nein! Himmel, Herrgott, Martin! Scheiße!«

Schrecken und Bestürzung verstümmelten ihre Sätze zu Standard-Einwort-Ausrufen des Entsetzens. Dann wandte sie sich an Cushla: »Verdammt, tu doch endlich was! Sorg dafür, daß sie aufhören. Tu was!«

Doch Cushla saß regungslos da und beobachtete die Männer fasziniert. Martin verdrosch den Mann, den er liebte, und Josh ließ es sich gefallen. Ließ es sich gefallen, weil er glaubte, es sei Martins Recht, weil er wußte, daß er etwas Falsches getan hatte, weil er nicht wußte, wie er es wiedergutmachen sollte. Oder ob er es überhaupt wollte. Doch der Mangel an Rachedurst machte Cushla Sorgen. Sie wußte, wenn Josh lange genug so passiv blieb, gab es eine Chance, daß Martins Ausbruch tatsächlich für einen Ausgleich sorgte – gemeiner Betrug und körperliche Gewalt wogen einander auf und sorgten für ein heikles Gleichgewicht in der Frage, wer was getan hatte und wer woran schuld war. Also beschloß sie, daß der Zeitpunkt zum Eingreifen gekommen war. In aller Ruhe erhob sich Cushla von ihrem Stuhl, schob Sunita beiseite, deren wirkungsloses »Hör auf« und läppisches Gezupfe an Martins Ärmel ihn nur noch wütender gemacht hatten, und stellte sich, spontan und doch so effektiv, daß es wie jahrelang eingeübt wirkte, direkt vor Josh. Ihre Prophezeiung erwies sich als richtig: Jetzt war Joshs Körper kleiner als ihrer, denn er war so desorientiert, daß er geschrumpft war, um sich ihr anzupassen. Sie stellte sich also vor ihn, so daß Martin nicht an ihn herankam, und bot sich selbst als Beschützerin und Opfer an.

Mit einem kristallklaren Flüstern durchdrang sie Martins verschwitzte Rage. »Versuch's bei mir. Ich bin stärker. Ich halte es aus.«

Das stimmte. Martin machte einen Schritt zurück, und obgleich sein Charakter als guter Junge heftig mit seinem verletzten Stolz haderte, befreite sich seine Faust von allen erlernten Prinzipien und landete mitten in Cushlas Gesicht. Cushla lächelte. Sie war nicht verletzt. Aber Josh dafür um so mehr. Martins Schläge hatten ihm weh getan, aber solange er das Gefühl gehabt hatte, körperlich eine gerechte Strafe zu erleiden, konnte er sie gut einstecken. Aber der Schmerz, den er spürte, als Martin Cushla schlug, war weit schlimmer. Sie funktionierte sozusagen als Newtonscher Käfig für den Schlag, saugte dessen körperliche Wirkung auf, leitete aber Wut, Verletzung und Betrogensein direkt weiter in Joshs Körper. Cushla warf Martin, der bereits aus dem Haus stürmte, eine Kußhand zu, dann noch eine für Josh, der sich auf den Heimweg machte, um seine Sachen zu packen. Diesmal endgültig. Sie brauchte Josh nicht zu erklären, daß er sie nie wiedersehen würde, der letzte Faustschlag hatte ihn von seiner Vergangenheit getrennt. Er wußte, daß er jetzt mit niemandem mehr verankert war.

Als Josh spät in der Nacht sein Zuhause verläßt, trägt er drei Koffer und eine Plastiktüte voller Steinsplitter und Staub – die Überreste von Cushlas Skulptur, nachdem Martin mit ihr abgerechnet hat. Die beiden Männer küssen sich nicht zum Abschied.

Cushla und Sunita gönnen sich noch zwei Flaschen Champagner, und Cushla verbringt die Nacht in Sunitas Bett. Zwar ist der Sex nicht gerade berauschend, denn trotz ihrer Erfahrung mit Frauen ist Sunita hauptsächlich heterosexuell, aber so hat Cushla wenigstens für ein paar Stunden ein warmes Bett. Trotz bester Vorsätze spürt sie leises Bedauern für Josh und Martin, und die Vorstellung einer einsamen Nacht in ihrem kalten Turm ist nicht mehr ganz so reizvoll wie früher. Die beiden Frauen trinken, sie schlafen miteinander, trinken noch ein bißchen. Dann raucht Sunita einen dünnen Joint, und die Nacht bricht herein.

Um drei Uhr morgens ist Cushla plötzlich hellwach. Sie hat keine Ahnung, was sie geweckt hat, und liegt ganz still in der Dunkelheit. Sunita schläft zusammengerollt neben ihr, der Geruch von Whisky und ödem Sex umgibt sie beide. Cushla wartet. Nichts. Das Haus ist ganz still. Als sie sich schließlich umdreht und den Kopf ins Kissen drückt, spürt sie auf der Wange etwas Kühles, Nasses. Sie ist von ihren eigenen Tränen aufgewacht. Und das nachgewachsene Miniherz singt sie wieder in den Schlaf.

Das Herz ist ein Walzer. Hüpft und steigt. Es tanzt allein, auch wenn keiner es sieht. Es braucht kein Licht, keine Luft, kein Feuer, nur Wasser von Tränen oder trunkener Begierde. Das Herz findet seine Heimat, ob man will oder nicht.

Cushla versteht nicht, was sich da um sie herum entwikkelt, denn ihr neuer Zustand verwirrt sie so, daß er sich intellektueller Beschreibung schlicht entzieht. Mit einem schnellen Kuß verläßt sie Sunita, kein interessanter Austausch, keine von beiden hat Lust, die banale Erfahrung eines betrunkenen Gefummels zu wiederholen. Den folgenden Nachmittag verbringt Cushla mit wirrem Brüten und Planen. Schließlich gibt sie die Vernunft als Weg zum Verständnis auf und versucht, mit körperlicher Betätigung Klarheit zu bekommen oder wenigstens neue Hoffnung. Cushla leidet unter dem Bruch einer potentiellen Beziehung. Sie weiß es nur nicht.

Sie unternimmt die Wallfahrt zu ihren üblichen nächtlichen Schwimmexerzitien, aber nicht mal das Mondlicht auf dem Wasser beruhigt sie, stumme Echos hallen von den leeren Wänden wider. Jetzt müßte sie sich doch gut fühlen, stolz sein auf ihre Leistung, ihr Ziel erreicht und Martin und Josh auseinandergebracht zu haben! Es ist Zeit, die Rückkehr ihres Körpers in ihr eigenes Selbst zu genießen, die Wiedererschaffung ihres festen natürlichen Fleischs. Es ist Zeit zu feiern. Aber alle Freude scheint aus Cushlas Schwimmübungen gewichen zu sein.

Sie stellt sich Joshs Gesicht vor, als er Sunitas Haus verlassen hat, aber auch im Bild seiner verheulten Augen findet sie keine Befriedigung. Cushla wendet zur dreiundfünfzigsten Bahn; die Arme ins silberne Wasser vorgestreckt, sucht sie mit den Händen nach einer Antwort. Leeres Wasser fließt durch ihre Finger, sie bekommt keine Antwort außer einem chlordurchsetzten Heftpflaster und den ausgefallenen Haaren von Mrs. Johnson, die mit ihren siebenundachtzig Jahren immer noch jeden Morgen mit den anderen Frühaufstehern schwimmt. Nicht einmal die kühnen Schwenks vor dem Infrarotstrahl machen Cushla heute so richtig Spaß, und sie stoppt, als sie am tiefen Ende ankommt. Nach einer Weile beruhigen sich die Wellen, und Cushla ist nur noch ein stiller Punkt im reglosen Pool. Aus dem geheizten Wasser steigt eine dünne Nebelschicht in die nachtkühle Luft auf. Der Bademeister läßt die Heizung immer an, denn das Wasser jeden Tag neu aufzuheizen, wäre zu teuer, nur die Gebäudeheizung wird nachts abgestellt. Perfekt pneumatisch läßt Cushla sich auf dem Wasser treiben, die Rückseite ihres Körpers im relativ Warmen, die der Kälte ausgelieferte Vorderseite bekommt eine Gänsehaut.

Sie atmet langsam aus und beginnt unterzugehen. Gemächlich sinkt sie nach unten, mit dem Kopf, der schwerer ist, zuerst, die Füße treiben etwa einen Meter über ihr. Als ihre Schultern den Grund berühren, zwingt sie ihre widerwilligen Beine in die Horizontale, und so liegt sie auf dem Betonboden, entspannt ihre Muskeln auf der harten Unterlage und blickt durchs Wasser nach oben. Der Pool wird nur von den grünen Zeichen für die Ausgänge und den roten Alarmlichtern beleuchtet, die Nacht ist bedeckt, nur ein umwölkter Mond spiegelt sich gelegentlich in den Fenstern. Drei Meter unter Wasser liefern Cushlas vollkommene Augen eine Fischperspektive ins trübe Zwielicht da oben. Hier ist sie zufrieden. Ruhig. Wenn sie könnte, würde sie für ewig auf dem Grund des Schwimmbeckens bleiben. Wenn sie nicht wüßte, daß um Mitternacht Schluß ist mit der Ewigkeit, kurz bevor morgen nochmal um einen Tag verschoben wird. Sie könnte hierbleiben, in die Dämmerung treiben und Frieden finden. Sie würde ihren Plan vergessen, ihre dreifache Mission, die sie sich vorgenommen hat, einfach sausen lassen.

Das alles würde sie tun, könnte sie tun, aber plötzlich, nachdem sie zweieinhalb Minuten da unten gewesen ist, vernimmt sie ein dringliches Pulsieren, ein Pochen, ein Klopfen. Zuerst ist das Geräusch vom Wasser so gedämpft, daß sie es gar nicht hört. Aber schließlich wird es so hartnäckig, daß sie sich aufsetzt und es zur Kenntnis nimmt. Sie setzt sich auf, schwimmt nach oben, durchbricht die Wasseroberfläche und schnappt nach Luft. Cushla japst. Das ist neu. Ebenso wie das Herz, das in ihrer Brust pocht, das nach sauerstoffhaltigem Blut schreit. Das Herz, das sie einfach nicht in Ruhe lassen will. Cushla ist alles andere als eine glückliche Prinzessin.

Sie stemmt sich aus dem Wasser, zerrt widerstrebende Klamotten über ihren nackten Körper, schleppt ihren betrügerischen Körper auf die Straße hinaus und marschiert heimwärts zum Elfenbeinturm, ein frierendes, durchnäßtes kleines Gör. Dort rennt sie in den vierzehnten Stock hinauf; ab dem zehnten Stock fängt das Herz schon wieder an zu pochen, aber sie verflucht es, ignoriert es und rennt weiter, verliert keine Zeit, bis sie vor ihrer Tür fast zusammenbricht. Diesmal hat sie keine Lust auf zeremoniellen Klimbim. Sie rennt in die Wohnung, reißt sich im Laufen die nassen Kleider vom Leib, schnappt sich das Messer, schneidet durch die fast verheilten Stiche, reißt die frisch zusammengewachsenen Fleischlappen auseinander und starrt im Badezimmerspiegel ihren Herzraum an. Das hätte sie nicht tun sollen. Das Herz, das in ihrer Brust pocht, ist winzig, aber vollkommen geformt. Es tanzt im Dreiertakt, eine durchscheinende Minitrommel, die um ihr Leben schlägt. Aber es hat keine Chance, denn Cushla hat keine Wahl, sie hat schon das nächste Paar angepeilt. Der Plan wird durchgezogen.

Cushla geht mit dem Messer auf das Herz los, und dieses Mal durchzuckt sie beim Durchtrennen der elastischen Venen ein heißer, stechender Schmerz. Sie lauscht dem Flehen, und ihr Trommelfell klopft im Takt des Herzens, das vor lauter Anstrengung, sich Gehör zu verschaffen, kleine Blutgefäße sprengt. Sie säbelt durch das Gewebe, von dem das kleine Organ an Ort und Stelle gehalten wird, ihre zitternde Hand stößt die Klinge ins eigene Fleisch, und jeder Stich ist papierdünn und doch so breit wie der Pazifik. Cushla möchte schreien, wie ihre Hand da blutig herumfummelt, sie möchte laut lachen, als ihre Hand dann das glitschige Fleisch in den Griff bekommt und das noch immer schlagende Herz in die Nacht hinausschleudert. Eine vorbeisegelnde Schleiereule sperrt im Flug den Schnabel auf, schnappt sich das Herz, trägt es heim zu ihrer Familie und zieht es zusammen mit den anderen Jungen auf. Das Kuckucksherz wird dick und fett, aber als die Zeit kommt, in der die Babys flügge werden, wirft die Muttereule es mitsamt den anderen aus dem Nest. Die jungen Eulen fliegen sicher in die Dunkelheit, aber das Herz landet platschdich auf einem Betonweg. Am nächsten Morgen wird es von den Parkarbeitern weggefegt, in der festen Annahme, daß wieder mal einer sein Kebab weggeschmissen hat, weil das Fleisch nicht ordentlich durch war.

Nachdem das Herz weg ist, vernäht Cushla die Wunde von neuem ordentlich mit Katgut. Allerdings ist die Naht diesmal nicht ganz so vollkommen, denn jeder Nadelstich ins zum zweiten Mal aufgerissene Fleisch ist eine spitze Erinnerung daran, daß sie versagt hat. Dann wäscht sie sich, säubert den Parkettboden und legt sich die Klamotten für den nächsten Tag zurecht. Bald wird sie ihre neue Gestalt annehmen, da braucht sie vorher ein wenig Schlaf. Cushla probiert das Bett, aber die Träume kommen nicht so einfach, sie wacht mehrmals auf, weil sie laut schreit, aber die Schreie haben keinen Adressaten. Kalt dämmert der Morgen herauf, der Schneeregen geht in Regen über, und selbst das Mädchen vom Wetterbericht im Fernsehen sieht deprimiert aus.

Am anderen Ende der Stadt wetzt Cushlas kleiner Bruder sein Messer.

Im Alter von sieben Jahren ging seine Kaiserliche Hoheit, der kleine Prinz des so furchtbar fernen Landes, das eigentlich direkt um die Ecke liegt, zum allerersten Mal in seinem Leben auf die Jagd. Der Morgen seines siebten Geburtstags tagte hell und kalt und klar. Ideales Wetter für einen zeremoniellen Mord. Auf seinem Geburtstagsgeschenk, einem unverwüstlichen Araberhengst, der mehrmals so groß war wie der Junge und ideal für einen zukünftigen Prinzen, ritt er durchs Palasttor. Wie die Tradition es vorschrieb, folgte ihm in kurzem Abstand seine Mutter, selbst eine hervorragende Reiterin, die an ihrem eigenen siebten Geburtstag vier Hirsche getötet hatte. Der kleine David sang das Lied des Blutes, und das fröhliche Pärchen von Königin und Königssohn wurde mit aus Thymian und Krokussen gewundenen Kränzen willkommen geheißen, als sie durch die Stadt ritten – durch arme Viertel und reiche Viertel, wo die Reichen den Armen mit vollen Händen Geldstücke zuwarfen, worauf die Armen für immer in ihrer Schuld standen und gelegentlich dankbar waren, über den Fluß der ewigen Wiederkehr und dann hinein in den dunklen Wald. Zu Hause im Palast hortete der König fertig bestrichene Brotlaibe, und die Prinzessin packte ihren Koffer.

Zur Mittagszeit legten sie eine Rast ein, und David, schon damals fein und dünn, aß die Sandwiches mit Eiern und Kresse, die ihm sein Vater mitgegeben hatte, und teilte sich eine Flasche tiefroten Burgunder mit seiner Mutter. Dann schlief Prinz David, den Kopf im Schoß der Königin, zugedeckt mit einem Schal aus handgefärbter persischer Seide mit Fransen aus feinstem synthetischem Rayon, während seine Mutter Wiegenlieder und Jagdlieder sang. Der Junge schlief traumlos, und als der Augenblick gekommen war, weckte ihn seine Mutter. Es war eine Stunde vor Sonnenuntergang, also hatten sie genügend Zeit, die Beute ausfindig zu machen, einen Plan zu entwerfen und dann mit der langen Warterei bis zum letzten Stern zu beginnen. Sie ließen ihr Gepäck stehen, und David folgte seiner Mutter durchs dichte Unterholz, seine schmale Gestalt schlängelte sich problemlos zwischen dichten Bäumen und großen Grashalmen hindurch. Nach einem dreißigminütigen Fußmarsch, der in einer zehnminütigen Schlidderpartie bäuchlings durch feuchten Morast gipfelte, zog die Mutter ihren Sohn dicht neben sich. Sie legten sich platt auf den Boden und lauschten. Die Geräusche des Wilds waren ganz nah. David hob die Nase in den Wind und sog den Duft leichter Beute ein. Der Geruch stieg ihm zu Kopfe, seine Geruchsnerven nahmen die Herausforderung an. Er war bereit.

Die Königin wartete, bis ihr Sohn die Lichtung mit dem Wild selbst gesehen hatte, dann gab sie ihm einen Kuß und reichte ihm das Messer, das von nun an ihm gehören sollte. Die Klinge war scharf und schön geschwungen, den Horngriff hatte die Königin aus dem Schenkelknochen ihres Vaters, des ehemaligen Königs, in dessen letztem Stündlein eigenhändig geschnitzt. Ehrfürchtig und voller Erregung nahm David das Messer entgegen. Seine Mutter ermahnte ihn ein letztes Mal, vorsichtig zu sein und auch wirklich den letzten Stern abzuwarten, dann küßte sie seine jungenhaften Locken und verschwand ebenso leise, wie sie gekommen war. Sie kehrte zu ihrem Lagerplatz zurück, räumte die Reste vom Lunch ihres Sohnes weg, hinterließ eine Thermosflasche mit heißem Kakao und zwei Ingwerkekse als Morgenimbiß für ihn und kehrte dann nach Hause zurück. Zusammen mit ihrem Gatten genoß sie am Abend ein Festessen aus braunem Reis und Linsen, in Erwartung des Wildbrets, das demnächst und für viele Abende auf den Tisch kommen würde. Allerdings ergänzte Seine Majestät die Mahlzeit mit einem Nachtisch aus Roggenbrot und Heidehonig. Zuerst bemerkte keiner von beiden das Fehlen ihrer Tochter, und als ihnen auffiel, daß sie nicht zum Essen erschienen war, schrieben sie es einfach einer ihrer Launen zu.

»Vermutlich ist es ihre Diät, mein Schatz, du weißt ja, wie Teenager so sind, man braucht schon einen erwachsenen Gaumen, um Hülsenfrüchte zu goutieren«, meinte die Königin zum König.

Seine Majestät nickte ernst, obgleich seine Gedanken sich bereits gewichtigeren Dingen zugewandt hatten, wie beispielsweise dem exzellenten Kleehonig, den er heute nachmittag gesammelt hatte.

Davids dünner junger Hals schmerzte. Die letzten sieben Stunden hatte er ihn ständig hin und her gedreht, von den still grasenden Rehen direkt vor ihm zum fernen Himmel und wieder zurück. Er hatte sich die Position der Tiere eingeprägt, die er töten wollte, und sich dann vergewissert, ob ein weiterer Stern aufgegangen war, und noch einer. Gut geschult sowohl in Astronomie als auch in Astrologie, wußte er nicht nur, daß er auf den letzten Stern warten mußte – und wo dieser auftauchen würde –, sondern auch, in welchem astrologischen Haus der Stern stand und was das für ihn, den Prinzen, bedeutete. Heute war eine gute Nacht für einen vielversprechenden Anfang. Auch die Prinzessin wußte das und quetschte ihren Make-up-Beutel seitlich in den Koffer. Schließlich erschien der letzte Stern, wie es der Prinz berechnet hatte, ein vollkommener Aufgang, haarscharf drei Minuten zu spät.

Genau wie David die Rehe riechen konnte, so spürten auch sie seine Gegenwart, aber nachdem er nun so viele Stunden neben ihnen verbracht hatte, waren sie zu dem Schluß gekommen, daß er keine Bedrohung darstellte, und genossen die Nacht in stiller Kontemplation des fetten nassen Grases zu ihren Füßen. Doch nun begann David näher zu kriechen, bemüht langsam, Stück für Stück. Das Messer in der Linken, robbte er mit Hilfe der rechten Hand und des linken Unterarms vorwärts und dachte nur daran, daß das Messer scharf bleiben mußte und daß er keinen Lärm machen durfte. Jetzt trennten ihn nur noch drei Meter vom ältesten Hirsch. Im hellen Licht des letzten Sterns, gerade vierzig Minuten vor der Morgendämmerung, erhob sich das Geweih des Platzhirschs hoch über dem Jungen und dem Tier, reichte über die Baumwipfel in die Nacht hinein, jedes Geweihende feiner geschliffen und spitzer als alles, was der Junge vorzuweisen hatte. Einen halben Meter näher, einen Meter, anderthalb. Der Hirsch hob den Kopf und schreckte damit eine Hirschkuh zu seiner Rechten auf. Der Prinz hielt den Atem an und zwang jede einzelne Körperzelle zu absoluter Ruhe. Stille senkte sich hernieder, durchbrochen von Davids Burgunderatem. Nichts hatte sich verändert. Die Hirschkuh kehrte in ihre Träume zurück, der Hirsch rupfte noch einen Mundvoll Gras ab. Es war Zeit.

David sprang aus dem Gras und richtete sich zu voller Größe auf. So reichte er etwa bis ans Herz des großen Hirsches. Die Blicke von Mensch und Tier begegneten sich nur einmal, dann drang das Messer durch Pelz und Haut, Gewebe und Sehne, stieß vor bis ans Ziel. Der Hirsch stieß einen überraschten letzten Atemzug aus und stürzte krachend auf die Seite, landete direkt auf den Füßen des Prinzen und spießte dabei zwei seiner Kinder mit seinem Geweih auf. David drehte sich im Sprung; das blutige Messer zeigte ihm den Weg und zog ihn mit sich. Ehe er Zeit zum Nachdenken hatte, schlitzte die Klinge schon der ersten Hirschkuh die Kehle auf, durchstieß beide Lungenflügel des jungen Hirschs und trennte mit einem einzigen mächtigen Hieb den Kopf vom Hals einer weiteren Hindin. Eine Hirschkuh, ein junger Bock und ihre beiden Babys ergriffen die Flucht und verschwanden im dunklen Wald und der hereinbrechenden Morgendämmerung. Schweigend stand der Prinz da, sechs Tiere zu seinen Füßen, vier von seiner eigenen Hand getötet.

Die ersten Sonnenstrahlen drangen durch den Schatten um die Bäume im Osten, und in dem kalten Licht machte sich der Prinz daran, den Kadavern das Herz herauszuschneiden. Die beiden von ihrem eigenen Vater aufgespießten Kinder gehörten zwar genaugenommen nicht zu seiner Beute, aber da sie im unmittelbaren Verlauf seiner Jagd zu Tode gekommen waren, konnte er sie zumindest teilweise als Trophäe beanspruchen. Der Junge würde nicht lügen. Wozu auch? Sämtliche toten Tiere würden durch die neugierige Stadt zur Festhalle geschleppt, wo die versammelten Schiedsrichterinnen und Wilderer die Jagd begutachten und Lieder über die Tapferkeit des Jungen verfassen würden.

David legte das geweihte Messer beiseite, drückte jedes der sechs Herzen an sein eigenes und flüsterte das Gebet der heiligen Vergebung. Jetzt beherbergte sein siebenjähriger Körper das Gewissen eines Mannes. Er würde seine Pflicht tun und den Segen für seine Tat einfordern. Als Beweis legte er die Herzen in eine Holzkiste und machte sich auf den Heimweg. Die Kiste war schwer für seine jungen Arme. Als er das Palasttor erreichte, standen dort Hunderte von Schaulustigen, verfolgten jeden seiner matten Schritte und feuerten ihn an, die Herzen unversehrt in die Große Halle zu bringen. Er schaffte es und brach zu Füßen seiner Mutter zusammen, allerdings so anmutig, daß sie ihm die Kiste gerade noch abnehmen konnte.

Ein Arzt wurde gerufen, die Herzen wurden untersucht und für gesund befunden. Zwölf Jungfrauen wurden in den Wald entsandt, um die Leichen zu bergen, die zum Palast geschleppt und von dort in den Schneidehof gebracht wurden. Zu jedem Tier wurde das entsprechende Herz gelegt. Unterdessen zog man dem Prinzen die verschmutzten Kleider aus, sein Vater wusch mit fließendem Wasser das Tierblut ab, und seine Mutter reichte ihm die Herzen, eins nach dem anderen. Mit eigener Hand legte der Prinz jedes Herz in die Höhle zurück, aus der er es herausgeschnitten hatte. Alle paßten perfekt. Als die sechs Herzen an ihrem Platz waren, hatten die Wilderer und Schiedsrichterinnen bereits ihre Loblieder angestimmt, und der Chefarzt mußte um Ruhe bitten. Sobald alles still war, hielt er das Messer über die Köpfe der toten Tiere. Dann sprach er das Wort der Wiedergeburt, das alle Anwesenden flüsternd wiederholten, bevor es der Junge am Ende laut ausrief. Im gleichen Augenblick begannen alle sechs Herzen wieder zu schlagen, und die Wunden heilten. Zuerst erhob sich der alte Hirsch, verwirrt und unsicher, bis er den Ernst der Lage begriff. Da weckte er seine Angehörigen, und zusammen traten sie vor David. Alle sechs knieten nieder, und nun galt der Prinz wahrlich als erwachsen.

Danach wurde gesungen und getanzt, es gab Feuerwerk und eine große Feier. Die beiden jungen Rehe, die der alte Hirsch mit seinem Geweih aufgespießt hatte, wurden in den Wald zurückgebracht, während die vier, die der Prinz getötet hatte, in den Küchenhof geführt und in großer Dankbarkeit geschlachtet wurden. Sie fühlten sich geehrt, als königliches Mahl dienen zu dürfen.

Darauf folgten die traditionellen acht fröhlichen Festtage mit Wildbretsteaks und Wildbretpasteten und Sandwiches mit kaltem Wildbretbraten und schließlich, als die Stadtleute das ganze Wild schon ziemlich satt hatten, zum guten Schluß noch Wildbretbrisoletts.

Die Prinzessin war froh, daß sie nicht dageblieben war, denn sie spielte schon seit einer Weile mit dem Gedanken, Vegetarierin zu werden. Und obwohl der kleine Prinz das Gefühl nicht loswurde, daß jemand oder etwas bei dem Fest fehlte, hatte er gar nicht die Zeit, länger darüber nachzudenken, denn er hatte ja sein neues Jagdmesser, das ihm von nun an stets Gesellschaft leistete.

Ich stehe erst lange nach dem ersten Sonnenstrahl auf und brauche trotzdem mehr als eine Stunde, bis ich endlich wach bin. Wenn ich mich schließlich aus dem warmen Bett der kalten Träume erhebe und wieder zur Besinnung komme, hat das Morgenlicht die Stadt bereits verlassen, und ein giftiger Regen trommelt gegen die Fensterscheiben, sucht Ritzen und Spalten, um mir Schaden zuzufügen. Ich bin außergewöhnlich zart. Aber jetzt ist nicht die Zeit, mich zu schonen. Ich habe schlecht geschlafen, ich bin noch nicht ausgeruht genug, um den nächsten Kampf zu beginnen. Die Zeit vergeht, ohne daß ich es merke; ich bin schon fast zu spät dran.

Der nächste Schritt. Im Spiegel überprüfe ich meinen Zustand. Ich bin staatenlos, ich bin weit weg von zu Hause. Die wilde Narbe hebt sich grell von der faltigen Haut ab, die sie umgibt, Schorf bedeckt die sinnlosen Stiche. Ich durchstreife meinen Turm, denke bisweilen daran, etwas zu essen oder zu trinken. Das alte Brot ist steinhart, das Wasser schmeckt modrig. Die Rationen hier sind ärmlich, ich sollte meine braunen Locken hinunterlassen und einen Korb frischer Lebensmittel von der Straße heraufholen. Ich sollte schlemmen, Schweinshaxen und Met und frische Feigen. Ich sollte in der echten Welt leben. Irgendwann merke ich, daß ich friere, und denke daran, mir ein dickes Frotteekleid überzustreifen, aber der weichgespülte Stoff reibt meine hypersensible Haut wund. Die Heizung ist voll aufgedreht, ich habe die Vorhänge zugezogen, damit die Elemente draußen bleiben, aber in der Nacht ist mir die Kälte das Rückgrat hochgekrochen, hat mein Nervensystem überfallen, und jetzt frösteln meine müden Gliedmaßen. Darauf war ich nicht gefaßt, darauf konnte ich gar nicht gefaßt sein. Ich habe das neue Gewächs nicht gerufen, aber es ist von mir. Von ihm.

Ich denke an ihn, frage mich, was er wohl macht. Ich vermisse ihn. Ein Teil von mir vermißt ihn. Es wird nicht lange anhalten.

Im rundum spielgelgekachelten Badezimmer wasche ich mich, den Rücken in endlosen Korridoren gedämpften Lichts reflektiert. Meine Hände schrubben tote Hautzellen weg und versuchen, die letzten Spuren zu entfernen, die seine Berührung hinterlassen hat. Neunundvierzig Minuten stehe ich unter der heißen Dusche. Mein Ziel ist eine geradezu mystische Sauberkeit. Ich benutze Speckstein. Schließlich zeigt meine Anstrengung Erfolg, und klebriger Schorf fällt von meiner rasch abheilenden Haut. Meinem langsam genesenden Herzraum. Tote Zellen und ausgefallene Haare verstopfen den Abfluß. Ich wasche mein totes Ich ab, ich spüle diesen Mann aus meinem Körper. Als ich endlich sauber bin, schrubbe ich nochmal den Fußboden, für den Fall, daß mir gestern abend doch ein Blutstropfen entgangen ist. Jetzt ist der Turm bereit. Und ich auch, jedenfalls soweit man es von mir erwarten kann. Nun kann die Arbeit beginnen.

Zuerst zünde ich die Kerzen an – Nachtlichter für meine Vorfahren, für die Vergangenheit, die Zukunft, ein letztes flackerndes Gedächtnislicht für mein gegenwärtiges Ich. Wenn es ausgebrannt ist, werde ich mich wie neu fühlen. Rasch ziehe ich das Frotteekleid aus und lege mich nackt auf den Boden. Mir ist kalt. Ich vermisse die Wärme eines anderen Körpers. Ich vermisse seine Lippen. Doch ich habe nachgedacht und meine Entscheidung über meine nächste Gestalt, mein nächstes Ich getroffen. Dieses hier gebe ich auf, es war nicht so erfolgreich, wie ich es mir erhofft hatte. Ich hätte eine Teenager-Lolita spielen sollen, statt dessen ist dieser winzige pochende Teil von mir eine alberne Frau geworden. Anscheinend bin ich dieser Welt ähnlicher als erwartet.

Ich liege auf meinem Parkettboden und schließe die Augen. Ich lege mich gegen die Maserung und beginne einzusinken. Es ist eine bewußte Entscheidung. Ich setze diesen Prozeß aktiv in Gang. Meine Muskeln nehmen die Gelegenheit, sich zu entspannen, begeistert an, und während sie sich der Zeit überlassen, verlieren sie die Gefühlserinnerung an die ferne und – noch wichtiger – die nahe Vergangenheit. Die Muskulatur wird eins mit dem Fleisch, das gegen die Holzfasern schwimmt. Ich glätte jedes angespannte Glied und tropfe weich und langsam auf den harten Boden, Zentimeter um Zentimeter, fadentief. An einem bestimmten Punkt weiß der Körper, daß er fertig ist. Das körperliche Selbst ist sich der Mission voll bewußt, die mir meine Erbanlagen auferlegt haben. Ich bin die zukünftige Königin. Ich werde den Weg gehen. Ich folge dem Weg, ich falle, gebe auf, gebe ihn auf, ich habe keine Wahl, ich habe freie Wahl. Jetzt bin ich da, es beginnt. Aus der Querfaserung, die ihren eigenen unmeßbaren Rhythmus hat, treten Holzsplitter hervor, strecken sich, bohren ihre Widerhaken in mich hinein. Wie mit dicken Stopfnadeln dringt ein enger Saum lebendiger Materie durch meine Haut. Jede Holzplanke erinnert sich daran, ein lebendiger Baum gewesen zu sein, mit Wurzeln, die sich tief in die feuchte Erde gruben, mit Ästen, die weit in den feuchten Himmel rankten. Dieser Boden glaubt offenbar, ich sei eine reale Welt, die eigens dafür neu erschaffen wurde, damit er in mir leben kann.

Tausend dünne Nadeln pieken sich in meine Kopfhaut, zerren und ziehen. Länge und Breite meiner Gestalt, jeder einzelne Druckpunkt wird aktiviert, in Qual und Schrecken. Ich kapituliere. Mein Körper gibt seine äußere Schicht auf.

Ich hoffe nur, es funktioniert.

Noch nie hat es mir so weh getan. In der Vergangenheit war die Neuerschaffung nichts weiter als freudige Hingabe. Aber jetzt weine ich vor Schmerzen. Schreie tonlos mit weit aufgerissenem Mund – schließlich bin ich eine gute Nachbarin. Dies ist ganz neu und eine entsetzliche Quälerei. Aber wahrscheinlich eine angemessene Strafe. Vielleicht war ich dumm, aber ich bin nicht gänzlich unwissend. Mir war klar, daß Schwierigkeiten auftauchen würden. Dieser Körper wurde geliebt, von Verlangen erwärmt. Diese ursprünglich reine Empfindung will er nicht loslassen. Und ich lerne noch eine Lektion, heute ist offenbar der Tag meiner persönlichen Weiterentwicklung. Jetzt weiß ich, daß es nicht das gleiche ist, ob man auf etwas gefaßt ist oder ob man es am eigenen Leib erfährt. Das Wort Schmerz ist viel zu kurz.

Ich mache weiter. Immerhin habe ich hier das Sagen, nicht dieser Körper. Das wird er wohl wissen.

Durch reine Willenskraft verlängere ich meine Beine. Schienbein und Schenkelknochen dehnen sich, wachsen aufeinander zu. Die neue Länge zerschmettert die Kniescheibe und jagt Knochensplitter in den ohnehin überdehnten Meniskus, der reißt und sich zu fadenscheinigen Sehnen aufrollt. Der expandierende Knöchel zerbirst in Unmengen kleiner Fußknochen, um aus Schuhgröße siebenunddreißig Schuhgröße neununddreißigeinhalb zu machen. Ich halte mir die Hände vor die Augen, um zu sehen, wie die Finger sich auseinanderschieben, während die Knochen wachsen, Gelenke ganz von selbst krachen, die Haut sich dehnt und reißt, um über die Knochen zu passen. Gelbes Fett quillt durch die rissige Epidermis, obwohl die vorige Cushla nur an den richtigen Stellen rund, niemals übergewichtig war – mein neues Ich wird groß und sehr dünn, da habe ich keine Verwendung für Körperfett. Die alten Haare sind schon fast verschwunden, Strähne um Strähne am ganzen Körper haarklein entfernt. Neue Nadelpünktchen dringen aus meiner Haut, winzige Poren, die erst Blut ausspucken, dann einen spitzen Haarschaft und schließlich lange, glatte, blonde Haare. Nur ein kleines bißchen Blut kommt mit, aber das kann ich nachher auswaschen.

Jetzt gerät mein Mund in Bewegung. Die Zunge schwillt an, füllt den Raum zwischen Atem und Delirium, bläht sich auf und reißt den oberen Gaumen weg. Eine Sekunde, bevor ich ersticke, nimmt sie ihre neue Form an. Die Zähne ziehen sich selbst aus dem Zahnfleisch, spritzen in alle Richtungen und landen irgendwo in der Ecke. Blitzschnell werden sie ersetzt durch ein neues Gebiß, gleichmäßig, makellos, kräftig – das Gebiß einer neuen Kalifornierin –, und daß ich weiß, wofür es gut ist, lindert keineswegs die Schmerzen. Merkt euch das für euer siebenmonatiges Baby. Mit einem letzten Schwall Blut fliegen auch die Backenzähne raus, und ich habe einen Mund wie Gloria Swanson, Backenknochen wie Joan Crawford. Schließlich das Rückgrat. Jeder Wirbel dehnt sich um mindestens zwei Zentimeter, auf eigenen Wunsch werde ich auf die Folter gespannt, aber jetzt hört man die Schreie laut und vernehmlich, ich kann sie nicht unterdrücken, nicht mal der Turmmietervereinigung von Mrs. Mulligan zuliebe. Die festen Knoten verdrehter Wirbel werden gnadenlos auseinandergezerrt, ich sperre vor Entsetzen die Augen auf, und dann rasten sie genau an der vorgesehenen Stelle ein, so gut wie betriebsfähig. Das zentrale Nervensystem wächst über sich hinaus, um den langen Gliedmaßen gerecht zu werden, den kräftigeren Organen, von dünner Haut bedeckt.

Aber dann ist die Sache erledigt. Ich bin blutverschmiert und auch erledigt. Die Holzstacheln ziehen ihre Widerhaken ein, ich bin wieder frei.

Eine Stunde später finde ich die Kraft, ins Bett zu wanken. Die sauberen, kühlen Laken heißen den neuen Körper willkommen, doch die Haut ist noch rissig, die neuen Glieder flehen um Erholung, Blut und Körpersäfte sickern noch an einigen Stellen durch. Ich schlinge die dünne Seide zu einem Kokon zusammen, bedecke Rumpf, Arme, Beine, Füße und schließlich auch den Kopf. Dann schließe ich meine neuen blauen Augen und schlafe ein.

Zehn Tage später erwache ich. Ohne den Kokon zu öffnen, weiß ich, daß alles fertig ist. Ich stehe auf und starre mein neues Ich im Spiegel an. Ich lächle der Frau zu, die mir gegenüber steht. Gute Arbeit. Nach zehn Tagen Schlaf bin ich noch dünner als geplant, die langen Arme und Beine machen mich geradezu zu einer Spinnenfrau. Ich wirke zerbrechlich, aber ich merke, daß ich mich mit enormer Kraft bewege. Bis jetzt bin ich noch von oben bis unten mit einer hellen dünnen Goldschicht bedeckt, aber das wäscht sich ab, und dann bin ich eine rein natürliche Blondine – eine Wikingerkriegerin. Mein Mund ist breit und voll, die Backenknochen sind rasiermesserscharf, die Augen ein durchdringendes Wüstenhimmelblau. Während ich geschlafen habe, hat es geschneit, und London sieht rein und glücklich aus. Die weiße Energie überträgt sich auf mich. Ich bade noch einmal, eine letzte Taufe für den neuen Körper. Die Haut, über die ich das Wasser fließen lasse, bekommt eine gesunde Sonnenbräune, aus Sahne wird schimmernder Bernstein, glänzend glatt von zehn Tagen und Nächten in der Seidenhülle. Ich genieße es, mich zu berühren. Keine Narbe ist zu sehen. Die Kerzen sind schon vor Tagen heruntergebrannt, das Zimmer ist still und kalt. Der neue Körper still und einsatzbereit. Ich betrachte mich ausgiebig in meinem langen Spiegel.

Ich bin wunderbar. Und meiner Aufgabe hundertprozentig gewachsen.

Von Männern habe ich erstmal genug. Ich glaube, ich nehme mir zur Abwechslung mal eine Frau vor.

Die neue dünne Cushla liegt in der Sonne, eine warme, lächelnde Katze, das glänzende Fell zentralbeheizt. Das Bett unter ihr ist fest, nahezu hart. Ausgestreckt liegt sie da, die Arme an den Seiten, unter dem angenehmen Licht, das durch die doppelt verglasten, solarverstärkten, energiesparenden Fenster fällt. Aus der Ferne hört man leise ein Mobile klimpern. Weiße Körperlotion, Buttermilchglanz und warmes altes Eichenholz prägen den Raum. Ein einzelner, langer Baumwollvorhang ist vom Fenster zurückgezogen. Cushla wartet. Mit geschlossenen Augen.

Jetzt kommt eine Frau ins Zimmer zurück. Sie sieht Cushla an, mit rein professionellem Blick. Bis jetzt. Sie sagt nichts, denn sie haben den verbalen Teil für heute abgeschlossen, also können sie schweigen. Die Frau deckt dicke, dunkelgrüne Handtücher über Cushlas nackten Rumpf und ihre langen Beine. Dann beginnt sie. Mit geübten Händen streicht sie Cushla den blonden Haarschopf aus dem Nacken und entblößt einen feinen, dünnen Hals, schmale Schultern, deren Knochen sich gegen die gebräunte Haut zu drücken scheinen. Nachdem sie so das Terrain abgesteckt hat, träufelt sie Duftöl auf ihre Handflächen. Eineinhalb Stunden knetet sie Cushlas neuen Körper, dreht und wendet Muskeln gegen und mit dem Strich, überarbeitet die neuen Formen. Sie verabreicht den Körperteilen, die vor gut einer Woche noch zusammenwuchsen, eine Tiefenmassage, sie glättet die bereits vollkommene Haut. Sie ist angenehm überrascht – mit so einem Körper hat sie noch nie gearbeitet. Jedenfalls nicht bei einem Erwachsenen. Ihren eigenen Sohn hat sie die ersten achtzehn Monate seines Lebens regelmäßig jeden Abend massiert. Damals war sein Körper ebenso frei wie dieser hier, aber jetzt, mit acht Jahren, hat er schon die kleinen Verletzungen und bleibenden Schäden, die zeigen, daß er lebendig ist. Wenn er es zuließe, würde sie ihn gern weiterhin jeden Abend massieren, aber in seinem Alter ist die Berührung seiner Mutter eine Zumutung, ein Übergriff auf das einzige Reich, das ein Achtjähriger sein eigen nennen kann – seinen Körper.

Die Frau, die jetzt in der Wintersonne unter ihren Händen liegt, spricht nicht und schläft nicht, sie stößt bei der Tiefenmassage keine Schmerzensschreie aus, sie stöhnt auch nicht erleichtert. Nein, sie liegt einfach nur da, bewegt sich nach den entsprechenden Anweisungen, hebt diesen oder jenen Körperteil, wendet sich nach links oder nach rechts. Hinten ist sie ebenso vollkommen wie vorne, beide Seiten in makellos spiegelgleicher Anordnung. Ihr Becken ist sanft geschwungen, ihr Rückgrat ist ein wahres Wunder von vierundzwanzig vorschriftsmäßig angeordneten, kräftigen und doch biegsamen Wirbeln. Kopf, Thorax, Wirbelsäule, Becken und Gliedmaßen – jede Einzelfunktion ist nicht nur normal, sondern ideal, wie aus dem Lehrbuch. Und außerdem ist sie auch noch wunderschön.

Frances Hunt verliebte sich in den einzigen strukturell vollkommen einheitlichen Erwachsenenkörper, den sie je gesehen hatte. Und obwohl sie sich wehrte und obwohl ihre Vernunft sie eindringlich davor warnte, verliebte sie sich einige Zeit später auch in Cushla.

Frances ist eine Heilerin. Ihre Hände werden vom Leben

angezogen wie anderer Leute Augen von Schokolade oder Edelsteinen. Heute nachmittag hat ihr die Frau, die jetzt sanft ihren Berührungen nachgibt, die übliche Geschichte erzählt – Rückenschmerzen, Kopfschmerzen, Steifheit, Gelenkschmerzen. Frances hat sich die Einzelheiten aufgeschrieben, sich die traditionelle Liste angehört und abgeschaltet. Diese Woche hatte sie furchtbar viel zu tun, in den nächsten zwei Tagen erwartet sie mehrere alte Klienten, Menschen, die sie wirklich brauchen, Menschen, für die eine Heilmassage nicht nur angenehm ist, sondern eindeutig therapeutische Wirkung hat. Menschen, die leiden und denen sie Erleichterung verschaffen kann. Frances schätzt diese Klienten so, daß sie ihnen für Dauerbehandlungen Preisnachlässe gewährt und das meiste Geld mit den häufigen Einmal-Jobs verdient. Deshalb hat sie auch die Geschichte der großen blonden Frau aufgeschrieben, sich die trivialen Beschwerden notiert und sie gebeten, sich auszuziehen.

Wie gewöhnlich beschäftigt sich Frances mit Papierkram und Handtücherfalten, bis die Klientin sich halbnackt auf dem harten Massagebett ausstreckt. Sie tut das nicht ihretwegen, denn der Papierkram ist sowieso immer auf dem laufenden, und die Handtücher kommen dreimal die Woche flauschig und ordentlich gefaltet aus der Wäscherei zurück. Indem sie so beschäftigt tut, erleichtert sie ihren Klienten den Übergang vom Angezogensein zur Nacktheit und Verletzlichkeit. Benimm dich ganz locker, mach einfach weiter, versteck dich nicht hinter einem Vorhang oder Schreibtisch, dann kann sich auch der Klient entspannen, sich ebenfalls professionell verhalten, braucht nicht mit Schuhen oder Hemd herumzufummeln, sich nicht in Oberbekleidung oder Unterwäsche zu verheddern. Er kann sich entspannen in der Gewißheit, daß Frances Hunt, diplomierte Masseurin mit heilpraktischer

Zusatzausbildung, ihn aus rein professionellen Gründen darum bittet, sich auszuziehen. Was sie ja tut. Selbstverständlich. Bis heute.

Aber in dem Moment, als ihre Hände Cushlas Körper berühren, spürt sie eine große Überraschung. Angezogen hat die Frau gar nicht so besonders ausgesehen. Groß, schlank, fast modelmäßig mager, leger gekleidet, ohne Make-up, die langen glatten Haare offen über die Schulter fallend. Frances sieht pro Woche zwanzig bis dreißig Körper, und in Klamotten bieten sie für gewöhnlich gewisse Hinweise darauf, wie sie nackt aussehen. Sie sind gebückt oder fett oder dünn oder kahl oder müde oder rundlich – jeder versucht, mit dem Kleidungsstil die angeblichen Unvollkommenheiten von Muskel- und Knochenapparat zu kompensieren. Die meisten sind nackt bei weitem nicht so attraktiv. Ganz anders diese Frau.

Frances läßt die Hände ganz leicht auf beiden Seiten der Wirbelsäule entlanggleiten. Ihre Augen sind geschlossen, sie sieht nicht mit den Augen. Die Wärme, die von ihren Händen ausgeht, nimmt zu. Normalerweise schenkt Frances dem Klienten ihre Energie, transformiert ihn mit uralten und neuen Methoden, und sei es nur für eine Stunde oder einen Tag. Dabei wird Frances selbst kälter und der Klient wärmer; der Heilungsprozeß beginnt unter ihrer Berührung. Manchmal setzt sie traditionelle Chiropraktik ein, manchmal Akupressur, manchmal geistige Heilung im Gewand der Massage. Doch ganz gleich, welche Methode sie anwendet – jeder Körper, den sie berührt, saugt ihre Energie auf. Jeder müde Muskelberg unter ihren Fingern zapft von neuem ihre Kräfte an, bedient sich ihrer Vitalität, um die eigenen Gesundheitsressourcen aufzufüllen. Aber diese Frau nicht. Diese Frau hat endlose Energien. Riesige Reserven, die nur darauf warten, berührt und geöffnet und ausgeschüttet zu werden. Diese Frau hat mehr Power als

Frances selbst. Sie macht die Augen auf und sieht hinab. Ihre Finger sind rot, die Handflächen glühen. Die Frau unter ihr strotzt vor Vitalität. Und jetzt sieht Frances auch, wie schön sie ist.

Sie sollte auf Abstand gehen. Die Frau zu einem anderen Therapeuten schicken, eine Behandlungsmethode ohne körperliche Berührung vorschlagen. Sie sollte die Verbindung sofort abbrechen. Aber Frances' Hände sind hungrig, denn sie bekommen nur ganz selten selbst etwas geschenkt, und so gleiten sie über das Rückgrat der Frau, fast die Wirbel berührend, fast auch wieder nicht. Frances' Körper singt vor Freude über das, was er entdeckt, die Begegnung perfekter Moleküle, die Vereinigung starker Energien. Anderthalb Stunden lang gibt Frances Cushla eine Ganzkörpermassage. Als sie fertig ist, hat sie die Energie eines Vierjährigen am Weihnachtsmorgen, ohne Gefahr von Tränen bis zum Schlafengehen. Ihr Gesicht glüht, ihre Glieder kribbeln, ihr Herz jagt. Sie weiß, es sollte nicht so jagen, sie hat ihr Herz freiwillig einem anderen geschenkt. Aber im Gegensatz zu Frances' Eheringfinger ist ihr Herz frei.

Und hoch über dem Haus schwingt sich Prinz David der Jäger empor, saust herab, blickt auf das kleine Häuschen dort unten, und siehe da, genau aus dieser Verbindung von Backsteinen und Mörtel aus dem achtzehnten Jahrhundert, genau von dieser Stelle strahlt die Energie, von der sein halb schlummerndes Messer erwacht ist.

Vielleicht spürt Cushla die Vibrationen, die von ihrem fliegenden Bruder ausgehen, vielleicht weiß sie auch, daß Frances nie wieder so bereit sein wird. Sie beschließt, daß es Zeit ist, dreht sich um, öffnet die Augen, konzentriert sich ganz auf das frohe Gesicht über ihr und lächelt in Frances' blaßblaue Augen.

»Das war phantastisch. Sie sind wundervoll. Kann ich gleich den nächsten Termin mit Ihnen absprechen?«

Frances sagt zwei Hüftgelenke, eine späte Schwangerschaft und einen chronischen Ischias ab, um für Cushla Platz zu machen. Jeden Tag einen Termin, die ganze nächste Woche.

Na bitte. Das müßte reichen.

Prinz David hat sich mit Jonathan unterhalten. Zwar ein ödes Unterfangen, aber leider notwendig, und obgleich es vielleicht einige Zeit dauern wird, bis er seine Mission vollendet hat, erlauben die königliche Abstammung und der Ruf des Blutes es Seiner Kaiserlichen Hoheit nicht, die Sohnespflichten zu vernachlässigen. Er wird sich den Worten seiner Mutter fügen, wenn auch möglicherweise nicht hundertprozentig gehorchen. Bewaffnet mit Zukunftswissen und genetischer Willfährigkeit, besitzt er zwar sein eigenes Bild von seiner ständig ihre Gestalt wechselnden Schwester, aber jetzt muß er sich ein genaueres Bild über ihre Methoden machen. Er versteht die Gründe, und er versteht das Ergebnis. Aber jetzt will er herausfinden, wie sie das macht. Er will mitmischen.

Über Cushlas Methoden kann Jonathan ein Lied singen. Die beiden Männer sitzen im Pub, es ist noch früh am Abend. Zur Zeit macht Jonathan um dunkle West-End-Bars einen großen Bogen, denn sie rufen Erinnerungen wach, und er möchte die Vergangenheit lieber vergessen. Natürlich erwartet er um halb sieben abends keine prophetische Inquisition von einem anderen betrunkenen Kerl. Sie befinden sich in einem stinknormalen West-End-Pub, mit den üblichen touristenfreundlichen Dickens-Szenerien an der Wand. Die einzige Abweichung von der Norm ist die dunkelgrüne Tapete – die ist sonst meistens dunkelrot. Die Wirtin hat Geschmack. Diese spezielle Kneipe wird von alternden australischen

Touristen frequentiert, von Stammgästen, die unterwegs sind zu besseren Etablissements, und den üblichen älteren Männern, die kurz reinschauen, ehe sie sich mit dem Vorstadtzug wieder auf den Heimweg machen. Oder auch nicht. Zur Zeit gehört Jonathan zur Kategorie dieser älteren Männer.

David beobachtet ihn eine einsame Runde lang, dann verwickelt er ihn in ein beiläufiges Gespräch über Middlesborough, traditionelle Braukunst, Robbo aus dem Radio und Everton. Zwar neigt der Prinz nicht zu List und Tücke wie seine Schwester, aber er besitzt viel von ihrem natürlichen Charme, und innerhalb von Minuten oder vielleicht auch Stunden spuckt Jonathan, den der Alkohol deutlich mehr beeinträchtigt, die Geschichte seiner vergangenen Vergangenheit aus.

»Dieses Miststück. Dieses verdammte Miststück hat mein ganzes Leben aus dem Gleis geworfen und total versaut. Scheiße. Dieses Miststück.«

Nach zwei Bier und drei Whiskys hat Jonathans Mangel an Kohärenz ebensoviel mit seiner Wut zu tun wie mit dem Alkohol, der in seinem leeren Magen schwappt.

Jetzt hakt David etwas weniger vorsichtig nach: »Ihre Frau?«

»Nein, meine Sekretärin.«

Jonathan stößt diese vier Silben mit solcher Vehemenz hervor, daß das Wort viel kürzer klingt, und überzieht es mit Gift und Galle, wie es sich für einen Mann gehört, der hintergangen worden ist. Nun ist David ganz in seinem Element, bestellt die nächste Runde für sich und Jonathan, trinkt langsam sein warmes Lager und schnippt im Vorbeihuschen ein Stück Schorf von Jonathans Herzen. Von der Stelle, an der früher sein Stolz beheimatet war.

»Sie hat Sie sitzenlassen? Bei der Arbeit?«

»Sie hat mich sitzenlassen. Punkt. Dabei hatte ich alles, was man sich so wünscht, alles fertig geplant und abmarschbereit. Ich war verliebt in das Mädchen, mit dem ich seit der Schule zusammen war, ein wundervolles Mädchen, und echt hübsch. Wirklich. Ein verdammt nettes Mädchen. Eine tolle kleine Maisonette, bei der Arbeit ging's ganz gut die Karriereleiter rauf, wir hatten konkrete Hochzeitspläne und keine Probleme mit ... na ja ... Sie wissen schon ... mit anderen Sachen.«

Sogar in betrunkenem Zustand ist der wohlerzogene Jonathan zu sehr Gentleman, um zu sagen »gelegentlichen Seitensprüngen«.

»Dann war sie nicht Ihre erste Geliebte?«

»Geliebte? Na, das ist ja wohl ein bißchen übertrieben, oder? Nein, keine Geliebte. Ich meine, ich hatte nie eine, nur manchmal, wissen Sie ... wenn ich mal ein Bier zuviel getrunken hatte ... vielleicht ein bißchen rumfummeln oder so. Genaugenommen gar nichts. Nichts von Belang jedenfalls. Wissen Sie, Sally ist meine Freundin ... ich meine, sie war meine Freundin ... na ja, sie und ich, wir waren ...« Jonathan sucht das richtige Wort, findet es, grinst begeistert über seine intellektuellen Höhenflüge und verkündet mit stolzgeschwellter Brust: »Das war irgendwie total toll.«

David nickt, dünn, schön und voller Verständnis. Dann steckt er sich noch eine Zigarette an und trinkt noch langsamer.

Jetzt hat Jonathan Geschmack am Thema gefunden. »Wir waren phantastisch, ich und Sal. Und wissen Sie, wenn ich je, na ja ... Sie wissen schon ...«

»Wenn Sie fremdgegangen sind?«

»Genau, fremdgegangen. Na ja, ich meine, ich würde ihr um nichts auf der Welt weh tun wollen. Ich hab sie geliebt. Ich liebe sie immer noch. Sally sollte das nie erfahren, und was sie nicht weiß, macht sie nicht heiß, richtig?«

Der Prinz hob schnell das Bierglas an die Lippen, um nicht lügen zu müssen. In der königlichen Familie wird gejagt, man entfernt unerwünschte oder überflüssige Herzen rasch und gezielt, aber gelogen wird nicht. Nicht mal Cushla flunkert sonderlich gern. Sie ist immer ehrlich gegenüber der Gegenwart, das heißt, sie sagt die Wahrheit der Person, die sie gerade ist.

Jonathan jedoch faßte Davids Schweigen als stummes Einverständnis auf und fuhr fort: »Und ich hab es auch gar nicht so geplant. Wissen Sie, ich hab nur gedacht, Gott! Was für ein wundervolles Mädchen – ich meine die Sekretärin –, umwerfend, und, na ja, ich dachte, wir könnten doch ein bißchen Spaß zusammen haben. Nach der Hochzeit wäre natürlich Schluß gewesen, nach der Hochzeit bleibt man treu und für immer glücklich, ja? Hätte ja keinem geschadet.«

»Dann hätten Sie die Affäre vor der Hochzeit beendet?«

»Sehen Sie, sehen Sie – Affäre, Geliebte – das sind alles so hochtrabende Worte. Es sollte doch alles ganz locker abgehen. Ich wollte nicht gemein sein zu Sal. Es war keine große Sache, ich hatte nie vor, alles kaputtzumachen. Ich wollte bloß ... ich weiß auch nicht. Vermutlich hab ich mich geschmeichelt gefühlt. Sie war umwerfend. Es war einfach bloß Spaß.«

»Aber Sie hatten nicht vor, nach der Hochzeit auch noch diese Art von Spaß zu haben?«

»Nein. Natürlich nicht.« Jonathan kippt seinen doppelten Whisky und kühlt seine erschrockene Kehle mit einem großen Schluck Bier. »Ich meine, das hatte ich jedenfalls nicht vor. Ich habe Sal geliebt. Ich hätte sie nach der Hochzeit wirklich nicht betrügen wollen. Das ist schließlich nicht richtig, oder? Ich hab meine Sal geliebt.«

Jonathan erhebt sich mühsam von der frisch bezogenen Bank, die bereits wieder Brandlöcher von Zigaretten aufweist, und macht sich auf den Weg zur Herrentoilette. Noch bevor er dort angelangt ist, knöpft er sich die Hose auf und fügt tieftraurig hinzu: »Ich liebe meine Sally.«

Als die Kneipe zumacht, weiß David alles, was er über Jonathans gescheiterte Versuche, Sally zurückzugewinnen, wissen will. Über das Bitten und Flehen, die Blumen und die Pralinen und den Champagner. Er weiß auch, daß Jonathans bester Freund Sally gebumst hatte, aber das war okay. Jonathan hat allen beiden vergeben. Na ja, zuerst nur Jim.

»Ich meine, sie hat ihn darum gebeten. Sie brauchte jemanden. Das ist alles meine Schuld, ich weiß. Ehrlich. Und Jim hat mir erzählt, daß sie geweint hat. Na ja, Sie wissen ja, wie das so ist.«

Am Ende hat er dann auch Sally verziehen. Er hat eingesehen, warum sie getan hat, was sie tun zu müssen glaubte. Auch Susie hat Sally und Jim verziehen. Nachdem Jim mit ihr zwei Wochen in Florida war. Und ihr ein Wochenende auf der Schönheitsfarm spendiert hat. Alles ist vergeben, aber nichts wieder so richtig im Lot. Ein paarmal haben sie sogar schon alle vier zusammen zu Abend gegessen und versucht so zu tun, als könnten sie noch Freunde sein, als hätte ihre vielseitig vereinte Vergangenheit tatsächlich etwas zu bedeuten. Aber die vereinten Körperflüssigkeiten heben die Vergangenheit auf, und Jonathan mußte erkennen, daß er nicht nur seine Geliebte verloren hat und seine Fähigkeit, seinem besten Freund rückhaltlos zu vertrauen, sondern auch noch sein kleines, aber vollkommen geformtes gesellschaftliches Leben. Nur die Arbeit ist ihm geblieben, und die macht ihm auch nicht mehr so richtig Spaß. Es geht alles den Bach runter. Alles ihretwegen.

Nachdem sie sich zwei Straßen weiter zu einem Chinarestaurant durchgeschlagen haben, das noch offen ist, überlegt David einen Augenblick, Jonathan die Leviten zu lesen. Er wäre fähig, Jonathan aufhorchen zu lassen. Den Alkoholnebel aus seinem Kopf zu blasen und ihm deutlich zu zeigen, wer an allem schuld ist. Oder ihm jedenfalls die einzige Wahrheit zu zeigen, die Jonathan glauben würde. David weiß, daß er ihm nicht die ganze Wahrheit sagen kann, aber ein gewisses Maß geteilter Schuld würde für den Anfang genügen. Doch gerade als er mit seiner Lektion beginnen will, erscheinen schon die Garnelencracker, und in dem Augenblick, als er seine Zähne in das weißglänzende Zeug schlägt, korrigiert David seinen Kurs. So sehr es im Sinne der klassischen Geschichte gewesen wäre, Jonathan zu verdammen und ihn seine Suppe auslöffeln zu lassen, ist es doch so, daß Jonathan zwar dumm, aber nicht wirklich bösartig gehandelt hat. Und nur absichtliche Ignoranz ist eine Sünde. Jonathan hat zwar gesündigt, aber die Schuldige ist Cushla. Nun muß er nur noch genauer herausfinden, wessen sie sich schuldig gemacht hat.

»Ich weiß nicht, wie sie das eigentlich angestellt hat«, erzählt Jonathan. »Sie kam ins Zimmer, und wir haben alle sofort gesehen, wie toll sie ist, alle Männer im Büro wußten das, aber da war noch was. Etwas Besonderes. Ich hatte das Gefühl, nur ich könnte das sehen.« Er läßt die nutzlosen Stäbchen klappernd auf die Tischplatte fallen und schaufelt mit der Gabel garnelenbeladenen Eierreis in den Mund. »Ich meine, ich war ja früher schon mit einigen Mädchen zusammen. Ich bin schließlich kein Heiliger, richtig? Und ich war echt verliebt in Sally. Wir waren glücklich. Aber das war, das war ... ach, ich weiß nicht.«

Eine Garnele flutscht aus Jonathans Mund, den er vor lauter Konzentration hat offenstehen lassen, und platscht direkt in seinen kalten Tee. Ungeschickt fischt er sie mit den Fingern wieder heraus und läßt sie bleich und naß auf dem Tischtuch liegen. Öl und Wasser sickern teichförmig um sie herum in den Stoff ein.

»Hat es sich angefühlt wie Liebe?« hakt David unverzüglich nach.

»Nein«, erwidert Jonathan und spuckt wie zur Bekräftigung die nächste Garnele aus. »O nein. Liebe war das garantiert nicht. Verliebt war ich schon früher, aber das war mehr als Liebe – Verlangen und Leidenschaft und ... als könnte ich nichts dagegen machen. Ehrlich, ich konnte nicht anders. Und nicht nur der Sex, obwohl der auch sensationell war. Einfach mit ihr zusammenzusein. In ihrer Nähe.«

»War es ihre Ausstrahlung?«

Jonathan hält inne, schüttelt den Kopf und legt die beladene Gabel ab. »Ja. Nein. Vielleicht. Wissen Sie was? Ich konnte sie spüren, wenn sie im Nebenzimmer war. Ihre Energie fühlen. Ich brauchte sie nicht zu sehen. Ich wußte es, wenn sie in der Nähe war. Ich wußte es, einfach so. Es war ziemlich seltsam. Ich weiß, das klingt bescheuert, Mann, aber ich fand das toll. Ich fand das ehrlich verdammt toll.«

David nickt mit seinem eleganten Kopf, um seinen Tischgefährten zu ermutigen. Er soll ruhig noch ein bißchen erzählen. Aber sein Tischgefährte kann nicht sprechen. Sein Tischgefährte weint. Dicke fette Salztränen tropfen aufs Tischtuch, vermischen sich mit dem Jasmintee, dem Fett und den Garnelencracker-Krümeln. Seit Jahren hat Jonathan nicht mehr so geweint, er wußte gar nicht, daß er es noch kann. Schließlich kommen die Worte mühsam über seine müden Lippen: »Ich habe sie geliebt. Verstehen Sie? Ich liebe sie immer noch. Aber ich weiß nicht, wo sie ist, und ich versuche immer noch, Sally zurückzugewinnen, weil ich nicht weiß, was ich sonst tun soll. Dabei werde ich Sally niemals so lieben, wie ich sie liebe.« Achselzuckend erhebt er sich und zwingt sich mit einem traurigen Lachen zurück in die Realität. »Ich werde nie wieder so etwas fühlen, das weiß ich. Nie mehr.«

Jonathan zahlt die Rechnung und stolpert allein nach Hause. Der Prinz nickt weise. Denn jetzt weiß er Bescheid.

Das Zentrum hat schon zu. Die Nebenstraße ist dunkel, eigentlich schon seit Stunden, aber jetzt wirkt sie wegen der geschlossenen Vorhänge noch dunkler. Schwergewichtige Körper haben sich auf Sofas niedergelassen, sehen sich *Coronation Street* an, essen Ei und Pommes zum Tee, dann kommt *Newsnight*, der Kessel steht auf dem Herd, die Vollmilch-Hobnobs warten schon, schnell eine Kußhand für Jeremy Paxman, und dann die Treppe hoch und ab ins Bett. Natürlich hat Cushla keine Ahnung von den Freuden häuslichen Lebens. Ihre Freuden sehen anders aus. Mit Mum und Dad im Palast gab es keine kuschligen Abende. Die Dunkelheit war für Maskenbälle, Tanz, Ausschweifungen und die Besteigung des gläsernen Bergs bestimmt, immer und immer wieder. Zwar wachte man danach nicht unbedingt frisch und munter mit der Lerche auf, aber Cushlas durchtrainierte Wadenmuskeln sind mehr als ein würdiger Ersatz. Es bedeutete auch, daß sie kaum Gelegenheit hatte, abends um acht auf eine regenverlassene Straße hinauszublicken und sich zu wünschen, sie wäre mit einer schönen Tasse fettarmem Kakao zu Hause.

Frances hat den Tag mit einer kaputten Bandscheibe, einem verrutschten Ellbogen, einer verrutschten Kniescheibe und noch drei anderen Klienten verbracht, denen eigentlich gar nichts fehlte, die nur zuviel Geld und Angst vor einem leeren Tagebuch hatten. Im Monat vor Weihnachten wird nicht allzuviel Tennis gespielt. Cushla ist Frances' letzte Patientin für heute, die anderen Therapeuten haben Öl, Lotion, Tuben und Handtücher schon zusammengepackt und sind verschwunden, durch weihnachtlich beleuchtete Straßen zu geliebten Menschen oder in leere Wohnungen zurückgekehrt, jedenfalls weg. Heute abend kümmert sich Frances' Ehemann um ihren Sohn. Er macht Chicken Nuggets und Backofenpommes für sich und vegetarische Lasagne für seinen Sohn. Er befriedigt zwei seiner wichtigsten Bedürfnisse im gleichen Ofen – liebevoll für seinen Sprößling zu sorgen und die Chance zu ignorieren, dasselbe für sich selbst zu tun. Zum Ausgleich joggt er morgen früh acht Kilometer.

Frances hätte einen Babysitter engagiert und ihrem Ehemann einen freien Abend mit seinen Kumpels gegönnt, aber er hat ihr gewissenberuhigendes Angebot ausgeschlagen und sich auf dem Altar guten Vaterseins geopfert. Allerdings leidet er nicht zu sehr, denn Philip liebt ruhige Abende daheim, nur in der Gesellschaft seines friedlich im oberen Stockwerk schlummernden Sohns. Er liest die Zeitung, sieht sich irgendwelchen Schrott im Fernsehen an und denkt an nichts. Tagsüber muß er die ganze Zeit an alles denken, denn er ist inzwischen ein sehr wichtiger Mann und ergreift gern die Gelegenheit, einmal abzuschalten. Außerdem sind die freien Abende mit den Kumpels auch nicht mehr das, was sie mal waren. Weil jetzt alle irgendwie wichtige Männer sind, dreht sich das Gespräch nicht mehr um Fußballmannschaften und Bier, sondern wendet sich ziemlich schnell anstrengenden Themen zu, wie Wirtschaft, Politik und geplanter Vaterschaft. Philip hat einen langen Tag hinter sich, an dem er sich um die Welt kümmern muß, da kann er einen Abend ohne die Welt gut gebrauchen. Allerdings würde er das Frances selbst nach zehn Jahren Ehe nicht so leicht eingestehen. Ihr gemeinsames Leben ist eine wohlgeordnete Abfolge von Absprachen, Grundsätzen und regulierter Leidenschaft.

Eigentlich hatten sie nicht vor, ein Paar zu werden, jedenfalls nicht so ein Paar wie alle anderen Paare. Aber es hat sich so ergeben. Ihr Leben ist bestimmt von Routine, ist geplant und vernünftig. Sie haben ein Kind. Sie lieben ihr Kind, es ist das Produkt ihrer Vereinigung, ihrer Lust. Es ist das fleischgewordene Andenken ihrer Begierde. Und gleichzeitig das, was sie trennt. Frances und Philip haben keine Geldsorgen mehr. Darüber haben sie sich in den ersten Jahren ihrer Liebe gestritten. Nachts brüteten sie über ihrem gemeinsamen Budget, tags rannten sie zur Bank, in der Hoffnung, daß der Scheck gedeckt war, und wenn nicht, gab es wieder die aufgewärmte Linsen-Gemüsesuppe. Aber obwohl die Geldsorgen damals eine ständige Belastung darstellten, gab es doch in den Tagen oder Wochen, wenn Philips Arbeit sich plötzlich auszahlte, wenn Frances einen neuen spendablen Klienten hatte, auch den Ausgleich dafür. Wundervolle Abende, wenn einer aus heiterem Himmel fünfzig Pfund in der Tasche hatte und nach Hause eilte, so schnell ihn seine Füße trugen, eine Flasche billigen Champagner in der Hand und eine ungeheure Sehnsucht im Bauch. So warf die Armut gelegentlich Gewinn ab und provozierte ungeahnte Hochgefühle. Die Sorgen sorgten für sagenhaftes Glück. Aber jetzt sind sie nicht mehr arm. Sie arbeiten beide hart und bekommen gutes Geld dafür, was Grund genug zur Freude sein sollte. Aber die Geldsorgen sind durch etwas anderes abgelöst worden.

Jetzt sind sie statt dessen Eltern. Sie lieben ihr Kind, lieben es abgöttisch, sie lieben es, wie es ist und wie es sein wird. Sie könnten sich gar nicht mehr wünschen. Aber eins läßt sich nicht leugnen: In der Armut wohnt mehr Leidenschaft als im Elternsein. Sie stecken ihre Energie in den Jungen, in das Haus, das sie langsam zu ihrem Heim gestaltet haben, in ihre Arbeit. Sie nehmen es ihrem Sohn nicht übel, wenn er mitten in der Nacht weinend in ihr Bett tapert, wenn er sie um sechs Uhr morgens lachend aufweckt. Das könnten sie gar nicht. Sie lieben ihn. Und er ist eine gute Ausrede. Alle Eltern benutzen diese Ausrede. Es ist keine Lüge, denn Kinder schränken die Freiheit im Bett tatsächlich ein. Frances und Philip lieben einander immer noch, ihr Leben ist geordnet, organisiert und glücklich. Und wenn einer von ihnen in einer kalten Nacht nicht schlafen kann und sich fragt, ob das alles war, dann erzählen sie dem anderen am nächsten Morgen kein Sterbenswörtchen davon. Das wäre Verrat. Statt dessen stehen sie auf und machen weiter wie bisher. Das Frühstück muß gegessen werden, die Schule beginnt. Ein kleines Leben, das versorgt werden will. So lautet ihre Wahrheit.

Deshalb also bleibt Philip heute abend zu Hause. Diese nette Geste bringt ihm ein paar Gummipunkte extra. Natürlich wird er Frances damit nicht so leicht davonkommen lassen, er wird das schlechte Gewissen weidlich ausnutzen, denn das hat sie bestimmt, wenn sie einen zusätzlichen Abend für einen Kollegen einspringt. Er wird ihre Schuldgefühle mächtig hochspielen. Philip erginge das im umgekehrten Fall nicht anders. Sie praktizieren Chancengleichheit. Jeder hat die Chance zu lächeln, jeder hat die Chance zu leiden. Philip hat vollkommen recht mit dem schlechten Gewissen und doppelt recht mit den Gummipunkten. Er kriegt so viele, daß er darauf bis in die Wolken hüpfen könnte. Aber er irrt sich gründlich, wenn er meint, er weiß, woher das schlechte Gewissen kommt.

Bevor Cushla in ihr Leben trat, war Frances absolut und glücklich monogam, ohne unerwartete Sehnsüchte außerhalb ihrer Familie und dem Kollegenkreis, und ihre einzigen unerfüllt schwärenden Bedürfnisse waren die von jedermann und jederfrau – der Wunsch, in einem einzigen kurzen Leben alles zu haben, alles zu sein, alles zu tun. Mit dem ebenfalls hart arbeitenden Philip lebt sie eine gute, effiziente Partnerschaft. Beide wollen sie viel mehr und wissen doch, daß sie mehr haben als die meisten. Frances war eine perfekte Partnerin – abgesehen von einem kurzen Techtelmechtel mit ihrer besten Freundin Janet in der Nacht vor Janets Hochzeit. Nur damit Janet vor der Ehe ein wenig Erfahrung sammeln konnte. Nun jedoch hat Cushla die wilde Vergangenheit in ihr freigesetzt, und das gefällt Frances. Das gefällt ihr sogar sehr.

Frances ist dabei, ihre Gegenwehr aufzugeben. Sie versucht, nicht zu fühlen, nicht zu wollen, nicht die gleiche Luft einzuatmen wie Cushla. Weil die Sehnsucht zu weh tut. Sie versucht, nicht die Stunden bis zum nächsten Termin zu zählen, sie versucht sich selbst zu ignorieren. Frances könnte von Luft und sexueller Spannung leben, so verrückt ist sie nach dieser Frau. Dabei hat sie so lange darüber nachgedacht, sich selbst verleugnet, gegen das Verlangen angekämpft, sie hat die Leidenschaft analysiert und rationalisiert, sie versteht alle Gründe. Zehn Jahre mit demselben Mann. Die Stagnation, die das ideale Leben zwangsweise mit sich bringt. Sie hat es sich ausgeredet und festgestellt, daß ihr Körper es ihr sofort wieder einredet. Um drei Uhr morgens hat sie mit sich selbst debattiert, während Philip friedlich neben ihr lag und schlief, sie hat sich überredet, es nicht zu tun, und sich dann vorgestellt, es doch zu tun. Die Vorstellung war wunderschön. Schließlich und endlich hat sie die ganze Wahrheit in all ihren Facetten eingesehen – daß es entweder nichts ist oder irgendwas, aber was es auch sein mag – das Ergebnis wäre dasselbe, und sie würde es Philip entweder erzählen oder nicht, aber er würde es erfahren, und wohin würde sie das bringen? In jeder Beziehung gibt es ein rhythmisches Zu- und Abnehmen der Leidenschaft, und daß Cushla ausgerechnet in einer Abnahmephase in ihr

Leben treten mußte, ist Zufall, aber gleichzeitig vielleicht auch Magie und Gefahr, und vielleicht ist es einfach richtig. Womöglich war genau das beabsichtigt, woher soll sie das wissen? Frances sollte das Leugnen aufgeben und das Risiko annehmen. Oder sie sollte kein Risiko eingehen und der bereits organisierten Zukunft folgen. Oder Frances sollte böse sein, denn was gibt es im Leben außer dem Augenblick und der Leidenschaft, und was wäre, wenn sie morgen sterben müßte? Oder Frances sollte brav sein. Andererseits kann sie vielleicht gar nichts tun, Gott und allen Propheten sei Dank, die ein ums andere Mal das Schicksal beschworen haben. Vielleicht muß es einfach sein. Und in der würdigen Tradition klassischer Kapitulation kommt Frances zu dem Schluß, daß sie gar keine Wahl hat. Erst hat sie sich gewehrt, und jetzt gibt sie sich geschlagen. Es ist Liebe, es ist Verlangen, es ist richtig, und es ist stärker als sie. Große Erleichterung macht sich in ihr breit. Sie kann nichts dafür. Sieben Generationen feministischer Urahninnen drehen sich im Grab um. Das Mädchen kann nichts dafür!

Der Schwimmraum ist dunkel und still. Frances nimmt Cushlas dünne, schmale Hand und führt sie die Treppe hinunter, am Mobile vorbei, das jetzt keinen Ton von sich gibt, um die Rezeption herum. Die Frau, die hier mit großer Leidenschaft und Hingabe die Leute empfängt, hat letztes Wochenende bei einem Gottheits-Workshop mitgemacht, und diese Woche hat sie ihr ganzes Selbst ausschließlich dem Augenblick gewidmet. Das war für alle Beteiligten sehr anstrengend. Cushla folgt Frances bereitwillig, sie läßt sich von Frances führen, denn so hat sie mehr Zeit zum Nachdenken. Zusammen stoßen sie die Tür auf, feuchte Salzluft schlägt ihnen entgegen. Frances hat das Licht ausgeschaltet, nur seitlich am Pool leuchten zwei verdeckte Glühbirnen durchs Salzwasser. Schwankende Schatten tanzen auf den gekachelten Wänden und verlängern die spitzen Enden der Seesterne zu Tintenfischtentakeln. Cushlas kleine Brüste richten sich in der Wärme auf, Frances trägt die Hitze bereits in sich. Ihre nackten Körper sind sauber nach der kühlen Dusche, ihre Füße hinterlassen halbe Abdrücke auf dem Boden, die in der feuchten Hitze rasch trocknen. Selbst jetzt nimmt Frances zur Kenntnis, daß Cushlas Fußspur vollkommen ist. Bei Tag hat sie sich danach gesehnt, diesen langen, kantigen Fuß zu küssen, hat ihn staunend in der Hand gehalten. Alle Einzelheiten von Cushlas Körper versetzen Frances in Entzücken. Jetzt haben die beiden Frauen Kopfhörer in den Ohren und lassen sich wortlos ins Salzwasser sinken. Frances hat die Musik ausgesucht, Walgesänge mit fernen Flöten. Cushla hätte normalerweise für so einen New-Age-Kram höchstens ein Hohnlächeln übrig, aber jetzt macht es sie ungeheuer glücklich. Ihr Körper ist außer sich vor Freude, in sein Element zurückzukehren.

Sie haben sich bereits ein Versprechen gegeben. Trotz aller Anbetung hat Frances ihren Beruf nicht vergessen. Sie werden die Augen zumachen, die Ohren verstopfen, den Mund halten. Dieses Mal gibt es ausschließlich körperliche Berührung. Die konzentrierte Salzlösung ist gnadenlos, und Frances ist heute Geliebte, nicht mütterliche Krankenschwester. Cushla streckt ihren langen Körper in dem kleinen Pool aus, ruht auf der Wasseroberfläche, während die flüssige Wärme ihren Rücken umhüllt und kleine Wellen über ihren Bauch schwappen. Die fast verheilte Herznarbe prickelt, und plötzlich, als das angriffslustige Salz die Erinnerung an das aufgeschnittene Fleisch wachleckt, durchzuckt sie ein stechender Schmerz. Cushla lächelt, dankbar für die heilende Wunde. Natürlich mußte sie den Schmerz noch einmal spüren, den sie selbst verschuldet hat, bevor sie das nächste Mal versinkt.

Ich habe nicht vor, noch einmal zu versinken.

Im nächsten Augenblick ist der Schmerz vorüber. Cushla läßt sich treiben, lauscht dem Gluckern ihres Magens, das von den Ohrstöpseln verstärkt wird. Sie hört das sanfte Plätschern des Wassers um ihren Nacken, dann horcht sie dem fernen Walgesang. Kurz erkennt sie die Ganzheit, dann jedoch gewinnt schlicht das Wohlbehagen die Oberhand, und sie gleitet sanft dahin, in einem Zustand wechselnden Bewußtseins. Frances treibt neben ihr, ihre Gliedmaßen berühren sich, Arme, Beine. Neben dem Geruch der Luft und dem Gefühl des schweren Salzwassers ist nicht viel Platz für Sinneswahrnehmungen. Die Berührung ihrer Haut jedoch ist wie ein elektrischer Stromstoß im Wasser, intensiviert durch Wärme und Raumblindheit. Frances hält ihre Hand, ohne daß Cushla sagen könnte, welche, überprüft einen Finger nach dem anderen auf Biegsamkeit, Spannung, Kraft. Frances berührt ihre Füße. Hält die neu- und wohlgeformten Füße gegen ihren Bauch. Cushlas Füße kicken den Bauch von außen, den vor neun Jahren die Füße des fast fertigen Babys von innen gekickt haben. Frances zieht mit dem Finger sanft die Linie ihres Kiefers nach, ihren hellen Haaransatz, vorsichtig, damit kein Tropfen Salzlösung in die geliebten, perfekt blauen Augen kullert. Mit geschlossenen Lippen und geschlossenen Augen küßt Frances jeden Teil der langen, dünnen Cushla. Die eckigen Knochen lehnen sich an Frances' sanft gerundetes Fleisch, vom weichen Wasser zart und glatt umspült.

Ihr Sex ist wie der Tanz von Zwillingen im Uterus, gefärbt von fleischgefiltertem Blut. Leise und bedächtig. Berührung, Spannung und ganz langsame Entpannung, jede Bewegung im gleichen Moment erdacht und ausgeführt, ohne Ursache und Wirkung, auf dem Scheitelpunkt instinktiven Wissens.

Cushla ist erstaunt. Sie hat nicht damit gerechnet, daß jemand sich ihrer so liebevoll annimmt. Diese Frau ist so sanft, so ruhig, so weich. Diese Art Sex ist leicht und warm, Berührung ohne Laut, Erfindung ohne Wichtigtuerei. Cushla weiß genau, sie wird anfangen das zu genießen. Sie beschließt, sich ein bißchen Zeit fürs Vergnügen zu nehmen vor der dritten Pause, vielleicht ein bißchen Plaudern, Frauendinge, die sie nicht mehr genossen hat, seit sie zwölf war und das erste Blut Königin-Mutter und Prinzessin-Tochter trennte. Das und ihr brennender Ehrgeiz. Sie wird sich ein wenig Ruhe gönnen nach der schweren Zeit, die sie hinter sich hat. Diesmal wird sie besser auf der Hut sein, wird das Herz im Auge behalten und die Ohren spitzen, ob sie sein verräterisches Pochen hört. Jetzt weiß sie es besser. Zwar wird sie die Gesellschaft dieser Frau eine Weile genießen, aber sie wird dabei auch auf ihren Herzraum achten. Ihn sauberhalten. Und vor allem leer. In der Zwischenzeit fühlt sie sich wohl. Sehr wohl sogar.

Später unter der Dusche überrumpelt Frances sie, drückt sie an die nassen Kacheln und fickt sie, daß ihr Hören und Sehen vergeht. Nach der ganzen netten Spielerei im Schwimmraum möchte sie schließlich nicht, daß ihre neue Geliebte denkt, sie wüßte nicht, wie man das mit einer Frau macht.

Davids Treffen mit Josh war eine wesentlich ruhigere Angelegenheit als der lange Abend mit Jonathan. Seit einiger Zeit schon hatte Josh dem Alkohol abgeschworen, und es erschien ihm ein passender Anfang für seinen Versuch, seine geschändete Seele zu reinigen. Zuerst ging der Prinz zu dem Haus in Islington, fand es jedoch verschlossen und still. So folgte er dem Geruch von Schuld und Reue zu Joshs neuer Wohnung in Camden. Martin war im Ausland; er hatte ein Angebot angenommen, das ihm ein alter Freund schon vor Jahren gemacht hatte – in New York ein wenig zu arbeiten und sich vor allem viel zu vergnügen. Er plante, mindestens drei Monate wegzubleiben. Natürlich hätte Josh allein in Islington bleiben können, aber die hallenden Echos der Vergangenheit trieben ihn nach der ersten Nacht schreiend aus dem Haus. Also mietete er ein möbliertes Ein-Zimmer-Apartment im Dachgeschoß. Zwar war es sehr schön, denn Josh ließ sich auch in der schlimmsten Depression nicht zur Häßlichkeit entwürdigen, aber es war kalt. Als puritanischer Büßer war Josh eher bereit, auf Zentralheizung zu verzichten als auf Schönheit. Martin hatte einen langen Brief auf dem Küchentisch hinterlassen. Darin war die Rede von einer neuen Chance, wenn er lange genug weg gewesen war, um den Schmerz abzulegen, und wenn Josh lange genug daheim geblieben war und einsah, was er getan hatte. Martin fand diese Geste sehr edelmütig. Und er fand sich ein bißchen jämmerlich, weil er unbedingt sein altes Leben zurückhaben wollte. Josh wollte das alte Leben ebenfalls zurück. Nur wollte er Cushla noch dazu. Dagegen konnte er einfach nichts machen.

Als David an Joshs Wohnungstür auftauchte, gab es ein kurzes Zögern, Ablehnung lag in der Luft, aber dann wurde er doch hereingebeten. Nach allem, was er erlebt hatte, erschien Josh ein Wildfremder, der mit ihm über Cushla reden wollte, nicht so außer der Welt. Josh hatte mit der ganzen Sache ohnehin schon alle erdenklichen Leute gelangweilt, und eigentlich freute er sich über ein neues Paar Ohren, denen er die Geschichte in aller Ausführlichkeit erzählen konnte. Ein großer Fremder, dünn, bleich und wunderschön, mit einer Andeutung ambiger Sexualität, schien dafür geradezu ideal. Er lud David auf eine Tasse Kaffee ein, drehte sogar die Heizung an – wenn auch auf die niedrigste Stufe – und begann zu reden. Er akzeptierte ohne weiteres Davids Geschichte, daß er gekommen war, um mehr über Cushla zu hören, und daß ein gemeinsamer Freund ihm gesagt hatte, Josh würde Cushla kennen – Sunitas Tratschexzeß in der Woche nach Joshs Weggang bedeutete, daß weit mehr Freunde und Bekannte von der Geschichte wußten, als ihm lieb war. Deshalb wunderte es ihn nicht im geringsten, daß dieser Wildfremde sie ebenfalls kannte. Sunitas Tratschkapazitäten sind legendär.

Sie tranken bitteren algerischen Kaffee, ohne ihn mit Milch zu mildern, und David lauschte kettenrauchend Joshs Erzählung. Josh bat ihn nicht, am offenen Fenster zu rauchen. Er sagte sich, die Unannehmlichkeit des Passivrauchens sei nur ein weiterer Akt der Sühne, den er durchaus auf sich nehmen konnte. Er sprach über Cushlas Schönheit, ihren Charme, ihre zahlreichen Talente. Daß es heller wurde im Raum, wenn sie hereinkam, daß sie ein Gespräch in Gang bringen und selbst die trägsten Gedanken beflügeln konnte. David hörte sich die Litanei der Cushla-

Klischees geduldig an und steuerte dann behutsam auf das einzige Thema zu, über das er wirklich noch Information benötigte.

Während er den Kaffeesatz in seiner Tasse schwenkte und sich eine Zukunft darin ausformte, fragte er schlicht: »Hmm, Josh, entschuldige, wenn ich zu persönlich werde, aber bist du nicht eigentlich schwul?«

Bereitwillig bestätigte Josh diese Annahme. »Doch. Ich war schwul. Ich bin schwul. Aber das mit Cushla geht sowieso über jede Form von Geschlechtersexualität hinaus.«

»Wie das?«

Die Mission des Prinzen profitierte außerordentlich von Joshs Intelligenz. Offenbar kämpfte dieser Mann schon einige Zeit darum, einen Weg aus seinem Dilemma zu finden. Wahrscheinlich seit die Sache aufgeflogen war.

So begann er jetzt eine sorgfältige Erklärung: »Meine Sexualität stand nicht zur Debatte, es war keine Frage der Wahl. Das ist es sowieso selten. Ich bin nicht schwul als Lebensstil. Es ist nicht, als müßte man sich zwischen einem Mercedes und einem BMW entscheiden. Und ich bin auch nicht deshalb schwul, weil ich Frauen nicht leiden kann. Ich bin schwul wegen dem, was ich bin, nicht wegen dem, was ich nicht bin. Ich bin Jude, ich bin schwul, ich mag keine Oliven – das sind die Gegebenheiten.«

David nickte und hörte aufmerksam zu. Irgendwo in der Art und Weise, wie Josh Cushla liebte, lag der zweite Schlüssel, der ihn geradewegs zu ihrem Herzen führen würde.

Inzwischen sprach Josh weiter und fuhr sich dabei mit den Fingern durch die Haare. »Und ich bin nicht blöd. Ich weiß, weil sie mir so ähnlich war, hatte ihre Anziehungskraft zumindest eine narzißtische Komponente. Trotzdem war es weit mehr als das. Außerdem bin ich schwul, ich kenne das ganze Gelaber, daß man sich nur zu dem hingezogen fühlt, was einem gleicht. Aber genauso wie ich nicht alle Männer liebe, nur weil sie Männer sind, so habe ich Cushla nicht deswegen geliebt, weil sie wie eine weibliche Version meiner selbst aussah.«

»Du hast sie also geliebt.«

Josh schloß die Augen, ließ sich die Worte durch den Kopf gehen, ließ sich ihren Geschmack auf der Zunge zergehen. Schließlich öffnete er die Augen und nickte. »Ja. Ich habe sie geliebt. Nicht zufällig, nicht willkürlich, sondern ...«

Hier geriet selbst Joshs Intellekt ins Straucheln, aber David drängte ihn weiter. »Ja?«

»Ich hab sie geliebt, weil ... weil sie ... weil ich ... ach, weißt du, das klingt pathetisch, aber ... aber ich glaube, sie hat mich dazu gebracht, sie zu lieben. Ich will damit nicht sagen, daß ich nicht die Verantwortung für das übernehme, was ich getan habe, und ich will auch nicht abstreiten, daß ich die Beziehung zwischen Martin und mir zerstört habe. Ich bin für das alles verantwortlich. Aber Cushla hat dafür gesorgt, daß ich sie liebe. Das ist keine blöde Ausrede, das ist die Wahrheit.«

»Hast du eine Ahnung, wie sie das angestellt hat?«

Josh ging zum Waschbecken, entfernte den Kaffeesatz aus dem Filter, löffelte neuen Kaffee hinein, goß Wasser zu und stellte die Kanne auf den Herd zurück. Dann leerte er noch Davids Aschenbecher aus und holte einen frischen. »Ich denke, sie wollte, daß ich sie liebe.«

Die Worte kamen langsam und wohlüberlegt, als könnte das, was er sagte, gefährlich sein, als glaubte er, Cushlas destruktive Kräfte heraufzubeschwören, wenn er über sie sprach. »Ich glaube, Cushla wollte, daß ich sie liebe, und zwar von Anfang an. Als wir uns zum ersten Mal begegnet sind. Oder noch früher. Schon während Martin und ich an diesem Abend das Essen gemacht haben, wußte ich, daß etwas passieren würde. Es war, als hätte sie sich speziell für mich entworfen. Ich weiß, das klingt absurd, aber deshalb ging alles so schnell, deshalb war es so wichtig. Ich hatte ehrlich das Gefühl, daß Cushla die Richtige für mich war. Ist. Die eine einzige Frau für mich. Dabei glaube ich gar nicht an die eine große Liebe. Ich habe noch nie daran geglaubt. Ich glaube nicht an den Traumpartner. Und trotzdem denke ich, daß sie genau das gemacht hat. Sie hat sich zu der einen für mich gemacht, obwohl ich das gar nicht wollte und obwohl ich gar nicht daran glaube. Ich denke, sie hat sich zu der einen einzigen für mich gemacht, damit ich nur noch sie haben konnte. Ich hatte keine Wahl, ich mußte sie haben.«

Der Kaffee auf dem Herd fing an zu zischen; Josh drehte sich um und stellte die Platte ab, ließ das frische Koffein aber in der Kanne bitter werden. »Und der Sex war auch für mich gemacht. Sicher, ich habe keine Vergleichsmöglichkeit, vielleicht ist Sex zwischen Männern und Frauen immer so, aber ich bezweifle es sehr. Die Statistiken sprechen eine andere Sprache. Egal, was ich tat, sie fand es wundervoll, jedesmal, wenn ich sie berührte. Und ich glaube nicht, daß sie nur so getan hat. Umgekehrt fühlte sich alles, was sie mit mir machte, gut und richtig an und war unglaublich schön. Wir waren einfach vollkommen zusammen. Es hat funktioniert zwischen uns. Ich kann dir gar nicht genug Superlative aufzählen, und ich kann mich auch nicht weniger bescheuert ausdrücken. Es ist wahr. Ich hatte ehrlich das Gefühl, daß sie für mich gemacht war. Für mich bestimmt. Deshalb mußte ich sie haben.«

Mehr brauchte der Prinz nicht zu hören. Er wußte, daß Josh nie über Cushla hinwegkommen würde, daß es nutzlos war, auf Martins Rückkehr zu warten und zu hoffen, daß ihre Beziehung wieder in Ordnung kommen würde. Nicht bevor David sich mit Cushla befaßt hatte. Er verließ die schöne Wohnung; der beißende Geruch von verbranntem Kaffee lag schwer in der Luft. Auf dem Rückweg nach Stoke Newington ließ er sich seine neuen Informationen gründlich durch den Kopf gehen. Er wußte, daß Cushla sich sowohl für Jonathan als auch für Josh völlig neu erschaffen hatte – und jetzt abermals für Frances. Er verstand, daß sie für jeden vollkommen die Richtige sein konnte, daß niemand eine andere Wahl hatte, als sich in sie zu verlieben. Beide Männer hatten recht, sie war für beide die Traumpartnerin gewesen, und sie hatte es so geplant. David glaubte seiner Mutter: Es war klar, daß in Cushla inzwischen ein Herz zumindest angefangen haben mußte zu wachsen, und das Wachsen dieses Herzens war schuld an dem ganzen Schlamassel. Wären sie nur gekränkt und verletzt, dann würden beide Männer den üblichen Bitterkeitsschorf für gebrochene Herzen bilden und über die Geschichte wegkommen. Sie würden einen Teil von Cushla behalten – sei er nun liebevoll oder wütend –, und dann würden sie wieder in ihr eigenes Leben zurückkehren. Aber Cushla hatte sich zu *der einen* gemacht und sich in den Sehnsüchten dieser Männer eingenistet.

Prinz David ist sicher, daß er den Grund kennt, warum weder Jonathan noch Josh von Cushla lassen können: Sie hat tief in ihr Inneres das Verlangen gepflanzt. Sie werden erst wieder frei sein, wenn Cushla mit Stumpf und Stiel entfernt wird. Sobald das in ihr wachsende Herz herausgeschnitten wird, erlischt auch die Sehnsucht in ihnen. Cushla hat nicht beabsichtigt, daß verirrte Samen von geruchlosen Winden weitergetragen werden und den kleinen Garten des Verlangens schaffen, der jetzt in ihr heranwächst. Wenn David Cushlas Herz herausschneidet, wenn er es mit absoluter Entschlossenheit entfernt, befreit er damit auch die anderen. Vielleicht bleibt ihr Herz gebrochen, aber sie sind frei.

Achtung, hier kommt der Mähdrescher.

Ich bin weich dieses Mal, sanft mit ihr, sanfter noch mit mir. Ich werde leicht müde, schon jetzt erwache ich erschöpft von der Vereinigung und der Entwicklung meiner Pläne. Ich habe mich jung und fit gemacht, aber die Umstände, unter denen dies geschah, wollen den neuen Körper einfach nicht loslassen. Ich spiele auf Zeit. Ich bettle um Zeit. Ich steche mich mit der Spindel in den Finger und weiß, daß etwas Böses bevorsteht. Es ist schwierig, Pläne zu schmieden, wenn der Ausgang der Geschichte unweigerlich dunkel bleibt. Schließlich raffe ich mich auf und gehe aus. Ich treffe mich mit ihr, esse mit ihr, schlafe mit ihr. Das gefällt ihr, ich gefalle ihr, unsere Leidenschaft ist neu und doch jahrhundertealt in ihrem Verlangen. Und ihre Haut macht es mir leicht. Aber das reicht nicht. Ich tue es, weil ich muß. Aber jetzt weiß ich, daß es nie genug sein wird.

In der Dunkelheit des Turms, mit einer neuen blutenden Wunde in meiner Seite, spiele ich mit dem Gedanken aufzugeben, aber ich weiß nicht, was ich dann tun soll. Ich weiß nicht, wer ich dann sein soll. Jetzt, wo ich hier gelebt und die Wirklichkeit kennengelernt habe, kann ich nicht in den Palast zurückgehen. Außerdem hasse ich Honig, und der Palast ist noch nicht bereit für mich. Ich werde zurückkehren, aber nur unter meinen eigenen Bedingungen. Deshalb taumle ich immer weiter, lasse mich fallen, zu ihr. Es ist schön, sie ist weich, sie federt meine neuen harten Kanten ab. Ihr Körper ist warm, ihre Leidenschaft heftig. Brutales Mitgefühl ist eine angemessene Empfindung für eine Frau. Und für meinen derzeitigen Zustand. Den Zustand, den ich Jonathan und Josh dargeboten habe. Sie gibt ihn mir ungefragt zurück. Warme Umarmungen neben heißem Sex; ihre Hände heilen meinen schmerzenden Rükken, oder sie sorgen in meinem sich öffnenden Körper für Explosionen. Ich werde gewartet und gepflegt. Hier will ich mich ein Weilchen ausruhen. Ich muß mich erholen.

Die Sache mit dem Herz hat mich überrascht, das ist das Herz der Sache. Ich spüre, wie es in mir anschwillt, wie es im Nachwachsen Kontakt aufnimmt mit den anderen Blutgefäßen und Höhlenwänden, die das umschließen, was nicht da sein soll. Das nicht umschlossen werden soll. Wenn ich mir der richtigen magischen Vorgehensweise sicher wäre, würde ich den Wachstumsprozeß rückgängig machen. Es muß doch eine Methode geben, um die erlernte Sehnsucht zu entfernen, aber die hat mir niemand beigebracht. Keiner hat damit gerechnet, daß es mir von Nutzen sein würde. So erweist sich meine hervorragende Erziehung als bedauernswert unvollständig. Ich wurde geboren mit der Fähigkeit, Herzen zu brechen, da sollte ich doch auch gelernt haben, diese Fähigkeit auf mich anzuwenden.

Ich verbringe meine Zeit abwechselnd im kalten Turm, wo ich das nächste Herz herausreiße, sobald es trotz aller Winzigkeit eine gewisse Reife erreicht hat, und den warmen Therapieräumen, wo ich Trost finde. Ich weiß nicht, ob sie merkt, daß ich sie erwählt habe. Bestimmt weiß sie mehr, als die beiden anderen gewußt haben. Ich bin nicht mehr stark genug, um die Wahrheit vollständig vor ihr zu verbergen, und außerdem hat sie von geistigen Kräften wesentlich mehr Ahnung. Womöglich glaubt sie, daß sie mich erwählt hat, daß ich sie brauche. Vielleicht hat sie recht. Ganz sicher brauche ich ein gewisses Maß an Raum. Und diese große Frau hat Zeit, lange Nachmittage, weit über den frühen Sonnenuntergang hinaus, Platz für Umarmungen und Küsse. Wir ziehen die Vorhänge zu, um uns vor der Welt da draußen abzuschirmen, aber wir erhellen den Raum mit dem reinen Licht unserer Vereinigung. Wir treten und beißen und kratzen, und nie bleibt etwas zurück. Saugen, berühren, schmecken und essen, und wenn sie fertig ist mit mir, bin ich zufrieden und erfüllt. Erschöpft. Wenn ich wieder gehe, fühle ich mich besser. Wenn ich mit ihr komme, geht es mir gut. Das hält eine Weile vor, aber in der Stille meines Turms wartet das leise Pochen schon auf mich.

Ich habe das Verlangen in anderen gesehen, habe gesehen, wie sie sich in den Qualen der Sehnsucht verzehrten. Ich habe mich darüber lustig gemacht und ihr Leiden genossen. Jetzt mache ich mich auch über mein eigenes Leiden lustig, aber ich genieße es nicht. Mit Frances zu spielen lenkt mich von Joshua ab, unterdrückt mein sexuelles Verlangen nach ihm, aber mein Herz kommt nicht von ihm los. Er hat den ersten Herzschlag ins Leben gerufen, und auf diesem fruchtbaren Boden wächst nun immer wieder ein neues Herz. Jedes mit Sehnsucht geboren. Natürlich könnte ich nach Belieben eine neue Gestalt annehmen, aber die Sehnsucht würde bleiben. Auch der neue Körper würde einen anderen brauchen, um das Verlangen zu lindern. Ist dies die Qual, die hier alle erleiden? Die Sehnsucht nach dem einen, die nur der nächste und dann der übernächste stillen kann? Das ständige Verlangen, das nie Ruhe gibt, ist wie ein Puzzleteil, das man wegschiebt und zudeckt, indem man sich einen neuen Liebhaber sucht. Danach einen neueren, den allerneuesten. Und so weiter, es ist ja nie genug. Kein Wunder, daß sie alle so schwach sind.

Ich bin unruhig, ich warte. Ich bin die Stille vor dem Erdbeben. Ich ahne das Ende und spüre sowohl Angst als auch Erleichterung.

Es kommt näher.

Prinz David trifft kurz nach dem ersten Klienten des Tages in den Therapieräumen ein. Er hat keinen Termin, aber die Beratung wird bestimmt nicht viel Zeit in Anspruch nehmen, denn er hat sich ja nur im Dienst seiner Mission den Daumen ausgerenkt. Absichtlich. Eine simple, aber höchst effektive Methode, die er in der siebten Woche seiner obligatorischen medizinischen Grundausbildung gelernt hat. Mit der linken Hand hebelt man den rechten Daumen aus dem Gelenk und läßt ihn, sicher in Haut und Muskulatur verpackt, am Rand des Knochens herunterbaumeln. Ein echter Knüller, wenn man es auf unmittelbare Aufmerksamkeit abgesehen hat.

So tritt er in den Empfangsbereich von Frances' Praxis; das silberne Mobile berührt leicht seinen erlesen frisierten Kopf und tut sein Eintreffen kund. Heute raucht er nicht. Es wäre nicht richtig, die Konsultation damit zu beginnen, hinausgeschickt zu werden, um das störend stinkende Objekt loszuwerden. Der wunderschöne Prinz verströmt aus jeder Pore schlanke Eleganz und charmante Sorglosigkeit. Abgesehen von seinem Daumen natürlich. Er legt die unübersehbar übel zugerichtete Hand auf den nach Feng-Shui-Regeln aufgestellten Schreibtisch der Rezeptionistin und fragt sie mit einem gequälten, aber echten Lächeln: »Entschuldigen Sie, daß ich störe, aber könnten Sie mir damit vielleicht helfen? Wäre das möglich?«

Dieses Wochenende war das Thema des lebensverändernden Workshops »Selbstanalyse für die Jahrtausendwende«. Shanta, die Frau am Empfang, ist jetzt zweihundertfünfzig Pfund ärmer und körperlich total ausgepumpt, aber aufgeladen mit innerem spirituellem Reichtum, der sich unmöglich quantitativ beschreiben läßt. Sie weiß jetzt, daß sie furchtbare Angst vor Krankheit hat und deshalb auch diesen Beruf ausübt. Daß sie in einer medizinischen Einrichtung am Empfang arbeitet, ist nichts weiter als die Manifestation ihres unbewußten Wunsches, ihre Phobie zu heilen. Sie ist also cleverer, als sie geahnt hat. Jetzt versteht sie auch, daß bedürftige Männer die gefährliche Mutter in ihr auf den Plan rufen, und daß sie sich nur mit Männern einlassen sollte, die den unreifen Jungen in sich bereits gefunden und überwunden haben. Denn nur dann können beide Partner sich in der verwurzelten Klarheit des reifen Männlichen und des reifen Weiblichen begegnen. Shanta hat erfahren, daß sie weitaus gefährlicher ist, als sie es sich je hat träumen lassen. Die Euphorie hielt die ganze Sonntagnacht an, bis zu diesem Moment. Jetzt ist es halb zehn am Montag morgen. Der Mann vor ihr ist offensichtlich verletzt. Das wäre eine Chance für Shanta, ihre Phobie am lebenden Beispiel zu überwinden. Deshalb sollte sie ihm helfen. Aber er ist krank, und er ist schön, und das macht ihn bedürftig. Also ist er jemand, dem ihre innere mütterliche Retterin helfen will. Also sollte sie die Finger von ihm lassen. Für zweihundertfünfzig Pfund hätte sie doch vielleicht ein paar mehr Antworten erwarten können.

Die Zeit verstreicht.

Aber sogar David hat Schmerzen. »Entschuldigen Sie, aber was ist nun mit meinem Daumen? Kann sich jemand von den Leuten hier darum kümmern?«

Shanta beschließt, daß Rückzug die beste Methode ist, und kauert sich hinter ihren Terminkalender. Hektisch blättert sie in den vollgekritzelten Seiten herum und versucht dabei, so effizient wie möglich auszusehen. Das Bild wird nur ein klein wenig beeinträchtigt durch das Marienkäfer-Tattoo auf ihrer linken Wange und die Tatsache, daß die Wolle ihres selbstgestrickten Pullis nicht fachgerecht behandelt wurde – sie stammt aus den ersten Spinnversuchen ihrer Schwester – und immer noch ziemlich scharf nach Schaf riecht.

Mit stockender Stimme, die sie sofort verrät, antwortet Shanta: »Ich sehe mal ... im Terminkalender nach. Das hier ist der Terminkalender. Ich meine ... ich bin ... Wissen Sie, vielleicht haben wir zuviel zu tun ... oder so was ...«

Shanta erinnert sich, was sie am Sonntag nachmittag vor zweihundert Leuten geschworen hat. Pflichtschuldig definiert sie ihre Angst zu Power um, strafft die schwachen und widerstrebenden Sehnen, starrt den vollkommenen Prinzen an und öffnet den Mund, um ihren Gefühlen freien Lauf zu lassen: »Sehen Sie, ich will offen mit Ihnen sein. Ganz ehrlich – Sie machen mir Angst. Sie sind schön und haben Schmerzen. So, das ist die Wahrheit. Sie entwaffnen mich.«

Shanta nimmt all ihren Mut zusammen, dreht ihn zu einer kleinen Kugel und wirft ihn treffsicher in den Mülleimer.

David lächelt, aber diesmal ist sein Charme kühl und rein oberflächlich. Er ist es nicht gewöhnt, daß Dienstboten ihn hinhalten, wenn sein Daumen so höllisch weh tut. »Wie dem auch sei, Süße. Aber ich hab mir den Daumen ausgerenkt. Gibt es hier nicht irgend jemanden, der für so was zuständig ist?«

Da kommt Frances an den Empfang. Sie errettet Shanta aus ihrer eigenen Dummheit, sieht David an und führt ihn nach oben. Frances weiß nicht recht, warum sie zum Empfang gekommen ist – sie hat ihre Klientin einfach auf dem Massagebett liegen lassen, Beine und Arme dick mit Lavendel- und Kamillencreme eingeschmiert, sieben Akupunkturnadeln auf jeder Seite des Rückgrats. Genaugenommen hatte Frances keinen Grund, gerade jetzt am Empfang aufzutauchen. Wenn ein Klient ein wenig Zeit allein braucht, zieht sie sich für gewöhnlich in den winzigen Ruheraum zurück, macht sich eine Tasse von dem starken koffeinhaltigen Kaffee, den ihre Klienten zutiefst mißbilligen, und raucht eine Zigarette am offenen Fenster, damit Shantas argwöhnische Nase sich nicht gleich bitter beschwert.

Aber jetzt steht sie im Empfangsbereich, betrachtet David und überlegt, woher sie ihn kennt. Dann führt sie ihn ins Wartezimmer, entledigt sich so schnell wie möglich der anderen Klientin und macht ihr Zimmer für den neuen Besucher bereit. Sie erhitzt Duftöl, zündet eine geweihte Kerze an und genehmigt sich einen Schluck von dem scharfen Wodka aus dem gekühlten Flachmann, den sie in ihrer Tasche aufbewahrt. Schließlich geht sie, um den dünnen Mann hereinzurufen. Sie zittert. Vielleicht sollte sie mehr schlafen, vielleicht hat sie zu viele späte Abende ihr Gewissen damit beruhigt, daß sie ausführlich mit ihrem Mann geschlafen hat, oder zu viele am Schopf gepackte Nachmittage und frühe Abende mit Cushla gevögelt, vielleicht hat sie zuviel in die wenigen Stunden gepackt, die sie mit ihrem Sohn verbringt. Sie hat keine Zeit für sich gehabt, keine Zeit zum Entspannen und einfach nur Existieren. Vielleicht zittert sie deshalb. Aber irgendwie glaubt sie das nicht.

David schaut auf, als die Frau ins Wartezimmer kommt. Frances ist Ende dreißig, eine attraktive, wenn auch nicht unbedingt schöne Frau. Mit ihrer Durchschnittsgröße und ihrem eher molligen Körper paßt sie nicht in das klassische weibliche Schönheitsideal. Ihre einst schwarzen Haare sind kurzgeschnitten und ergrauen sichtbar, ihre weiche dunkle Haut ist in den Augenringen noch dunkler, ihr Körper wirkt gesund, abgerundet und weich. Sie sieht gut und vital aus. Aber mehr als ihr Äußeres beeindruckt David ihre Kraft, die er selbst jetzt spürt, wo sie ein ganzes Stück von ihm entfernt an der Tür steht. Sie ist ungeheuer stark. Und als sie einen Schritt näher kommt, kann er seine Schwester auf ihrer Haut riechen.

»Ich habe jetzt Zeit für Sie, wenn Sie mit nach oben kommen wollen.«

Die Bemerkung ist keine Frage. Frances wendet sich ab und geht voran in ihr Zimmer. Sie fragt nicht wie oder warum. Er sitzt ihr gegenüber, sie nimmt seine verletzte Hand in ihre. Er spürt ihre Hitze durch seine verdrehten Muskeln. Diese Hand hat seine Schwester gestreichelt. David fühlt die Berührung von Cushlas Haut durch Frances. Sie sagt ihm, er soll ruhig aus- und einatmen, ein und aus, nochmal ein, tiefer, Luft anhalten, und als er ausatmet, legt sie blitzschnell ihre beiden Hände um das ausgekugelte Gelenk, hebt den Daumen an und preßt ihn zurück an seinen Platz. Der Prinz zuckt vor Schmerz und Überraschung zusammen und lehnt sich auf seinem Stuhl ein Stück zurück.

Schon bellt Frances den nächsten Befehl: »Nicht bewegen! Warten Sie.«

Damit läßt sie ihn sitzen, die Hand in der Luft, geht hinüber zu ihrem Schreibtisch, mischt Öl in der Handfläche, kommt dann wortlos auf ihn zu und streicht sanft die gestreßten Muskeln zurück in ihre normale Position.

Wenn David wollte, könnte er seine Schmerzen allein heilen, durch einen relativ simplen Denkprozeß. Aber das will er nicht. Wünsche sind auf drei pro Tag beschränkt, und der wäre reine Verschwendung. Er kann ihre professionelle Heilungsmethode akzeptieren und die Zeit nutzen, um seine Mission voranzutreiben. Er lernt von dieser Frau. Von ihrer Nervosität, ihrer Sorge. Er lernt durch ihre Haut, er kann seine Schwester in ihrem Atem hören. Die Königskinder haben eine teure und intensive Bildung genossen, sie sind geschult im Körperlesen. Frances hat seine Schwester genossen, aber mehr als das: Ihre Stärke hat von der Kraft seiner Schwester profitiert. Was bedeutet, daß Cushla schwächer wird. An Frances' Berührungen erkennt David, daß Cushla in letzter Zeit Probleme gehabt haben muß. Er weiß nicht genau, welcher Art, aber er weiß, daß er ihr jetzt überlegen ist, er weiß, daß er seine Aufgabe erfolgreich erledigen kann.

Unterdessen bietet Frances ihm eine Ganzkörpermassage an, und David legt sich bereitwillig auf die Pritsche.

Nach seiner ersten Massage und den unerwarteten Extras, mit denen sie ihn verwöhnte, folgte eine Zeit des Wartens. Zwei Stunden, bis Frances mit ihrem nächsten Klienten fertig war. David ruhte seinen zarten, hochbefriedigten Körper auf dem Bananenstuhl im Wartezimmer aus und blätterte in Gesundheitsmagazinen und Büchern, wo er erfuhr, wie er sein narbenbedecktes, zerbrochenes Leben heilen konnte. Eigentlich fand er, daß Frances ihm soeben recht wirkungsvollen Nachhilfeunterricht erteilt hatte. Er unternahm einen kleinen Ausflug in den Empfangsbereich, um ein wenig mit Shanta zu plaudern, aber ihre Konversation beschränkte sich auf naives, esoterisches Psychogefasel, und David, der seit dem Alter von sechs Jahren mühelos auf dem Wasser gewandelt war, fand ihr rudimentäres Wissen über Metaphysik etwas unausgegoren, um es vorsichtig auszudrücken. Hinzu kam noch, daß er nicht das leiseste Interesse an einem Vortrag über die Gefahren des Tabakgenusses hatte.

Schließlich sitzt Prinz David also wieder allein im Wartezimmer und nimmt sich einen Moment Zeit, um sich die Ereignisse durch den Kopf gehen zu lassen. Der Sex mit Frances war eine Erleuchtung: Leidenschaft war hier nicht mit einer ehrerbietigen Demut verbunden, welche von seinem Liebhaber verlangte, sich tief gebückt rückwärts aus seinem Zimmer zu entfernen. Hier war Sex einfach eine Begegnung von Mann und Frau. Nicht, daß Frances' Körper süßer oder weicher gewesen wäre als diejenigen, die David zu Hause im Palast kennengelernt hatte, in mancher

Hinsicht war sie tatsächlich einfach ein weiterer kompetenter Partner beim Liebesspiel. Frances war warm, breit und weich, sie nahm seinen kühlen, schmalen Körper freudig auf. Sie hielt ihn in sich und gleichzeitig sich in ihm. Sie war stark genug, um im richtigen Moment die Kontrolle zu behalten, und reif genug, um zu wissen, wann Kontrolle dem Nachgeben weichen soll. Aber David fickte Frances nicht nur, sein Herz schlug an ihrem, warmes Fleisch schmiegte sich an noch wärmeres, er spürte nicht Unterwürfigkeit und Respekt, sondern ein gegenseitiges Begehren. Das war neu, und es gefiel David ausnehmend gut. Noch wichtiger als das Neue und Begehrenswerte war seine Mission, und beim Vögeln mit Frances hatte David Cushla berührt. Und jetzt weiß er, daß Cushla in diesem Zimmer gewesen ist, er fühlt ihre Gestalt auf dem Stuhl, auf dem er gerade sitzt. Sein Fingernagel ist über ihre Haut geglitten, als er Frances' schwere Brüste umfaßte. Er hat sie gespürt, zwischen sich und der Frau, mit der er geschlafen hat. Er hat gleichzeitig mit Frances geatmet und wußte, in der Luft berührte er seine Schwester. Eine volle halbe Stunde ist das Mobile still, in den Therapieräumen herrscht Schweigen, sogar die schußlige Shanta ist ruhig, und David sitzt da und fühlt in seinem schmalen Körper und den langen Gliedmaßen die Hitze, die zwischen ihm und Frances entstanden ist, eine Hitze, die ihm das Brandmal seiner Schwester auf die Haut drückt. Er fühlt Cushlas Blutkreislauf, das Auf und Ab ihrer Lungen mit dem Ab und Auf seiner eigenen. Fast glaubt er, ihr Herz schlagen zu hören. Ihren Beinahe-Herzschlag.

Schließlich ist Frances mit der Arbeit für den Vormittag fertig und lädt David zum Lunch ein. Sogar ein dünner Prinz muß gelegentlich etwas essen, und Seine Hoheit hat schon immer festgestellt, daß sexuelle Betätigung seinen Appetit anregt. Gewöhnlich stillt er seinen Heißhunger dann mit einem Teller Keilerkopfsuppe, ofenfrischem Kräuterbrot und einem frischgezapften Humpen Met aus der Palastküche. Oder mit einem Sandwich mit Spiegelei. Wenn man mit der zweiten Fleischköchin bumst, muß man wenigstens nicht lang nach nahrhafter Stärkung suchen. In London jedoch genügt der Pizza Express um die Ecke. Frances, die seit eh und je auf ihr Gewicht achtet, nimmt einen Salat Niçoise, doch sie versagt sich die duftenden Hefebrötchen. David ißt zuviel Brot und grünen Salat und die verschmähten Brötchen und eine Pizza Veneziana. Ihm gefällt die Vorstellung, daß er mit seinem dünnen Pizzateig hilft, Venedigs bröckelnde Fassade ein wenig zu kitten, während extra Mozarella in zähen wohlmeinenden Fäden den Canale Grande hinuntersegelt. Sie teilen sich eine Flasche Hausweißwein. David hätte gern Champagner bestellt, aber Frances weiß, daß sie sich leichter auf ein Glas Hausweißwein beschränken kann als auf ein Glas von etwas Besserem. Dazu trinkt sie noch eine ganze Flasche stilles Mineralwasser.

Frances' Drei-Uhr-Klientin führt ein intensives, strapaziöses Leben, und ihre körperlichen Probleme sind ein Beweis für ihre postfeministische Neigung, sich zuviel zuzumuten. Auch Frances ist eine Frau, die weiß, was sie will. Aber ihr Leben ist insgesamt besser organisiert. Ehe David mit seiner Cassata und seinem Capuccino fertig ist, hat sie auf ihrem allgegenwärtigen Handy zu Hause angerufen und mit der Kinderfrau verabredet, daß sie heute abend zwei Stunden länger bleibt – eine Fußmassage und zehn Pfund extra als Bezahlung. Außerdem hat sie das für morgen geplante Mittagessen mit Cushla abgesagt. Cushla weiß noch nichts davon. Frances hat eine Nachricht hinterlassen und innerlich ein Loblied auf die Anrufbeantworter-Kultur gesungen, die persönliche Verhandlungen auf Abend- und Wochenendtarife beschränkt.

David hört nicht, wie Frances diese Nachrichten hinterläßt, denn er ist auf die Herrentoilette geflüchtet, um sich den Spinat zwischen seinen vollkommenen Zähnen herauszuklauben. Aus seinem Idealgebiß, das im Alter von drei Monaten ins Leben gerufen wurde, das beim Stillen den prallen Brüsten seiner Mutter zusetzte und die Lederohren des Schaukelpferds im Spielzimmer des Palasts glatt durchbiß. Es war Cushlas Schaukelpferd, ein ausgewachsenes Shetland-Pony, das ausgestopft wurde, damit die Kinder es um so mehr lieben konnten. Die Zähne des Prinzen sind stark und weiß und reklameglänzend. Er lächelt sich im Spiegel zu. Es gibt nichts Appetitanregenderes als Sex vor dem Mittagessen. Anregend für alle Sorten Appetit. Jetzt hat er Lust auf den Rest Wein, den Kaffeesatz, ein schönes Mittagsschläfchen und vielleicht noch ein bißchen Körperkontakt mit Frances. Natürlich ist das auch alles Arbeit, nicht nur Vergnügen. Eigentlich sorgt er ja nur dafür, daß er mit seinem Job vorankommt. David fühlt unauffällig Frances' Puls und spürt das leise Pochen von Cushlas Miniherz. Er küßt Frances und erkennt den Atem seiner Schwester. Vielleicht kriegt Frances Probleme, weil sie mit ihm schläft – David verschwendet keinen einzigen Gedanken daran. Womöglich bringt er ihre Ehe durcheinander und dazu noch ihre Affäre mit Cushla – David interessiert sich nicht für diese Womöglichkeit. Ihn interessiert nur seine Mission. Sich an seine Schwester heranzupirschen, in ihr Leben einzudringen, das Gemetzel an den Liebenden zu stoppen und das Miniherz als Beweis seiner Tat herauszuschneiden. Viel zu lange war David in seinem Mutterland träge und bequem. Jetzt engagiert er sich, und das gefällt ihm, er hat einen Job, er hat eine sinnvolle Aufgabe, und das tut ihm gut. Und die Vergünstigungen sind nicht schlecht. Wie ein Angestellter, der den Nachmittag mit einem geschätzten Kunden verbringt, statt sich durch die stumpfsinnige Arbeit zu stressen, und dazu auch noch in den Genuß der Spesen kommt, macht David nicht nur Fortschritte bei seinem Auftrag, er kann dabei auch noch seiner Leidenschaft frönen. David wäscht sich seine bereits sauberen Hände und besprüht seinen bereits angenehm duftenden Körper mit einer zusätzlichen Ladung Parfüm. Dann wirft er sich mit seiner knochigen Hand eine Kußhand zu und lächelt noch einmal in den Spiegel. Allem Anschein nach läuft es ausgezeichnet.

Frances und der Prinz beginnen also eine Affäre. Frances hat ihren Entschluß recht deutlich gemacht. Vor sich selbst. Als sie zum ersten Mal miteinander geschlafen hatten, hat Frances den Entschluß gefaßt. Zwar wußte sie nicht genau, was sie mit Cushla machen würde, ob sie vielleicht beide abwechselnd haben könnte, aber sie würde sich dieses Abenteuer auf keinen Fall durch die Lappen gehen lassen. Nach zehn Jahren Ehe, von denen acht mit Mutterschaft, Hauskauf und Geschäftsinvestitionen vollgepackt gewesen waren, war sie für ein bißchen leichtes Vergnügen mehr als empfänglich. Für eine ganze Menge Vergnügen.

Frances machte sich keine Gedanken darüber, wie diese beiden Menschen es geschafft hatten, innerhalb weniger Tage in ihr Leben zu treten, oder warum sie beide so anziehend fand und so gleichermaßen befriedigend. Es fiel ihr nicht auf, daß Cushla und der Prinz genau dieselbe Stelle in ihr berührten, einen stillen Teil ihrer Psyche zum Schwingen brachten und ihn zu neuem Leben erweckten, sie seltsam und wundervoll ergriffen. Und zwar auf identische Weise. Das Zusammensein mit jedem von ihnen beseelte eine Schicht ihres Wesens, die sie seit Jahren vernachlässigt hatte. Sie waren beide großartig im Bett. Frances wollte diese Menschen haben, die ihr das Leben zugeführt hatte. Genauer gesagt: Sie quälte sich, biß sich auf die

Lippen, machte sich Sorgen, betete sogar ein wenig und dachte dann weiter darüber nach, daß sie das nicht tun sollte, von dem sie genau wußte, daß sie es tun würde. Sie kämpfte dagegen an, der Form halber oder weil die Etikette es vorsah oder man es eben einfach so macht – aber sie wußte die ganze Zeit über, daß sie darauf brannte nachzugeben. Nein, sagte sie sich, das ist schlecht, das kannst du sollst du darfst du nicht. Um sich dann zu entschließen, es trotzdem zu tun.

In ihrem Elfenbeinturm verschläft Cushla den Tag, aber sie träumt unruhig, denn das Gefühl einer stärkeren Präsenz in ihrer Welt stört sie. Noch hat sie die Anwesenheit des Prinzen nicht zur Kenntnis genommen, aber schon spürt sie seine Kraft. Sie spürt auch Frances' Kraft. Sie wertet es als gutes Zeichen, daß Frances so stark ist. Ihr Sex ist leidenschaftlich, ihre Zärtlichkeit hochintensiv. Frances ist eine intelligente und interessante Frau. Manchmal lauscht Cushla Frances' Geschichten, manchmal liest sie ihre Haut, um noch mehr zu erfahren. Sie erkennt, wie stark die Bindung zwischen Frances und Philip noch immer ist. Das Band des Bluts und der Langlebigkeit. Die Verbundenheit durch das gemeinsame Kind. Cushla hat Frances' Gesicht studiert, um etwas über das solide Leben und die unsoliden Lügen dieses Paars zu erfahren, sie weiß, daß beide Partner das Erreichte zu erhalten gedenken. Ihr ist klar, wie dringlich sie sich das Neue wünschen und gleichzeitig um keinen Preis das Alte zerstören wollen. Daß sie beide wissen, daß sie nicht beides haben können. Und weil sie alles wollen, weil sie sich so gut kennen und verstehen, weiß Cushla auch, daß es um so schlimmer sein wird, wenn sie auseinandergehen. Cushla will extreme Gefühle, sie braucht Intensität, die Umstände verlangen, daß sie ganz in der Gegenwart lebt. Die Vergangenheit birgt Gedanken in sich, die für sie viel zu gefährlich sind. Ihre Furcht vor dem, was in der Zeit mit Josh in ihr entstanden ist, bringt es mit sich, daß Cushla jetzt so sehr in der Gegenwart leben muß und dabei Gefahr läuft, in eine vollkommen unbekannte Zukunft zu stürzen.

Kein Zweifel, sie ist in Gefahr.

Prinz David, der sich offiziell auf einer simplen Erkundungsmission befindet, hat einen solch herzlichen Empfang nicht erwartet, aber da es nun mal so ist, nimmt er Frances' Einladung, sich zu amüsieren, freudig an. Was der Schwester recht ist, dürfte dem Bruder doch billig sein, oder etwa nicht? So ist der kleine Prinz ausnehmend glücklich.

Seine Schwester ist natürlich nicht so glücklich. Wenn David gehört hätte, welche Nachricht Frances ihr hinterlassen hat, hätte er ihr vielleicht nahegelegt, etwas behutsamer mit Cushla umzuspringen. Etwas weniger unbekümmert mit ihren Gefühlen zu jonglieren. Oder auch nicht. Frances sieht so gut aus in ihrem schwarzen Samthemd, und er hat wirklich große Lust auf eine kleine Nachmittagsnummer.

Als Cushla aufwacht und ihren Anrufbeantworter abhört, ist sie ziemlich angenervt.

Frances lügt nicht. Nie. Sie sagt nicht immer die volle Wahrheit. Aber sie lügt nie. Sie hat noch nie gelogen. Keine kleinen Flunkereien, um nicht ans Telefon zu müssen, keine freundlichen Unwahrheiten über den Hüftumfang einer Freundin, keine Notlügen, keine gemeinen Verleumdungen. Frances glaubt, wenn sie einen Menschen belügt, den sie liebt, verleugnet sie sich selbst. Und sie liebt ihren Mann sehr. Damit brockt sich Frances eine Menge Probleme ein.

Frances ist zu Hause und ißt mit ihrem ehrgeizigen Ehemann zu Abend. Ihr Sohn, den beide abgöttisch lieben, der ihre Energien erschöpft und ihre Liebe aufsaugt, ist schon im Bett, und so bleiben ihnen noch drei bis vier wertvolle Stunden, ehe der Schlaf seinen Tribut verlangt. Frances hat einen anstrengenden Arbeitstag hinter sich, sechs Klienten ohne Termin, drei Stunden mit zwei Dauerpatienten – einer davon ein sechsjähriger Junge, dessen Liste mit Spezialbedürfnissen länger ist, als sein verkümmerter Körper je zu wachsen hoffen kann. Sie hat mit David zu Mittag gegessen und brauchte dann eine Stunde extra mit ihm im Bett, bis sie die Schmerzen des Sechsjährigen einigermaßen verdrängt hatte. Danach hat sie sich mit Cushla zu einem kurzen frühen Tee und einem längeren cremig-leidenschaftlichen Zärtlichkeitsaustausch getroffen. Es war das erste Mal, daß sie mit Cushla zusammen war, seit Frances den Prinzen kennengelernt hatte, und es fiel ihr auf, daß Cushla sich anders benahm, ja, sogar etwas verunsichert wirkte. Ihre eigenen halb übersinnlichen Kräfte führten sie zu der Annahme, daß Cushla Davids Gegenwart spürte. Frances wird Cushla von dem anderen Mann erzählen. Von dem anderen anderen Mann. Aber erst, wenn sie ihrem Ehemann von ihnen beiden erzählt hat. Sie beabsichtigt, unerbittlich fair zu sein, was ihre Untreue angeht. Also sitzt sie dem Mann gegenüber, mit dem sie seit zehn Jahren verheiratet ist, lächelt und wartet. Sie weiß, heute abend wird er sie fragen. Sie ist bereit.

Das Eßzimmer geht zum Garten hinaus, ideal für einen Sommerlunch oder – wie heute abend – für ein winterliches Abendessen. Der Tisch spiegelt sich in den breiten vorhanglosen Fenstern, die zwei Wände des Raums einnehmen. Draußen ist die Nacht frisch und klar, morgen früh ist bestimmt alles gefroren. Im offenen Kamin, einem viktorianischen Original, brennen falsche Gaskohlen, Kerzenlicht wirft einen sanften Schimmer auf das vom Ehegatten zubereitete Mahl. Walnuß-Kürbis-Suppe mit frischem warmem Brot als Vorspeise, dann in Knoblauch eingelegtes Wurzelgemüse und Roastbeef, schottisch, garantiert BSE-frei. Innen ist das Fleisch noch roh, weich und zart. Frances ist auch weich. Aber es ist Zeit.

Philip blickt auf. Er liebt Frances. Aus vielerlei Gründen. Weil er sie schon so lange liebt und das Gefühl, das er für sie empfindet, inzwischen so normal geworden ist wie zweimal täglich Zähneputzen. Weil sie die Mutter seines Sohnes ist. Weil sie die Familie in den mageren Jahren durchgebracht und ihm damit ermöglicht hat, sich in der Welt der Männer durchzusetzen. Weil sie eine schlechte Köchin ist und deshalb jedes Krümelchen anbetet, das er, der Meisterkoch, ihr vorsetzt. Weil Frances es in dieser Welt der dünnen Frauen nie geschafft hat, mehr als zwanzig Pfund abzunehmen, und ihr weiches Fleisch als Polster für die immense Kraft behält, mit der sie sich und ihn trägt. Weil sie seine beste Freundin ist. Weil sie eine Heilerin ist und er nach einer Nacht in ihren Armen sich wieder zufrieden der harschen Welt stellen kann. Weil sie wunderschön ist, wenn sie erwacht. Weil sie ihm so gut einen blasen kann.

Philip schiebt den Teller zur Seite, trinkt einen großen Schluck Pinot Noir und macht sich bereit für die neuesten Neuigkeiten. »Hast du mir was Besonderes zu sagen?«

Frances liebt ihn dafür, daß er ihr diese Chance gibt, liebt ihn dafür, daß er sie so gut kennt. »Danke, daß du fragst. Darf ich deine Pastinaken aufessen?«

Philip reicht ihr seinen Teller, wo sich in einem Teich kaltem Roastbeef-Blut ein halb aufgegessener Hügel Pastinakenpüree mit Koriander erhebt. Frances vertilgt ihn mit vier raschen Bissen und wischt sich den Mund ab, während sie ihrem Mann den Teller zurückreicht. »Ich habe eine Affäre. Oder vielleicht ist es auch nur ein kleiner Seitensprung. Das weiß ich noch nicht.«

»Aha.«

»Genaugenommen zwei Affären.«

»Oder Seitensprünge.«

»Genau.«

»Verstehe.«

»Eine Affäre mit einer Frau und eine mit einem Mann.«

»Sind die beiden verheiratet?«

Frances lacht. »Nein. Sie kennen sich nicht mal.«

Auch Frances kann nicht alles wissen.

Philip steht auf und schenkt sich Wein nach. Dann geht er zum Fenster und blickt hinaus in den Garten, wo sich der Frost bereits auf dem gepflegten Rasen ansiedelt. Alle zwei Wochen kommt ein Gärtner, obwohl in den fünf Wintermonaten die einzige Funktion des Rasens darin besteht, als Hintergrund für das ebenfalls gepflegte Haus zu dienen. Früher haben Frances und Philip gemeinsam im Garten gewerkelt. Damals hatten sie Zeit. Jetzt arbeiten sie sämtliche vorgeschriebenen Stunden, verbringen den

Rest der Zeit mit ihrem Sohn und bewundern den Garten von fern. Philip setzt sich wieder. Nimmt ein Stück angeknabbertes Ciabatta und legt es wieder auf den Teller. Steht wieder auf. Merkt, daß er auf Frances zugeht, dreht sich um und geht lieber zu seinem Stuhl. Setzt sich, trinkt den Wein aus, sieht sich nach etwas anderem zu tun um, gibt sein Vorhaben angesichts der leeren Teller auf und wendet sich doch Frances zu.

Frances beobachtet seine Unruhe. »Du hast durchaus das Recht, sauer zu sein, weißt du.«

»Ja. Danke. Ich weiß.«

»Bist du sauer?«

Philip schüttelt den Kopf. »Ich glaube nicht. Noch nicht. Sollte ich?«

Frances überlegt einen Moment, während sie Olivenöl auf ihr Brot träufelt, Salz darüber streut, eine dünne Scheibe Parmesan darauf legt. Dann beißt sie ein Stück ab, kaut kurz, schluckt zu früh und spürt, wie das harte Brot im Hals kratzt. »Ich weiß nicht.«

»Dann weiß ich es auch nicht.«

»Kann ich verstehen.«

Frances spürt, wie sich die Last einer angestrengt höflichen Konversation auf sie senkt. Entschlossen schiebt sie das bemalte Kaliko-Zweisitzer-Sofa neben den Kamin und streckt die Hand aus, Philip soll sich neben sie setzen. Aber er bleibt am Tisch hocken und zerbröselt den Weinkorken.

Neunzig lange Sekunden später bricht er das Schweigen: »Ist es etwas Wichtiges? Spielt es eine Rolle?« Er hält inne und korrigiert: »Spielen sie eine Rolle?«

»Ich glaube nicht. Noch nicht. Es ist ganz neu. Beide sind ganz neu.«

»Wie neu?«

»Diese Woche.«

»Beide?«

»Ja.«

»Du könntest also dein Geld noch zurückverlangen?«

»Wahrscheinlich schon. Wenn ich es wollte.«

»Ändert es etwas? Ich meine, für uns?«

Frances blickt auf, zuckt die Achseln und spricht eine kleine, aber wichtige Wahrheit gelassen aus: »Ich weiß es wirklich nicht.«

Philip lehnt sich zurück und starrt seine Frau an. Frances starrt zurück. Philip weiß nicht, was er von der ganzen Sache halten soll. Sein Hirn funktioniert nicht richtig, er kann seine Gedanken nicht in Sätze fassen. Unzusammenhängende Bilder zucken durch seinen Kopf. Bens Geburt. Wie Frances ihn gepflegt hat, als er Lungenentzündung hatte. Ihr erster Skiurlaub. Sie stammen beide aus Familien, die nie nach Frankreich gekommen sind, von den Alpen ganz zu schweigen, und deshalb hatten sie beschlossen, jetzt, wo sie es sich leisten konnten, genau das zu tun, was sie sich vorher nicht einmal hatten vorstellen können. Er und Frances haßten es, Ben fand es toll. Bilder aus einer zehnjährigen Ehe und den zwei Jahren Probezeit davor. In denen er geprüft hat, ob es wirklich das war, was er dachte. Jetzt ist Philip nicht mehr sicher. Vor einer halben Stunde haben sie gemeinsam ihr Abendessen genossen, etwas stimmte nicht, soviel hat er ja geahnt, aber er hatte geglaubt, es wäre ein Problem bei der Arbeit oder etwas mit Ben. Etwas, was sich bei einer Flasche Wein leicht lösen ließ, man brauchte es nur kühl und sachlich zu betrachten. Oder schnell miteinander ins Bett zu gehen. Aber jetzt hat seine Frau Affären. Sie macht Seitensprünge. Was auch immer.

Philips rationale Seite ist nicht besonders überrascht, er wußte eigentlich, daß es irgendwann so kommen mußte. Er hatte selbst ein paar Affären. Die erste war eigentlich nur ein ausgedehnter Seitensprung. Er passierte gleich am Anfang ihrer Ehe, als die Panik so richtig über ihn hereinbrach, als ihm dämmerte, daß er sich lebenslänglich auf etwas eingelassen hatte. Die Frau war eine Kollegin, ein neues Projekt hatte sie zusammengebracht, sie waren zwei Wochen auf Geschäftsreise in New York, Frances konnte wegen ihrer Arbeit nicht mit, also fuhr Philip allein und ging jede Nacht mit Alison ins Bett. Sie hatten nichts gemeinsam außer ihrer Vorliebe für Bagels mit Lachs und ihrer Arbeit, deshalb flaute die Leidenschaft nach ein paar Tagen im Londoner Büro wieder ab. Alison wechselte in einen größeren Betrieb mit einer gut versteckten Decke aus getöntem Glas, und Philip mußte jedesmal an sie denken, wenn er in ein Stück Räucherlachs biß. Aber auch nur dann.

Seine zweite Affäre war etwas ernster. Über einen Zeitraum von vier Jahren ging Philip ziemlich regelmäßig mit der Freundin seines besten Freundes ins Bett. Schlief mit ihr, feierte mit ihr und plante nach einer Weile sogar ein Leben mit ihr. Philips Pläne waren taktische Luftschlösser, ein schneller Ausweg aus der Realität und nie wirklich ernstgemeint. Aber Claires Pläne waren echt. Bei ihren langen nächtlichen Gesprächen kamen sie leider nie dazu, einander die Wahrheit ihrer jeweiligen Wünsche zu vermitteln. Schließlich wurden Claires Zukunftspläne so konkret, daß sie beschloß, ihren Mann Michael wegen Philip zu verlassen. Sie wollte allen Ernstes wegen Philip ihren Partner, mit dem sie seit sechs Jahren zusammen war, und ihre gemeinsamen dreijährigen Zwillinge verlassen. Oder die Kinder mitnehmen. Was Philip lieber war. Aber als er sich vor die Wahl gestellt sah, gestand Philip ihr, daß er die Affäre zwar gern für den Rest ihres Lebens fortsetzen wollte, aber Frances niemals ihretwegen verlassen würde. Claire war für ihn eine sehr gute zweite Wahl, aber eben nur das. Es tat ihm leid, und er hoffte, sie würde ihn verstehen. Sie stritten sich verbittert und gefährlich bei heimlichen Nachmittagstreffen und in Telefongesprächen. Schreckliche Drohungen, die Wahrheit zu offenbaren, wurden ausgestoßen. Bis Claire endlich erschöpft, voller Whisky und bitterer Erkenntnis aufgab. Jetzt unternehmen die beiden Familien gelegentlich gemeinsame Wochenendausflüge, die beiden Frauen lachen über die Vertrautheit der Männer – Fußball und Bier – und wünschen sich insgeheim, sie hätten auch mehr gemeinsam. Ihre drei Kinder spielen fröhlich miteinander, trotz des Altersunterschieds, und Frances hat nie die Wahrheit erfahren. Nicht offiziell jedenfalls, nicht en detail.

Aber Frances hat immer geahnt, daß etwas vorgefallen war. Deshalb hat sie jetzt auch das Gefühl, daß sie Philip die Wahrheit über Cushla und David sagen kann. Sie hat den Gleichheitsgrundsatz auf ihrer Seite, wenn vielleicht auch nicht das moralische Recht. Und obwohl er das nicht so direkt zugeben will, weiß das auch Philip. Er weiß, daß sie jetzt an der Reihe ist. Wie bei den anderen Kompromissen in ihrer erfolgreichen Ehe ist ihm klar, die Tatsache, daß sie seine Affären stumm hinnimmt und ignoriert, ist nur ein weiterer dicker Backstein auf dem Weg, den sie gemeinsam pflastern. Er ist dankbar, daß sie ihn nie zur Rede gestellt hat. Er ist dankbar, daß sie erst jetzt dazu gekommen ist, es ihm gleichzutun.

Doch im vorliegenden Fall ist er der Verletzte, und aus der Opferrolle kann man immer ein wenig Macht herausschlagen. Er möchte einen Wunsch äußern. Frances stimmt zu, ehe sie weiß, was es ist. Eingekeilt zwischen Sehnsucht und Schuldgefühlen fühlt sie sich so schlecht und so gut, daß ihr eigentlich keine andere Wahl bleibt. Gespannt wartet sie, daß Philip den Wunsch äußert. Er sagt ihr, er will, daß sie Cushla und David zum Essen einlädt. Er möchte die beiden Affären kennenlernen. Frances ist ungeheuer erleichtert, denn er hätte ja ganz andere Dinge verlangen können. Mit diesem Wunsch hat sie keine Probleme. Eigentlich gefällt ihr die Idee sogar, die beiden zusammen zu sehen. Für Philip ist das Essen ein Test. Er will Cushla und David beim Sprechen, Essen, Trinken beobachten. Er wird zulassen, daß Frances eine Affäre hat, schließlich steht es ihr zu. Aber nur eine. Und er wird bestimmen, welchen Partner sie haben darf.

Frances und Philip räumen zusammen den Tisch ab und kratzen vertrocknetes Brot und Blutreste in den Mülleimer. Frances spült die Teller ab und belädt die Geschirrspülmaschine, er wäscht unter heißem Wasser die Gläser, poliert sie mit einem weichen Tuch und stellt sie behutsam umgekehrt in den Schrank. Mit Sorgfalt und Sympathie bewegen sie sich aneinander vorbei. Sie berühren sich nicht. Sie reden wenig, nur eine kurze Diskussion über Bens neuen Lehrer, ein paar Sachen für die Einkaufsliste. Beide wirken erstaunlich gelassen. Nachdem Eßzimmer und Küche sauber und ordentlich sind, machen sich Frances und Philip auf den Weg nach oben in ihr Schlafzimmer, wo sie – wortlos, um ihren Sohn im Nebenzimmer nicht zu wecken – anfangen, sich zu hauen und zu schubsen. Behutsam und geschickt landen die Fäuste auf dem lässig gedeckten Bauch und Rücken, auf Oberschenkeln und Oberarmen. Frances und ihr Ehemann verprügeln sich. Sie fängt damit an, verwirrt und aufgeregt über seine Reaktion auf ihre Beichte, knallt ihm eine, halbnackt, beim Ausziehen. Sie boxt ihn in die Nieren, als er ihr den Rücken zuwendet, und wirft ihn aufs Bett. Er reagiert ebenso wild, wütend, daß sie ihn betrogen hat, in den Bann geschlagen von dem Gedanken an das bevorstehende Essen.

Frances und Philip sind gleich stark und auch ungefähr gleich zornig. Sie tritt ihn gegen das Schienbein, er zieht sie an den Haaren, sie kratzt mit ihren kurzen, aber kräftigen Fingernägeln der Länge nach über seinen Rücken, er versetzt ihr vier rasche Faustschläge hintereinander in den Solarplexus. Das ist nicht ihr normales Benehmen, sie haben so was noch nie gemacht, es ist nicht etwa ein regelmäßiger Bestandteil ihres nächtlichen Geschlechtsakts. Es ist eine körperliche Aussprache über das, was ihr nettes Leben, ihr hübsches Haus und ihre hart erkämpfte gesellschaftliche Stellung ihnen verbietet, laut zu sagen. Ein moderner Mann mit beruflichem Erfolg und eine postfeministische Mutter mit heilerischen Fähigkeiten vermöbeln sich nach Herzenslust, weil sie zu gut gedrillt sind, um dem anderen neue Erfahrungen zu verbieten. Weil sie nicht wissen, was sie sonst sein sollen. Sie sind in den Liberalismus der Sechziger hineingeboren, in der Freiheit der Siebziger aufgewachsen, durch die Gier der Achtziger noch großzügiger geworden und haben das Licht der Neunziger als fertiges Paar erblickt. Man erwartet von ihnen, daß sie verstehen, sich kümmern, offen und liebevoll sind. Außerdem müssen sie tapfer und individuell gefestigt sein, bereit, Risiken einzugehen, sie müssen sich als separate Seelen anerkennen und einander sowohl Nähe als auch Freiheit zugestehen. Sie wollen, daß ihre Ehe funktioniert. Sie wollen sich als Individuen weiterentwickeln. Sie wissen, was richtig ist. Aber jetzt sind sie stinkewütend, weil niemand je ein Sterbenswörtchen darüber verloren hat, daß Partnerschaft und Selbstverwirklichung einander meistens ausschließen.

In einem dunklen Zimmer gehen Frances und Philip schlafen, über sich und unter sich Baumwollaken. Das sanfte Schnurren der Zentralheizung hält sie warm. Die Vorhänge sind offen, von draußen blickt der Vorstadthimmel herein, während sich auf dem perfekten Rasen der Frost einnistet. Erschöpft und erschrocken halten sie sich in den Armen. Sie schlafen nicht miteinander. Das wäre zwar nicht untypisch, aber sie sind schließlich kein Pornofilm. Und für eine Nacht haben sie genug körperliche Erregung hinter sich.

Unausgeschlafen und wund erwacht Frances schon eine Stunde vor ihrem Sohn. Philip kommt zu ihr in die Dusche, und sie küssen sich gegenseitig auf die blauen Flecke, sind zärtlich, edelmütig und schweigsam. Dann wecken sie ihren Sohn und genießen ein Familienfrühstück mit fettreduzierten Frühstücksflocken, Eiweiß-Omelettes, magerer Milch und koffeinhaltigem Kaffee. Sie hüpfen alle in den Wagen und hören unterwegs Nachrichten im Radio. Frances bringt Ben in dem neuen Audi zur Schule, setzt Philip bei seinem Zug ab und fährt selbst zur Arbeit, wo sie umgehend eine kaputte Parkuhr findet und ohne Zögern in die kleinste Lücke einparkt, die sie je probiert hat. Frances und Philip rufen sich an diesem Tag viermal an und eilen nach Hause, um sich in den Armen des anderen auszuruhen. Sie ertragen ihre Schmerzen gemeinsam und sind ein perfektes Paar.

Cushla ist zum Abendessen eingeladen. Den ganzen Tag wird sie mit den Vorbereitungen verbringen, denn sie weiß, das Essen heute abend ist von lebenswichtiger Bedeutung. Sie spürt es in der Luft, kann die Tragweite fast greifen, kriegt sie aber nicht zu fassen. Unruhig verdöst sie den Vormittag und versucht Schlaf nachzuholen. In letzter Zeit schläft sie nicht besonders gut. Ihr Körper veranstaltet zuviel Lärm.

Draußen hat London schon ein Achtel des normalen Arbeitstages hinter sich. Jedenfalls die Leute, die nicht einkaufen. Es ist die letzte Woche vor Weihnachten, und die Straßen sind verstopft von lauter müden Eltern und nörgelnden Kindern, die zweihundert Stunden mit Vorbereitungen für anderthalb Tage getarnter Langeweile zubringen. Doch die Straßen haben neue Ziele vor Augen. Dekorationen, die seit Anfang November fehl am Platz gewirkt haben, gewinnen an Bedeutung und fangen an zu glitzern, obwohl sie schon sechs Wochen Staub angesammelt haben. In den Büros bemüht sich jeder, die Papierberge bis zur Weihnachtspause abzubauen. Der Eifer gilt nicht unbedingt den wartenden Kunden und Klienten, die natürlich trotzdem von Herzen dankbar sein werden, daß ihre Bestellung vor der zweiwöchigen Pause weitergeleitet worden ist, nein, es wird auch deshalb mit Volldampf gearbeitet, weil man, wenn man möglichst viel am Vormittag erledigt, in der Mittagspause länger einkaufen und abends früher Schluß machen kann, solange die Läden noch offen haben. Oder weil man dann schneller zur Weihnachtsfeier abschwirren kann. Die Damentoiletten sind wahre Sarkophage für Partykleider, die sich dreifach übereinander in Reinigungstüten an den Wänden stapeln.

Heute ist der Abend, an dem Janet von der Verkaufsabteilung und Sophie von der Buchhaltung ihren Lidstrich noch dicker auftragen als sonst und sich in winzige Kleider zwängen, um zu beweisen, daß sie genauso elegant und sogar noch weitaus wundervoller sind als Caroline und Victoria, die leitenden Verkaufsangestellten, die in ihrem Büro ein und aus segeln, von einem wichtigen Geschäftsessen zum anderen. Janet und Sophie irren sich allerdings, wenn sie glauben, sie könnten Caroline und Victoria das Wasser reichen. Nicht, weil ihre Klamotten vom Top Shop und von Mark One stammen statt von Karen Millen und Nicole Farhi, sondern weil Janet und Sophie – obwohl alle vier Frauen fünfundzwanzig sind – aus Erfahrung wissen, daß ihnen noch im Lauf derselben Nacht schlecht wird, wenn sie Büro-Sekt auf leeren Magen trinken. Janet und Sophie bereiten sich gezielt darauf vor: Viertel nach vier ziehen sie los, holen sich jede einen Hamburger und teilen sich eine große Portion Pommes. Zum Nachtisch gibt's für jede einen Milchshake. Caroline und Victoria dagegen verzichten den ganzen Tag auf jede Nahrungszufuhr, damit sie besser in ihre sündhaft teuren Klamotten passen, die sie sich eigens zu dem Zweck gekauft haben, um sich gleicher als die anderen zu fühlen.

Ungefähr um acht wird Caroline ihr neues diagonal geschnittenes Seidenkleid von oben bis unten vollkotzen, und eine Stunde später wird Victoria ihren unglaublich engen Rock sprengen, wenn sie versucht, im Vollrausch zu pinkeln. Aber Janet und Sophie lassen sich genüßlich vollaufen, schieben mit dem Freund einer anderen eine schnelle Nummer in einem menschenleeren Teil des Gebäudes – niemand gibt sich mehr mit dem Fotokopierraum ab, da ist es viel zu heiß –, und dann sitzen sie kichernd in der letzten U-Bahn und fahren in aller Ruhe nach Hause. Alle vier Frauen werden am nächsten Morgen mit einem höllischen Kater und heftigen Reuegefühlen aufwachen. Allerdings haben nur zwei von ihnen dreihundert Pfund ausgegeben, um in den Genuß dieses Privilegs zu kommen. London tut sich gütlich an unpassenden Vorbereitungen für den Jesus-Geburtstag, und Cushla wälzt sich in tiefer, sorgenvoller Unruhe.

Schließlich ziehen sich die aufdringlichen Träume zurück, und der Schlaf wird leicht genug, daß sie aufwachen kann. Erst spät rutscht sie endgültig aus den Federn und beginnt ihre täglichen Waschungen. Zuerst stellt sie sich bei geschlossenen Vorhängen und Festtagsbeleuchtung splitterfasernackt vor den Spiegel. Der dünne, drahtige Körper strahlt sie an, die blonde Mähne massiert ihr den Schlaf von den Schultern. Sie inspiziert Gesicht und Körper nach Veränderungen. Nichts zu sehen. Aber wie immer morgens spürt sie, daß sich unter ihrer linken Brust etwas regt. Unter der zarten Haut sieht sie das Pulsieren eines wachsenden Herzens. Sie verflucht ihren Körper, der sie Nacht um Nacht betrügt und von neuem ein Herz heranwachsen läßt. Jeden Morgen schneidet sie es heraus. Zwar kann Cushla nach Lust und Laune ihre körperliche Gestalt wechseln, aber den Wünschen ihres Körpers steht sie machtlos gegenüber. Und ihr Körper will immer noch Josh. Ihr Körper denkt an ihn, im Schlafen wie im Wachen. Josh spricht mit ihr in ihren Träumen, und wenn sie erwacht, ist sie traurig und bitter, daß er nicht da ist. Sie liebt Josh nicht, aber sie fühlt ihn. Fühlt, wie sein Geist sie umschwebt, fühlt seine Abwesenheit neben sich. Das erste Herz, das für Josh gewachsen ist, hatte keine Zeit, um groß genug zu werden für die Liebe. Aber es war lange genug da, um der Herzhöhle und damit auch allem, was in ihr entstehen würde, beizubringen, ihn zu vermissen. Sie will ihn nicht, aber sie vermißt ihn. Das ist schrecklich, und es tut weh.

Sie begutachtet sich sorgfältig im Spiegel und hebt dann das Messer an die Brust. Inzwischen hat sie das Jagdmesser so oft benutzt, daß sie es routinemäßig schleift, ehe sie abends zu Bett geht. Mit geübter Hand macht sie einen siebeneinhalb Zentimeter langen Einschnitt in die fettfreie Haut, zieht das Fleisch so weit auseinander, daß sie mit zwei Fingern und dem Daumen in die Höhlung greifen kann, und zerrt das zarte pulsierende Organ heraus. Sie paßt gut auf, daß sie keine Vene durchschneidet, und zum Glück sind die Venen unter der dünnen Haut gut zu sehen. Schlimm genug, daß sie jeden Morgen diesen ganzen Akt durchziehen muß – wenn sie auch noch das Blut von einer versehentlich durchtrennten Blutader aufwischen müßte, wäre das wirklich unerträglich. Cushla zerrt also an dem pumpenden Herzen, spürt, wie es sich lockert und sich schließlich herausziehen läßt. Die Herzwurzeln graben sich nachts tief in ihren Körper, und so zieht sie nun einen winzigen Fleischklumpen mit unsichtbaren, aber weitwuchernden Ranken heraus. Ihr Körper reagiert mit einer unwillkürlichen Verkrampfung, der Magen zieht sich zusammen, der Rücken beugt sich, die Beine klappen zusammen, sie stürzt zu Boden, ihre Scheide wölbt sich nach oben, weil von innen an ihr gerissen wird. Als Cushla das Herz zum ersten Mal entfernt hat, war sie erleichtert, aber jetzt schreit sie auf, wenn sie es herausrupft und dann blutend und stockend in der Hand hält. Nach einer Minute hört es ganz auf zu schlagen, und sie öffnet eine Dose, die auf der Arbeitsplatte in der Küche wartet und bereits neun weitere Herzen enthält. Schnell läßt sie das zehnte hineinfallen und stellt das Glas zurück in den Kühlschrank. Als sie die Tür schließt und das Licht ausgeht, glühen die Herzen ein wenig in der Dunkelheit.

Jetzt macht sie sich sauber und beginnt mit dem Zauber, der die Naht verschwinden läßt. Stiche sind zu umständlich, so etwas kann man sich nicht jeden Tag leisten, und obwohl der Zauber anstrengend ist, ist es wesentlich leichter, Frances zu erklären, daß sie müde ist, als jeden Tag eine Begründung für eine neue Narbe zu erfinden. Der Zauberspruch ist lateinisch, alchimistisch und kabbalistisch. Ein Mischmasch aus halb vergessenen Zaubertränken aus dem Studierzimmer des Königs und halb gehörten Flüchen aus der Zeit, als die Königin versuchte, ihr das Stricken beizubringen. Was die Magie betrifft, herrscht in ihrem Kopf ein ziemliches Durcheinander. Cushla weiß, daß ihre Tutoren zu Hause im Palast schwer enttäuscht von ihr wären, denn sie haben ihr einen besseren Unterricht angedeihen lassen. Genaugenommen ist sie von sich selbst enttäuscht. Andererseits ist Cushla nicht gerade in einer Position, sich zu beklagen. Gefallene Prinzessinnen können nicht allzu wählerisch sein. Als die Naht geheilt ist und der Tisch abgeräumt, schläft sie noch eine Runde. Diesmal kommen keine Träume. Cushla wirft ihre Tage weg, um die Vergangenheit wettzumachen.

Spätnachmittags wacht sie auf und fühlt sich schon wesentlich mehr wie sie selbst. Sie duscht, und als sie ihren flachen Bauch abtrocknet, fällt ihr ein, daß sie etwas essen könnte. Schnell geht sie zum Kühlschrank. Da steht ein alter Joghurt mit Karamelgeschmack, mit um zwei Wochen überschrittenem Haltbarkeitsdatum, ein verschrumpelter Apfel und ein großer Brocken vertrockneter Käse. Außerdem natürlich die Herzen, alles gesundes rotes Fleisch, jung und zart. Man sollte es nicht verkommen lassen. Vielleicht sollte sie eine leckere Hackfleischsauce daraus zubereiten, mit frischem Basilikum und Oregano und reichlich Knoblauch. Irgendwo lagern noch ein paar Dosen saftige italienische Eiertomaten. Sie hat Hunger, sie sollte wirklich was anfangen mit dem ganzen Fleisch. Statt dessen greift sie nach dem Käse und knabbert ein Eckchen davon ab. Wirklich schade, früher hat sie so gern gekocht. Aber in letzter Zeit hatte sie einfach zuviel anderes auf dem Herzen.

Was Cushla wirklich braucht, ist jemand, der sie von den Gedanken an Josh ablenkt. Und genau das wird sie kriegen.

Philip, erfolgreicher Geschäftsmann und betrogener Ehegatte, ist bereit. Er hat den Morgen mit Einkäufen verbracht, während seine Frau sich dem Hausputz widmete. Natürlich haben sie eine Putzfrau, Rosie, die zweimal pro Woche saubermacht. Eine Studentin, die sich mit Putzen ihr Studium finanziert. Sie erledigt ihre Arbeit sehr ordentlich, aber heute wollte Frances sich selbst um ihr Haus kümmern. Also jagt und sammelt Philip im Supermarkt. Er befingert die Tomaten und begutachtet den Rinderbraten, er wiegt die Lammkeulen gegeneinander ab, und seinem geübten Auge entgeht kein noch so raffinierter Versuch, ihn um hundert Gramm von diesem oder jenem zu betrügen. Als triumphierender Höhlenmensch kehrt er zurück, umwelt-unfreundliche Plastiktüten im Schlepptau. Nach dem Einkaufen bringt Philip seinen Sohn zum schulischen Fußballturnier und setzt ihn danach, schmutzverkrustet und in Hochstimmung, fürs Wochenende bei Freunden ab. Philip selbst kehrt nach Hause zurück und beginnt mit den langwierigen Vorbereitungen fürs Abendessen, begleitet von den Manic Street Preachers, die aus dem CD-Spieler in der Küche dröhnen. Philip ist ein sehr erfolgreicher Mann Ende Dreißig. Eigentlich bevorzugt er Jazz und die alten Blues-Sachen. Aber er legt auch großen Wert darauf, vielseitig zu sein.

Philips Frau Frances, Heilerin und Ehebrecherin, ist ebenfalls bereit. Sie hat das Haus geschrubbt und gewienert, dunkle Ecken mit Desinfektionsmittel besprüht und Tischplatten mit Möbelpolitur gesalbt. Sie hat überall saisonal unübliche, teure Blumen aufgestellt, in jedem Zimmer, das die Gäste möglicherweise betreten werden, und in einigen anderen, in die sie auf verlängerten Ausflügen zur Toilette im Obergeschoß vielleicht die Nase stecken. Sie ist durch die Räume gewandert und hat sich gefragt, welchen der beiden Kandidaten ihr Ehemann wohl für sie aussuchen wird. Bei jedem soeben abgestaubten Fenstersturz ist sie stehengeblieben und hat sich über ihren verkrampften Magen und ihre zusammengebissenen Zähne Gedanken gemacht. Aber sie hat keine Antwort gefunden, was für einen sonst so in sich ruhenden Menschen eigentlich ganz untypisch ist. Frances weiß nicht recht, was sie will. Aber sie genießt es trotzdem. Die Spannung, die Unruhe. Aber schließlich wird es ihr doch zuviel. Sie läßt Staubtuch und Möbelpolitur im Eßzimmer und rennt zu ihrem in der Küche beschäftigten Ehemann. Sie lieben sich auf der hölzernen Arbeitsplatte und werden dabei von einem fröstelnden Eichhörnchen beobachtet. Als Frances sich wieder an die Putzarbeit macht, riecht sie die Knoblauchmarinade auf ihren Oberarmen und Brüsten. Aufgetragen von den Händen ihres Ehemanns. Sie wird alles sorgfältig abwaschen, wenn auch mit einem gewissen Bedauern.

Frances' und Philips heißgeliebter und gelegentlich auch lästiger Sohn Ben ist übers Wochenende zu seinen Cousins geschickt worden. Ben liebt seine Cousins, fünf an der Zahl, die Kinder von Philips Schwester, alle ungefähr in seinem Alter, in ein wesentlich kleineres Haus gepfercht, sozusagen eine Neuinszenierung der Waltons aus Süd-London. Bei ihnen legt Ben auf der Stelle und ohne Zögern sein Einzelkindbenehmen ab, seine Tendenz zu altkluger Erwachsenenkonversation und nicht altersgemäßer Verantwortung, wird laut, ungestüm und gelegentlich ziemlich nervig. Das tut ihm gut. Und Philip bezahlt seiner weniger wohlhabenden Schwester einen guten Tagessatz für ihre Mühe. So hat jeder was davon.

David hat sich sehr sorgfältig auf den Abend vorbereitet. Er freut sich, er hat bekommen, was ihm zusteht, und ist bereit, in die Endphase seiner Mission einzutreten. Frances hat ihm nur in ganz groben Zügen von dem zweiten Dinner-Gast erzählt, aber er ist in diesem Fall besser informiert als Frances. Er ist nicht sicher, ob Cushla ihn erkennen wird, aber er geht davon aus. Die gemeinsamen genetischen Signale können ihr unmöglich verborgen bleiben. Der Prinz ist aufgeregt. Wenn er Frances berührt, spürt er die elektrische Spannung seiner Schwester auf ihrer Haut. Wieviel intensiver die Spannung sein wird, wenn er mit ihr gemeinsam in einem Zimmer steht! David ist noch nicht auf die Idee gekommen, sich Sorgen wegen Philips Reaktion zu machen, er hat nicht daran gedacht, daß es beim Essen vielleicht noch eine andere Tagesordnung geben könnte. Die Königliche Familie ist berüchtigt dafür, daß sie bisweilen recht eingleisig denkt.

Cushla ist entsetzlich nervös. Die Zügel sind ihr aus der Hand genommen worden. Sollte es heute abend eine Szene geben, würde sie zumindest wissen, was sie zu tun hätte, aber sie macht sich ziemlich Sorgen, daß das Paar, mit dem sie den Abend verbringt, nicht unbedingt bei solch traditionellen Verhaltensweisen Zuflucht sucht. Frances' Wunsch, daß Cushla und ihr Mann sich kennenlernen, macht ihr Sorgen. Und es macht ihr Sorgen, daß der Ehemann sie kennenlernen will. Das ist zuviel partnerschaftliches Verständnis für Cushla, da sind die Folgen nicht mehr berechenbar. Außerdem ist da noch etwas im Busch. Sie legt keinen Wert darauf, den Abend mit dem glücklichen Paar und einem unbekannten weiteren Gast zu verbringen. Cushlas Innenleben ist durcheinander, ihre Haut kalt, ihre Muskeln verspannt. Einen ganzen Tag hat sie damit verbracht, sich zu beruhigen und auf alles vorzubereiten. Sie hat sich die Zeit genommen, Präzedenzfälle zu studieren. Aber es gibt keine. Sie hat Runen geworfen, Tarotkarten gelegt und die Wolken gelesen. Auch das hat die Sachlage nicht geklärt. Wenn ihre Großmutter väterlicherseits sich ein bißchen Herzensbrecherei gönnte, so war es immer nur als Beigabe zu dem Balzritual gedacht, das sie mit Cushlas Großvater spielte. Also ein für heiratsfähige Prinzessinnen völlig normales Phänomen. Aber es war keine Lebensarbeit. Im Gegensatz zu dem, was Cushla sich vorgenommen hat, war es im Grunde bedeutungslos. Heute abend muß Cushla improvisieren, sie muß sich ganz auf ihre Instinkte verlassen – und genau das ist ihr Dilemma. Bevor das Herz zu wachsen begann, konnte Cushla ihrer Intuition hundertprozentig vertrauen, sie brauchte keinen konkreten Plan, sie wußte einfach, was zu tun war, denn der Weg, den sie eingeschlagen hatte, bestimmte den nächsten Schritt. Jetzt jedoch wird ihr Körper nicht mehr nur von der Macht ihrer Ziele getrieben. Heute abend muß Cushla bestimmte Bereiche ihres Körpers genau kontrollieren, muß Herz und Verstand trennen, die sich seit kurzem ständig miteinander verquicken. Bestimmte Vorkehrungen hat sie bereits getroffen. Sie hat das Herz heute vormittag erst möglichst spät entfernt und es bis zur letzten Minute schlagen gelassen. Andererseits frühzeitig genug, daß das Blut Zeit zum Gerinnen hatte, denn der Zauber braucht eine Weile, um unter den Schorf der neuen Wunde zu dringen. Aber das Herz darf nicht zu bald wieder zuviel Wissen ansammeln. Das Timing erfordert Urteilsvermögen und ständige Überprüfung. Aber sie denkt, daß sie sicher sein kann. Solange sie Frances' Haus etwa um Mitternacht verläßt, müßte eigentlich alles bestens klappen.

Eine Viertelstunde bevor die Gäste eintreffen, öffnen

Frances und Philip eine Flasche billigen Champagner. Philip schenkt jedem ein Glas ein, und Frances leert ihres in einem Zug.

Als erster kommt David. Er hat einen neuen Anzug an, duftet unaufdringlich köstlich und ist ausnehmend charmant. Zart und fein steht er auf der Schwelle, gerade so, daß das Licht seine vollkommenen Backenknochen am vorteilhaftesten in Szene setzt. Noch auf der Schwelle überreicht er guten Champagner und hellrosa Rosen, tauscht einen schnellen heimlichen Kuß mit Frances und folgt ihr dann in die Küche zu Philip. Bei Frances und Philip hält man sich vor dem Essen immer in der Küche auf, damit der Koch – oder die Köchin – auf keinen Fall etwas vom Abend verpaßt. Die Küche ist lang und geräumig und so eingerichtet, daß die elegante Beleuchtung die Gesichter der Gäste vor den Halogenverwüstungen des Kochbereichs bewahrt. Es riecht intensiv nach Knoblauchmarinade. Gerade übergießt Philip eine große Lammkeule mit der Brühe aus Blut, Fett, Wein und halb zerkochten Rosmarinzweigen. Er schiebt die Pfanne zurück in den Backofen, wischt sich die Hände an einem Geschirrtuch ab und begrüßt den Prinzen.

»Es freut mich so, daß Sie kommen konnten«, ruft er und drückt Davids ausgestreckte Hand mit beiden Händen. David spürt, wie die Marinade in seine teuer duftende Haut eindringt. »Ich fürchte, Sie müssen hier mit uns vorliebnehmen, ohne Aperitif-Zeremoniell. Frances? Drinks?«

Frances hält ihm die Flasche Dom Perignon unter die Nase, die ihr Gast mitgebracht hat.

»Wundervoll«, ruft Philip. »Dann machen wir die andere Flasche erstmal leer und heben die hier für den zweiten Gast auf, ja?«

David freut sich auf den zweiten Gast. Fünf Minuten vor

ihrem Zusammentreffen spürt er Cushlas Nähe wie körperliche Wärme. Behutsam legt Philip den Champagner in den Kühlschrank und schenkt dem Prinzen ein Glas aus der bereits geöffneten Flasche ein. Frances offeriert japanische Cracker, Pistazien und warme Ciabatta mit selbstgemachter Tapenade. David lehnt das Essen dankend ab und nippt an seinem Champagner; er möchte seine Sinne nicht frühzeitig überfordern. Frances ißt zehn Pistazien blitzschnell hintereinander und erstickt fast an der letzten. David streichelt ihr sanft über den Rücken, die Nuß rutscht weiter, aber jetzt schnürt sich Frances' Kehle vor Erregung zu, und Davids Berührung schickt unter ihrem langen Seidenrock einen Schauer vom Nabel zur Möse. Die beiden Männer beobachten einander, sie spielen die Rollen von Ehemann und Gast absolut perfekt. Keiner von beiden weiß, daß der andere Pläne für den Abend hat, und beide wissen, daß Frances' Parfüm zu aufdringlich riecht. Die Knoblauchmarinade hat eine Menge Schaden angerichtet, genau wie Philip es beabsichtigte. Während Philip mit den Artischocken fortfährt, bewundert David den nächtlich beleuchteten Garten, und Frances kippt noch ein Glas Champagner. Keine Chance auf Ruhe, denn die Manic Street Preachers sind inzwischen übergangslos von Billie Holiday ersetzt worden. Philip klappert mit Töpfen und Pfannen, Frances plappert nervös. Zwei Minuten vor Cushlas Ankunft weiß David, daß ihr Taxi gerade vor dem Haus wendet. Er richtet sich auf, klopft seinen Anzug ab und spannt das schöne Gesicht an. Die Türklingel ertönt.

Frances springt auf, schlägt David das kaum angenippte Glas aus der Hand und verschüttet Champagner über seinen Anzug. Vor Schreck über den Lärm läßt Philip die Fettpfanne fallen, und aus dem Nichts erscheinen zwei Katzen, wild entschlossen, sich die Zunge an den zerfließenden Flüssigkeiten zu verbrennen. Marinade läuft über die Bodenfliesen, sickert in die Fugen und färbt das teure Fugenweiß blutrot. Frances wendet sich von David ab, um ihrem Mann zu helfen, rutscht auf einer Pfütze aus Champagner und Öl aus und knallt mit dem Kopf gegen das in Augenhöhe angebrachte Fenstergitter an der Tür. David rückt unauffällig aus der Reichweite der fetten Katzen.

Die Türklingel schrillt ein zweites Mal, schon etwas energischer. Cushla ist es nicht gewohnt, daß man sie warten läßt. Bereit und makellos steht sie vor der Tür, sie hat heute abend nicht ewig Zeit, nur vier Stunden, in denen sie ihre Vollkommenheit so gut wie möglich einsetzen will. David lacht; auf seinem maßgeschneiderten Anzug sieht man die Champagnerspritzer nicht. Er steht auf und geht zur Tür. Hinter ihm zischen sich Frances und Philip leise an, schneidende Vorwürfe wegen Lammkeule und Champagner, weil Frances soviel getrunken und Philip soviel Knoblauch verwendet hat. Die Katzen springen unter den Salven ihres gedämpften Zorns zur Seite. Die Eheleute streiten sich über Nichtigkeiten, weil sie sich nicht trauen, dem wirklichen Problem ins Auge zu sehen.

Die Klingel scheppert zum dritten Mal. Cushlas Finger rutscht fast ab, als sie plötzlich durch Holz und Fenster spürt, wer da auf sie zukommt. David öffnet die Tür. Cushla steht vor ihm. Ihr nachwachsendes Herz macht einen Sprung und schwillt mächtig an. Keine Begrüßung ist nötig, ihre Haut weiß alles, was not tut. Jetzt könnten sie noch entfliehen, würden es auch tun, aber ehe sie die Chance haben, sind Frances und Philip hinter ihnen, Cushlas schwerer Wollmantel wird ihr abgenommen, der goldene Samt darunter entblößt, ihr Täschchen weggelegt. Dann werden die Gäste ins Wohnzimmer geführt und bekommen Drinks und Knabberzeug. Währenddessen beseitigt Frances den Schlamassel in der Küche. Schließlich verläßt auch Philip die Gäste für einen Moment. Cushla sieht David an. Sie lächelt etwas verkniffen. Er erwidert ihre Herzlichkeit und reicht ihr scharfknochig die Hand. Noch immer haben sie kein Wort gewechselt. In der Berührung ihrer Finger liegt ein Meer aus Vergangenheit und möglicher Zukunft. Das Wunder seiner Haut trifft Cushlas Herz wie ein Schlag. Es ist, als berührte sie sich selbst, nur besser, weil sie nicht weiß, was als nächstes geschieht. Aus diesem Grund ist es auch weit schlimmer. Sie würden sich noch mehr anfassen, aber die Stille wird brutal durchbrochen durch eine Stimme aus dem Eßzimmer nebenan. Das Essen steht auf dem Tisch.

Die Doppelpaarlösung ist nie eine sonderlich gute Idee für eine Dinnerparty. Sie ist einfach zu riskant. Womöglich fängt ein Paar an zu streiten, und dann sitzt das andere unbehaglich da und wird Zeuge artikulierter Wut oder – noch schlimmer – von unartikuliertem, aber dennoch überdeutlich zum Ausdruck gebrachtem Haß. Kommen die Paare dagegen untereinander gut aus, so besteht die Gefahr akuter Langeweile. Er und sie sind so vertraut, daß kein Bedarf an Konversation besteht. Einer macht eine Bemerkung, und das andere Pärchen antwortet simultan. Dann lachen sie laut über ihre offensichtliche Zusammengehörigkeit und reiben Salz in die Wunde der vollkommenen Wahl. Das wiederum veranlaßt das andere Paar, in den Kampf um die Überlegenheit in Sachen Traumpartner einzusteigen. Ich weiß, wie sehr sie dieses oder jenes mag ... ich werde nie vergessen, daß er ... und so weiter und so fort in der Litanei des fest verschweißten Ehebunds. Natürlich gewinnt das Paar, das gänzlich auf den Gebrauch der ersten Person Singular verzichtet hat. Ihnen gehört das permanente Wir. Das permanente Wir, das zu zerschmettern Cushla sich vorgenommen hat.

Nur sieht es jetzt so aus, als würde Cushla selbst zum Wir. Allerdings begreift sie das noch nicht. Auch David hat es noch nicht bemerkt, denn er ist vollkommen in den Bann seiner großen Schwester geschlagen, über die er soviel gehört hat, der er so lange auf Distanz gefolgt ist – und jetzt sitzt sie mit ihm an einem Tisch, nur eine Duftkerze entfernt. Cushla und David könnten jetzt einfach aufstehen und gehen, die ganze Nacht gemeinsam verbringen, groß und schlank und ganz aufeinander abgestimmt, sich berühren, ohne zu sprechen, zusammensein, ohne das Bedürfnis, die Position zu wechseln, es sei denn, um die Schönheit des anderen besser bewundern zu können. Aber das wäre unhöflich, und Ihre Majestät hat stets betont, wie wichtig es ist, selbst beim ödesten Staatsbankett zumindest ein paar Stunden lang durchzuhalten. So beantworten sie die Fragen ihrer Gastgeber einigermaßen höflich, beide ein wenig überrascht über Philips Interesse an ihrem Leben, ein wenig besorgt, weil Frances ihm erlaubt, soviel zu bohren, denn sie kennen ja die Gefahren der Wahrheit. Sie essen das gerettete Fleisch und murmeln die angemessenen Lobeslaute, sie hören die Hintergrundmusik und finden sie angeblich sehr passend. Sie preisen das Zimmer und das Haus und werfen alle fünf Minuten einen verstohlenen Blick auf die Armbanduhr. Der Wein fließt über ihre Zungen und bringt den langsamen Prozeß der Trunkenheit in Gang, der allerdings ständig ins Stocken gerät, weil Cushla ihr Glas nur halb austrinkt, um über einen Scherz ihres Bruders zu lachen, oder weil David nicht schluckt, sondern statt dessen das Schimmern des Kerzenlichts auf dem Haar seiner Schwester bewundert.

Philip ist nicht froh. Sein großartiger Plan zu entscheiden, mit wem seine Frau spielen darf, scheint unabwendbar den Bach hinunterzugehen, denn die beiden Kandidaten finden einander sichtlich interessanter als seine Frau. Dazu kommt noch, daß er weder weiß, worüber er sich mit David unterhalten soll – David versucht nicht mal, auf die von Philip angebotenen Themen Börse, Fußball, Autos oder Elternschaft einzugehen –, und auch bei Cushla fällt ihm rein gar nichts ein. Sicher, sie ist sehr schön, daran besteht kein Zweifel, aber sie hat eine Affäre mit seiner Frau. Deshalb hatte er zumindest ein gewisses Maß an lesbischer

Präferenz vorausgesetzt und keine Notwendigkeit für männliche Ränke. Aber da sitzt sie nun und flirtet völlig unverfroren mit David, während sie Frances praktisch ignoriert. Zuerst versucht er es mit intellektuellen Höhenflügen, dann mit gezwungener Heiterkeit, und als keins von beidem auch nur die leiseste Reaktion hervorruft, streicht er schließlich die Segel und stürmt hinaus in die Küche, vorgeblich, um nach dem Winterfrucht-Soufflé zu sehen, in Wirklichkeit jedoch, um sich schnell zwei Whisky hinter die Binde zu kippen und eine leider wenig tröstliche Zigarette zu rauchen.

Frances folgt ihrem Mann in die Küche. Sie ist wütend, weil ihre Gäste ihr keine Beachtung schenken, sie ist sauer auf Philip, weil er die ganze Sache hier inszeniert hat, und sie ist mehr als ein bißchen betrunken. Als Mann und Frau könnten sie sich gegen die Eindringlinge in ihrem Eßzimmer verschwören. Sie könnten sich verbünden, die Gäste verachten, die unter falscher Flagge hier angesegelt sind. Aber statt dessen lassen sie ihre Bitterkeit und Enttäuschung an der Zielscheibe aus, die ihnen am ungefährlichsten erscheint. Aneinander. Die Hypothek ist zu hoch, ihr Sohn ist zu klein, keiner wird den anderen in absehbarer Zeit los.

»Ich kann nicht glauben, daß du wirklich gedacht hast, das wäre eine gute Idee.«

»Dafür hast du dich aber ganz schön schnell überzeugen lassen. Vermutlich hast du erwartet, es würde wunderbar. Bestimmt hast du dich mächtig darauf gefreut, deinen Harem um dich zu scharen. Genau, was das Ego verordnet hat.«

»Philip, das ist Schwachsinn.«

»Frances, du bist betrunken.«

Cushla und David sind nüchtern. Sie streicht Butter auf ein Stück warmes Brot, und ihr Bruder ißt es ihr aus der

Hand. Seine Lippen sind nahe genug, um ihre Finger zu küssen. Sie berühren sich nicht.

»Leck mich, Philip, bei der Sache kommst du mir nicht ungeschoren davon.«

»Frances, du redest einen Haufen Scheiße.«

David lacht über einen Scherz, den Cushla noch gar nicht gemacht hat, und ihr Miniherz schwillt von neuem in ihrer Brust. Sie beugt sich über den Tisch und sagt immer noch nichts. Aber sie wissen, es ist Zeit zu gehen. Cushla steht auf, holt leise ihren Mantel aus dem Flurschrank, David öffnet die Haustür, ruft ihren Gastgebern »Auf Wiedersehen« und »Vielen Dank« zu, aber die können ihn nicht hören, weil sie inzwischen dazu übergegangen sind, sich anzuschreien. David hilft Cushla in den Mantel, sie nimmt seine Hand, und seine Wärme macht sie hellwach. Er streicht ihr die Haare aus dem Mantelkragen, und die blonde Mähne küßt seine Finger. Aus der Küche hört man Geschirr zu Bruch gehen. Cushla lacht. Ihre Mission hier ist erledigt. Sie kann nicht wissen, daß die ihres Bruders gerade erst begonnen hat. Sie schlendern davon.

Frances und Philip schrien sich über einem Meer zerbrochener Teller und viel zu scharfer Knoblauchmarinade an. Die elegante Küche war durchdrungen von trunkener Wut und zerdeppertem Porzellan. Frances bedrohte ihren Mann mit einer Silbergabel, und er parierte mit einem Küchenmesser. Als ihnen klar wurde, daß sie sich in einem gefährlich blutigen Raum befanden, verlagerten sie die Kampfhandlungen in das ungefährlichere Wohnzimmer, wo sie sich bitter beschimpften und Frances' Liebhaber und Philips Untreue ausführlich zur Sprache brachten. Sie kämpften ohne Hände und mit viel zu vielen kurzen Schimpfwörtern.

Cushla sah David an.

Jonathan besuchte Sally nur noch ein einziges Mal, ein letzter Versuch, ihr seine gewandelte Persönlichkeit glaubhaft zu machen. Sally jedoch glaubte nicht an einen Frühling mitten im Winter. Zwar teilte sie ein Take-away vom Chinesen und zwei Flaschen Lambrusco mit ihm, halbnackt und doppelt begehrenswert, aber dann warf sie ihn aus ihrer Maisonette, nicht ohne ihm auf der kalten mitternächtlichen Schwelle von ihrem neuen Liebhaber zu berichten. Die ganzen schmutzigen Einzelheiten des achtzehnjährigen Automechanikers, der oben in dem Bett schlief, das sie und Jonathan zusammen ausgesucht hatten. Jonathan fuhr mit der U-Bahn für unverheiratete Spätheimkehrer nach Hause und übernachtete im Gästezimmer seiner Eltern. In dem Zimmer mit der Rennwagen-Tapete.

Cushla strich mit dem Finger sanft von Davids linker Augenbraue über seine messerscharfen Backenknochen zu dem kleinen Lächeln in seinem Mundwinkel.

Martin und Josh trafen sich auf neutralem Boden in einem unangesagten Restaurant zu einer Versöhnungsdiskussion. Sie bestellten Speisen, die ihnen nicht schmeckten, und hofften dabei, es würde den anderen an frühere gemeinsam eingenommene Mahlzeiten erinnern. Martins Hummercremesuppe und Joshs gebratene Seezunge gelierten blitzschnell von möglicher Nähe zur hastigen Verteilung der jeweiligen Beute. Das Essen war witzlos, denn die Entscheidung war längst gefallen. Martin hatte die Nase voll. Er hatte sich eine Weile in ein Kloster zurückgezogen und war in rückhaltlos offener Diskussion mit Pater Benedikt zu einigen wichtigen Entschlüssen hinsichtlich seiner Zukunft gekommen. Er hatte beschlossen, Josh zu verlassen, aus London wegzuziehen und ganz aus dem jämmerlich sinnfreien Leben auszusteigen, das sie geführt hatten. Er überließ Josh außerdem die Rechnung.

Cushla lauschte auf ihr Herz und war nicht sehr überrascht, daß es anders klang. Es jammerte nicht mehr nach Josh. Es jammerte überhaupt nicht mehr. Cushla lauschte ihrem Herzlied und fühlte sich wohl. So wohl, daß sie vergaß, Angst zu haben.

Ben weckte seine träumenden Cousins mit der Nachricht, daß seine Eltern sich scheiden lassen wollten. Die Zwillinge drehten sich um und schliefen weiter, und er lag mit den Füßen an ihren Köpfen im Dunkeln und plante eine wundervolle Scheidungskindheit mit seiner Cousine Stephanie. Sie würden sich beide auf die doppelten Geschenke und das von schlechtem Gewissen in die Höhe getriebene Taschengeld freuen. Stephanie und Ben übten sich ein wenig in Kinderküssen und kauten verschlafen an den beiden extrasauren Kaugummis, die Stephanie aus ihrem Nachttisch zauberte, ehe sie weiterschlummerten. Stephanie hatte nur auf eine solche Gelegenheit gewartet.

Cushla spürte, wie sie sich innerlich David zuneigte, und in der Ferne sah sie schon den Turm. Sie wollte seine schmalen weichen Lippen küssen, aber sie traute sich nicht. Ihr Herz lag auf ihrer Zunge.

Im Palastgarten, hoch oben im stillgelegten Wasserturm, erbebte ein Elsternnest unter den gellenden Schreien Ihrer Majestät, die direkt ins hintere Schlafzimmer des Südflügels verlegt worden war. Es war das traditionelle Geburtszimmer, wo schon Generationen von Königen und Königinnen zur Welt gekommen waren. Wo Cushla lächelnd und entspannt das Licht der Welt erblickt hatte, wo David unter Androhung von Zange und Saugglocke gezwungen worden war, das gemütliche Plätzchen im Innern seiner Mutter zu verlassen. Herr Elster flog nach Hause, beladen mit fünf Goldringen, zwei Taschenuhren und einer glänzenden Münze. Die Münze stammte aus einer Spezialsammlung von sechstausend Münzen, die alle am nächsten Tag geprägt werden sollten. Sie würden das Abbild des neuen Palastbabys bekommen, sobald es geboren war. Der Münze im Elsterschnabel jedoch würde dieser Genuß nicht zuteil werden, sie würde für immer gesichtslos bleiben und den Elsterjungen als Übungsobjekt beim Stehlenlernen dienen, wenn sie erstmal fliegen konnten. Ihre Majestät schrie erneut auf, das Reich erzitterte, und das Volk betete, obwohl es keine offiziell sanktionierte Religion gab. Der König zwang sich, sein achtzehntes Honigbrot an diesem Tag zu verdrücken, und befahl, daß ein weiterer Laib Sonnenblumenkernbrot gebacken würde. Niemand verschwendete einen Gedanken an die Gesundheit von Herrn Elster.

Cushla führte David in den Turm. Sie schlenderten oder

rannten oder flogen durch die dunklen, menschenleeren Straßen im Niemandsland zwischen Weihnachten und Neujahr. Sie hielt seine Hand ganz fest, und als sein Zeigefinger ihren Daumen berührte, spürte sie es bis in die Fußsohlen.

Die Fee des Mitleids nahm eine Nacht Urlaub. Mit einer Flasche Jack Daniels in der Hand und einem Fotoalbum vor sich auf dem Tisch weinte sie über ihre lange Zukunft. Eine winzige Lerche kam durch das geschlossene Fenster hereingeflogen und landete auf dem Tisch. Behutsam hob die alte Frau den Vogel auf und liebkoste seine talentierte Kehle. Wieder erscholl das Wehgeschrei der Königin, und das primitive königliche Klagegeheul wogte durch den Wald, übers dunkle Wasser hinweg, direkt mitten in die Hütte der Fee. Die Fee des Mitleids pichelte die halbe Flasche leer, und in ihrer empathischen Verzweiflung brach sie dem Vogel das Genick.

Als sie den Turm erreichten, war Cushla erschöpft. David schickte sie halb schlafend im Aufzug, der zum Glück für die Feiertage geputzt und poliert worden war, nach oben. Ganz allein stieg er die unzähligen Stufen empor und bahnte sich einen Weg durch wilde Rosen und Dornbüsche. Als er die Tür erreichte, war Cushla wach genug, um ihre goldenen Locken herabzulassen und das Spinnrad in die Ecke zu stellen. Außerdem hatte sie gefegt, gewischt, die ganze Wohnung abgestaubt und dabei fröhlich vor sich hin gepfiffen. Auf dem Küchentisch standen frisch aufgebrühter Kaffee und Schinken-Sandwiches.

Jonathan träumte von zwei schwulen Männern, die in den Rennwagen auf der Tapete seines Schlafzimmers saßen und durch die engen weißen Korridore eines Designer-Hauses in Islington brausten. Martin sah sich einen Fernsehfilm im Spätprogramm an, in dem es um die bittere Trennung einer Jugendliebe ging. Frances ging in die

Küche, setzte sich und aß im Licht des geöffneten Kühlschranks ein halbes Baguette, vier Cracker, eine Tube Hummus und drei Becher Walnußmousse. Der König übergab sich beim dreiundzwanzigsten Honigbrot und befahl, die königlichen Bienenstöcke zu schließen. Bei den letzten Schreien der Königin ließ die königliche Katze eine halb verspeiste Maus fallen und rannte ins Geburtszimmer. Für eine Palastkatze gibt es keinen größeren Lekkerbissen als eine frische königliche Plazenta.

Cushla hielt David in den Armen. Sie wußte, was er vorhatte, und doch wußte sie es auch wieder nicht. Sie sprachen nicht. Cushla öffnete die Turmfenster, ließ die klare Nacht herein, und ein eiskalter Nordwind fegte um sie herum. Bei dem Tanz, der nun folgte, hielt Cushla David hoch über ihrem Kopf, beiden brach der Schweiß aus, und es war ihnen so entsetzlich heiß, daß sie sich die Kleider vom Leib rissen, um sich ein wenig abzukühlen. Als sie schließlich nackt waren, erstarb der Wind, und in der Stille hörten sie von fern ein Baby schreien.

Das neue kleine Baby kämpfte sich zwischen den Beinen der Königin nach draußen, donnerte wie mit dem Rammbock gegen die königlichen Beckenknochen, zerriß längst verheilte Dammschnittnarben von der ersten und zweiten Geburt. In ihrer Qual haßte die Königin ihre Tochter, verfluchte ihren Sohn, verachtete ihren Ehegatten und bereute jeden Augenblick ihres Lebens. Sie verwünschte das neue Kind und schwor Rache gegen den Palastarzt. Als der Kopf des Babys durchgetreten war, scharten sich die Palastmaler um Ihre jaulende Majestät und begannen, das Gesicht des Kindes zu skizzieren, und ein leiser Aufschrei des Entsetzens entrang sich den versammelten Würdenträgern. Man brachte das Kind seiner Mutter, um ihr zu zeigen, was den Schock verursacht hatte. Dann wurde nach dem König geschickt, und als er angelaufen kam, lehnte sich die Königin in majestätischem Triumph in ihre blutbefleckten Kissen zurück. Inzwischen war das Baby gewaschen und lag nackt auf der Brust seiner Mutter. Erschrocken hielt der König inne und kniete sich vor der frohlockenden Königin nieder. Der Zauber der Hebamme war schiefgegangen. Vielleicht hätte man den Blinddarm des Jungen doch nicht entfernen müssen. Der König und die Königin hatten es endlich geschafft. Die ganzen Jahre mit den öden Honigbroten waren nicht umsonst gewesen. Die Spezialdiät hatte ihre Wirkung getan, und das Sperma Seiner Majestät war ein echtes Wunder. Das Kind war nicht nur ein Mädchen, es war ein Hermaphrodit. Ein Jubelruf ging durchs ganze Land. Es war vollbracht! Wie der stolze Vater verlauten ließ, waren die königliche Mutter und das Baby wohlauf. Ihre Majestät hatte einem strammen Zwitterchen das Leben geschenkt.

Die Katze leckte sich das Maul. Cushla leckte David. David leckte ihre Wunde.

Es gab nicht schon immer einen Turm an dieser Stelle. Es gab auch nicht schon immer Leute hier. Vor den sechziger Jahren gab es hier eine ganz normale Londoner Straße mit spiegelgleichen Reihenhäuschen. Jedes kleine Haus mit einem großen Zimmer vorn, einer Küche hinten, einer Toilette draußen, wuchernden Kletterrosen und verschnörkelten Simsen, schmiedeeisernen Kaminen in allen Zimmern, mit denen man heute bei einer Auktion locker tausend Pfund rausschlagen kann. Originalstücke waren in ihrer Originalzeit gar nicht so beliebt. Auch nicht, als die Stadtplaner die Häuser mit riesigen Stahlkugeln einrissen. Wo einmal achtundzwanzig Häuschen standen, mit ummauerten, dicht aneinander angrenzenden glorreichen Hinterhöfen nach Süden, da macht sich jetzt das tiefe Betonfundament des Turmblocks breit. Es ist unwahrscheinlich, daß die originalen Edelstahl-Armaturen und Zementböden des Bauwerks jemals zu glamourösen Sammlerstücken werden wie ihre viktorianischen Vorgänger. Nicht mal, wenn man den Turm so lange stehen läßt.

Die Häuser sind nicht mehr da, auch nicht die Felder und Wälder, die vor den Häusern hier waren, aber heute abend ist Cushla so aufnahmebereit für die unendlichen Möglichkeiten, für das unermeßliche Was-sein-könnte, daß das ganze Was-war sich in ihr Bewußtsein drängt. Sie öffnet sich dem Blick des Prinzen und sieht in seinen Augen unzählige Kinder, die auf Dickens-Bilder-Straßen spielen und sich verhauen, sieht schweigende viktorianische Paare, die sich mit geschlossenen Augen der ausschließlich ehelichen Fortpflanzung hingeben, sieht junge Leute, die sich hinter verschlossenen Türen ihre Geheimnisse zuflüstern und sich im hohen Gras am Fuß der alten Eiche in schuldbewußte sexuelle Handlungen verstricken. Cushla hört zu, wie David ihr von seiner langen Suche nach ihr berichtet, lauscht zwischen den Zeilen seiner hastigen Erzählung, hört den gedämpften Lärm weinender Kinder, das verzweifelte Klagen der Mutter des toten Babys und den Aufschrei der ehemaligen Jungfrau, erstickt an der Schulter ihres Liebhabers. Wenn David sich nicht so mit ihrem Körper beschäftigen würde, könnte sie auch die Schmerzen der Jungfrau spüren. Aber er tut es, und deshalb fühlt sie sonst nichts.

Cushla schwingt sich an seiner Haut entlang, streicht wie eine schnurrende Katze um seine Beine, seine dünnen Arme, dreht sich und springt auf den Schoß seines deutlich sichtbaren Begehrens. Der dünne Prinz ist halb nackt, halb overdressed, seine Brust ist so schmal, daß man die Rippen zählen kann. Aber er trägt noch Hose, Socken und Stiefel mit viel zu vielen Ösen für den möglicherweise hereinbrechenden sexuellen Sturm. Er erzählt seine Geschichten von Stoke Newington und Highbury Fields und der oberen Plattform der Londoner Busse, und Cushla schält die Socken weg, entblößt seine Füße, die solche Entfernungen wie die, von denen er berichtet, nicht gewohnt sind. Unter ihren Händen blühen Blasen auf, sie küßt sie weg, leckt den Schmerz fort, lindert die Müdigkeit mit ihrer Zunge.

Dann macht sie sich an seinem Gürtel zu schaffen, legt die Arme um seine Männertaille und fühlt das schwere Jagdmesser. Sie lacht. Unsicher. Sie ahnt etwas, aber momentan möchte sie die Wahrheit lieber ignorieren. Sie weiß nur, daß sie ihn haben muß, daß sie ihn genießen will, sein Fleisch, seine Knochen schmecken muß. Ihre bloßen

Finger landen auf dem Jagdmesser, und es schlägt durch die Lederscheide nach ihr, denn die Knochengriffklinge wird ihre Aufgabe erledigen, selbst wenn Prinz David seine Mission vergißt. Das Messer sticht nach ihr, die ihm innewohnende Entschlossenheit und der Oberschenkelknochen ihres Großvaters folgen dem vorgeschriebenen Pfad dessen, was sie tun müssen. Erschrocken zuckt Cushla zurück. Blut tropft von ihrem Zeigefinger auf den Holzfußboden. Einen Moment bleibt eine rote Pfütze, breitet sich aus, dann versickert sie im Holz. Noch ein Tropfen will von ihrer überraschten Hand fallen, aber jetzt nimmt David den Finger, hält ihn an die Lippen, läßt sich den Tropfen in den Mund fallen und trinkt. Seine Hoheit sind durstig. Es war ein langer Tag.

David kostet das Blut seiner Schwester, und der schwache Eisengeschmack holt ihn aus dem Delirium der Lust in die unmittelbare Gegenwart. Seine Vernunft kehrt zurück, und das Messer, das ihn in den Rücken knufft, springt in seine rechte Hand. Er tritt einen Schritt zurück, verbeugt sich tief und stellt sich vor.

»Ihre königliche Hoheit, meine geschätzte Schwester, ich bin hocherfreut, Eure Bekanntschaft zu machen.«

Jetzt weiß Cushla, wer er ist. Jetzt weiß auch ihr Hirn, was ihre Haut wußte, seit er sie zum ersten Mal berührte. Wie die Palast-Etikette es vorschreibt, ist Cushla schon halb im Hofknicks versunken, als ihr Verstand ihre sich bereits beugenden Beine einholt. Doch ehe sie reagieren kann, hat ihr Bruder sie am Schlafittchen gepackt, sie an ihren langen blonden Haaren zu sich gezogen und mit dem Messer ihre Bluse aufgeschlitzt. Das kleine Herz, der kleine Eindringling, schlägt voller Liebe und Angst. Es riecht das Messer.

Auf einmal haßt Cushla ihr Herz nicht mehr, sie will es behalten. Sie wird es behalten! Sie schubst David weg, aber ihre Finger lieben seine Berührung, sie schnappt nach seinem Gesicht und will beißen, aber ihre Zähne können nur küssen. In ihrer Brust wächst das Herz, schwillt an, um das Loch auszufüllen, das die anderen Herzen zurückgelassen haben. Das Herz weiß, daß seine Zeit gekommen ist, und kann doch nicht zulassen, daß sie David wegschiebt. Es schlägt gegen sie, kämpft dort drinnen und wartet darauf herauszukommen. Es wächst mit jeder Bewegung des Prinzenfingers. Das Herz füllt Cushlas Körper, sie kriegt keine Luft mehr, ihre Lunge, ihre Milz haben keinen Platz mehr. Das Herz erdrückt alle anderen Organe, Cushla ringt nach Luft, greift nach David, nach sich, will reglos fliehen. Es gibt keine Luft mehr zum Atmen, keine Zuflucht. Cushla ist ganz Herz.

David sieht, daß seine Schwester in seinen Armen stirbt. Seine Aufgabe ist es, das Herz zu entfernen, während es noch schlägt. Jetzt kann er es tun. Sie ist totenblaß, genauso blaß wie er, und sie sinkt zu Boden. Ganz leicht könnte er jetzt schneiden. Sie fällt neben die Blutstropfen. Die Blutpfütze im Holz breitet sich weiter aus. Gleich wird Cushla tot sein, wenn David nicht endlich etwas unternimmt. Aber er will das Herz nicht herausschneiden. Er liebt das Pochen, seine gewaltige Kraft. Mit jeder Faser seines Wesens will der Prinz das Leben in Cushla zurückzwingen, er will, daß sie aufwacht, ihn berührt, ihn küßt, ihn nimmt. Cushla ist bewußtlos, und David ist verliebt. Wahrscheinlich hätte die Königin von ihrem einzigen Sohn etwas mehr erwartet.

Glücklicherweise weiß wenigstens das Messer, was zu tun ist. Es führt Davids Hand und schlitzt gekonnt ins Fleisch. Das angeschwollene Herz pocht so heftig, daß es sich von selbst durch die schmale Öffnung preßt. Cushla erwacht mit einem Schrei, das Herz schlägt in die Luft, halb in ihr, halb draußen. Jetzt hat David es gepackt, stemmt einen nackten Fuß auf Cushlas Brust und zieht. Beide Hände um das pulsierende Schwabbelding gelegt, pinnt er Cushla auf den Boden und zerrt. Lange Wurzeln werden tief aus ihrem Innern gerupft, ihre Arme und Beine winden sich, das Innere wird nach außen gezogen, ihr Rücken wölbt sich ihrem Bruder entgegen, und sie lacht und schreit unter Höllenqualen und in dankbarer Erleichterung. David hält das Herz fest und sicher in Händen, und sie liebt seine Berührung. Er zieht stärker, sie windet sich am Boden zu seinen Füßen, Holzfasern greifen nach ihr, um sie festzuhalten, reißen das Fleisch der anderen Frau von der echten Prinzessin. Noch einmal zieht er, was er kann, reißt mit einem Ruck die letzte Wurzel aus ihrem bebenden Körper, und ihr Geschlecht gibt endlich seinen Anspruch auf ihr Herz auf. David taumelt gegen die Wand, von oben bis unten mit Cushla-Blut bespritzt, und schwenkt die Herztrophäe hoch über dem Kopf.

Langsam kommt Cushla wieder zur Besinnung. Der Boden lockert seinen Griff, und sie setzt sich auf. Jetzt ist sie ihr wahres Selbst. Ihre Haut, ihr Körper gehören ihr. Sie ist Prinzessin Cushla, und an der Wand lehnt ihr Bruder, das noch immer pulsierende Herz in den Armen. Nun muß die Etikette beachtet, nun müssen förmliche Glück- und Segenswünsche ausgesprochen werden. Vorsichtig legt der Prinz das Herz beiseite, stellt sich aufrecht hin und verbeugt sich viermal, seine Schwester dreimal. Schließlich ist sie die Ältere. Dann leert Cushla das zeremonielle Kästchen, in dem sie ihren Schmuck aufbewahrt hat, und reicht es ihm. Er legt das blutende und pulsierende Herz auf das Samtpolster und klappt den Deckel zu. Er schließt beinahe. Ganz leise hebt und senkt er sich bei jedem Pochen. Nun stellt der Prinz das Kästchen neben den Blutfleck im Holz. Er legt den Rest seiner Kleider ab, Cushlas neuer Nacktheit zuliebe. So stehen sie sich gegenüber und berühren ihr spiegelgleiches Muttermal. Sie tastet nach seinem Herzen, es ist ruhig, schlägt langsam, regelmäßig. Er legt die Hand auf die Wunde an ihrer Seite. Sie will ihm Wasser und Wein anbieten, aber er hat keinen Durst mehr. Seine Hände heilen die klaffende Wunde, und sie fallen zusammen ins Bett, erschöpft und blutig. Junge und Mädchen schlafen in nackter Unschuld nebeneinander.

Und erwachen mit fleischlicher Begierde. Als erster schlägt David die Augen auf, geweckt von der Höhe des Turms und dem Licht im blaugrünen Zimmer. Er dreht sich um, ein großer Mann in einem kleinen weißen Bett, und prompt gerät er mit dem Arm in Cushlas Haare. Im Morgenlicht ist die Ähnlichkeit unverkennbar. David küßt die Augen seiner Mutter, die Nase seines Vaters, seine eigenen Lippen. Sanft legt er die Hand über ihren Herzraum – nichts, kein Puls, kein Geräusch. Die Wunde ist frisch und sauber, er küßt leichte Stiche darauf und heilt die Narbe beim Küssen. Sein Speichel verteilt sich über die Wunde, und dann sind Wunde und Narbe verschwunden. Jetzt wird auch Cushla wach, ihr Körper neigt sich ihm entgegen, ihr Körper weiß, aus welchem Fleisch er kommt. Cushla spürt David neben sich, und ihre Träume kehren in die Realität zurück. Sie öffnet die Augen und blickt in die Bruderaugen, die dasselbe sehen wie sie. Sie öffnet ihren Körper dem Mann, der das gleiche fühlt wie sie.

Als Cushla und David sich schließlich in der sexuellen Vereinigung begegnen, ist es für beide ein Gefühl, als kämen sie nach Hause. Nicht, daß Cushla oder ihr Bruder vorher noch nie Sex gehabt hätten, wir wissen ja, daß Cushla gevögelt hat, und die Küchenmädchen und Lakaien im Palast könnten sich hundertprozentig für die Energie ihrer Paarungen mit Prinz David verbürgen. Aber dies ist anders. Dies ist der wissende Sex, den nur das genetische

Band erzeugt, dies ist der Sex des fernen Landes, das tatsächlich ganz in der Nähe liegt. Wenn Cushla David an sich drückt, dann klopft sein Herz in und aus ihrem Herzraum, ihre Körper passen nicht nur zusammen, sein Herz kann für beide schlagen. Die lustvolle Vereinigung ist bedeutsam und absolut banal. Es wird noch Tausende solcher Begegnungen geben, und doch ist dies die einzige. Sie ist im gleichen Atemzug gewöhnlich und außergewöhnlich, ihre Haut weiß es. Cushla und David vereinigen sich vollkommen selbstvergessen und hundertprozentig bewußt. Ihr Zusammensein kennt weder ein Inzesttabu noch schert es sich um ihr Alter. Die Frau ist zehn Jahre älter als er. Der Mann ist ihr kleiner Bruder. Doch derlei Überlegungen sind irrelevant angesichts ihres überwältigenden Verlangens und der ultimativen Richtigkeit ihrer Vereinigung. Ohne David ist Cushla ein brennender Gefahrenherd. Ohne seine Schwester ist David unfähig und schwach. Gemeinsam sind sie zwei Versionen des einen Ganzen. Bei der DNA-Replikation gibt es nur eine Nabelschnur, sie ist aus Silber und bindet Geschwister untrennbar aneinander, unsterblich. Plato hätte eine Schwester haben sollen.

Ihr gemeinsamer Höhepunkt bringt den Turm zum Erbeben, und keiner merkt etwas davon. Er entfesselt Echos und Visionen unterdrückter Viktorianer und ist doch nicht aufregender als der erste Fick des Mädchens von nebenan, das sich seinem mageren, pickligen Freund entgegenwölbt, den Mund fest zusammengekniffen, damit ihr kein Laut entschlüpft und die Mutter aufwacht, die im Stockwerk darüber friedlich schlummert. Sie kommen im gleichen Augenblick, nicht weil sie so aufeinander eingespielt und so kunstfertig sind, sondern weil sie keine andere Wahl haben, weil er zu ihr paßt, weil sie ihn will und basta.

Als sie fertig sind, singt Cushla ihren kleinen Bruder in den Schlaf. Es ist ein Wiegenlied der wachsenden Liebe, das Lied, das ihr Vater ihnen bei der Geburt vorgesungen hat. Sie schlafen zwei Tage lang. Im Schlaf bringt der Prinz das Herz und das zeremonielle Kästchen seiner Mutter zurück. Legt es in ihre Hände und küßt ihre kalten Finger. Sie nimmt das Kästchen, schickt ihn zurück ins Spielzimmer zu seiner großen Schwester und ermahnt ihn, nicht noch einmal mit ihrem Schmuckkästchen zu spielen. Die Juwelen sind wertvoll und nichts für kleine Kinder. Spätestens bei seiner eigenen Krönung wird er das verstehen. Als Cushla und David erwachen, ist das Herz samt Zeremonienkästchen in den Palast zurückgekehrt, und dort, wo Cushlas Blut ins Holz eingesickert ist, wächst ein Rosenstrauch mit winzigen Knospen und fünfzehn Zentimeter langen Dornen. Sorgfältig schneidet Cushla einen davon ab, während ihr Bruder in der Küche sitzt, Toast mit Marmite ißt und nichts von dem mitkriegt, was sie tut. Sie ist überzeugt, daß sie den langen Dorn eines Tages gut wird brauchen können.

In der rosigen Morgendämmerung wittert London die Chance zu neuer Hoffnung. Das neue Jahr eilt heran. Es wird Feiern geben, Anteilnahme und glorreiches Vergessen. Neue Blätter und neue Alternativen. Der schlichte Beschluß, dem Jahr einen anderen Namen zu geben, läßt die Menschen glauben, daß alles sich geändert hat. Was aber nicht stimmt. Zwischen Donnerstag abend und Freitag morgen besteht kein Unterschied. Lediglich die letzte Ziffer hat sich geändert, trotzdem schreien die Leute nach dem Neuen. Alle haben zuviel gegessen und getrunken, da ist jede Ausrede recht, von vorn anzufangen. Cushla duscht, rasiert sich die Beine und wäscht sich die Haare. Während sie damit beschäftigt ist, liebevoll ihren eigenen echten Körper zu reinigen, werkelt David pfeifend in der Wohnung herum. Er wechselt die Laken, macht Toast und kommt immer wieder ins von Dampfschwaden vernebelte Badezimmer, um seine Schwester zu küssen. Sie hören Radio 4. Es ist ziemlich warm, es taut sogar. Michael Fish ist so angenehm überrascht, daß er beim mittäglichen Wetterbericht eine Bemerkung über den für die Jahreszeit äußerst ungewöhnlichen Sonnenschein fallenläßt.

Frances und Philip beseitigen das Chaos in der Küche. Bedächtig waschen sie Paté und Winterfrüchte von den Wänden, angeln Messer und Gabeln hinter Schränken und Schubladen hervor. Kratzen erstarrte Eimasse von den kühlen Schieferplatten. Zuerst sind sie verlegen, dann fangen sie an zu kichern, und schließlich lachen sie laut und hysterisch. Sie lachen über ihre eigene Dummheit und ihre blödsinnigen Gelüste. Frances streckt ihre Heilerinnenhände aus, um ihren Ehemann zu umarmen. Um ihn zu lieben. Dankbar läßt sich Philip in ihre Arme sinken. Sie haben noch einen ganzen Tag für sich, denn ihr Sohn ist noch bei Philips Schwester. Sie machen das Beste daraus. Sie lieben sich und werden sich auch weiterhin lieben. Trotzdem.

Josh und Martin treffen sich auf neutralem Terrain, um zu besprechen, was eigentlich mit ihrem Leben los ist. Einhellig kommen sie zu der Ansicht, daß sie der Sache gewachsen sind. Sie können darüber hinwegkommen. Sie werden darüber hinwegkommen. Sie verlassen das Cyber Café und gehen zusammen nach Hause. Martin öffnet die Tür und trägt Josh über die Schwelle. Sie sind nett und zärtlich. Auf dem Treppenabsatz, im Flur, auf der Treppe, überall küssen sie sich, lang und langsam. Martin macht Mittagessen, während Josh nach oben geht und mit einer neuen Skulptur beginnt. Natürlich Martins Kopf, und er wird wunderschön werden. Dann zieht sich Martin wieder in sein Arbeitszimmer zurück, und Josh bereitet ein Dinner bei Kerzenschein vor. Martin arbeitet an einem neuen Roman. Es geht um das innere Wachstum, das durch das Zerbrechen alter Strukturen entsteht, die geteilte Liebe, die aus dem Leiden geboren wird, und die Rückkehr zur Freude. Sie schlafen miteinander, und es ist ihnen warm, obwohl die Fenster weit offenstehen und die Winternacht hereinlassen.

Sally ruft Jonathan an. Sie denkt, sie hat ihre Meinung geändert. Jonathan ist überglücklich, entzückt, ganz aus dem Häuschen. Sofort rast er zu der Maisonette und überfährt dabei zwei rote Ampeln und drei Radarfallen. Aber Sally ist wichtiger als Strafzettel und Punkte in der Verkehrssünderkartei. Sally ist wichtiger, als Jonathan mit Worten ausdrücken kann. Sie vögeln auf dem Boden im

Wohnzimmer, dann sehen sie sich ein Video an und bestellen Pizza mit extra Pilzen für Sally und einer doppelten Portion Peperoni für Jonathan. Sie freuen sich schrecklich, als der gut mit Trinkgeld versorgte Mann ihnen ihre Pizza an der Tür überreicht. Sally saust noch zum Weinladen, während Jonathan einen rund um die Uhr arbeitenden Flug-Service anruft und zwei Rückflug-Tickets nach Malaga bucht. Nach Malaga sollte die geplante Hochzeitsreise gehen. In Malaga werden sie den Rest ihres Lebens planen. Sally ist glücklich, daß sie das Hochzeitskleid doch nicht weggeschmissen hat. Und bei dem ganzen Streß hat sie fast sieben Pfund abgenommen. Was wünscht man sich noch? Der Flug – erster Klasse – geht übermorgen, und Jonathan traut sich sogar, ein erstklassiges Zimmer in einem erstklassigen Hotel zu reservieren. Er ist selbst darüber verblüfft, von Sally ganz zu schweigen. Erst eine Stunde bevor sie zur U-Bahn müssen, kriechen Sally und ihr Zukünftiger aus den Federn. Sally genießt den Sex sehr. Jonathan ist überrascht, wie leidenschaftlich sie ist. Überrascht und schwer beeindruckt. In der Zeit ihrer Trennung haben sie beide eine Menge gelernt. Sally würde fast so weit gehen zu sagen, daß es sich gelohnt hat. Aber nur fast. Momentan profitiert sie noch von Jonathans schlechtem Gewissen, es wäre nicht ratsam, ihn jetzt schon vom Haken zu lassen.

Sally und Jonathan, Josh und Martin, Frances und Philip. Drei zufriedene Paare, drei vollkommene Beziehungen. Glücklich, verliebt, mit sich und der Welt im reinen.

Na ja. Was glaubt ihr denn, was das ist? Ein Märchen?

Am nächsten Morgen genehmigten sich der König und die Königin ein königliches Festmahl. Zum ersten Mal seit sechzehn Jahren durfte Seine Majestät seine spermaselektive Diät brechen und etwas anderes als Honigbrot zu sich nehmen. Zusammen mit seiner Frau ergötzte er sich an einem piekfeinen, üppigen Frühstück, bestehend aus Rührei und knusprigem Speck, gebratenem Brot, Wildschweinwürstchen und gegrillten Tomaten. Als Beilage wurden Leber, Niere und Herz gereicht. Cushlas Herz. Was sich sehr gut zu den wilden Pilzen machte, die die Königin an diesem Morgen gerade gesammelt hatte. Das kleine Zwitterchen hatte die ganze Nacht geschrien, so daß alle nur wenig zum Schlafen gekommen waren. Doch die Morgendämmerung war so schön und die Nachricht, daß das Herzkästchen eingetroffen war, so erfreulich, daß Ihre Majestät, sobald die ersten Sonnenstrahlen zum Fenster hereindrangen, der Amme das heulende Baby in die Arme drückte, sich in Sekundenschnelle anzog und zum hinteren Sattelplatz begab, um Pilze zu sammeln.

Natürlich aßen sie nicht das ganze Herz, nur jeder einen symbolischen Happen. Eine dicke Scheibe wurde zur genetischen Analyse ans Palastlabor geschickt, eine etwas dünnere bekam die Fee des Mitleids, als Erinnerung daran, was sie vor all den Jahren angerichtet hatte. Ihre kaiserliche Majestät die Königin verzeiht jeden dummen Ausrutscher, aber sie haßt Unpünktlichkeit. Schließlich ist Pünktlichkeit die Höflichkeit der Könige. Und die Obsession dieser Königin.

Nach dem überaus zufriedenstellenden Frühstück kehrte die Königin in ihre Gemächer zurück, um sich mit dem Baby auszuruhen, während der König das Kontor aufsuchte. Als er sich vergewissert hatte, daß mit dem Geld alles in Ordnung war, machte er sich auf den Weg zurück zu seiner Frau, schaute aber unterwegs noch im Labor vorbei. Auf dem Computerbildschirm war die Herzanalyse zu bewundern. Die DNA war zu fünfzig Prozent seine eigene und zu fünfzig Prozent die der Königin; das große Herz gehörte Cushla. Der Laborassistent druckte ihm die gute Nachricht aus, und der König rannte damit die Treppe hinauf zu seiner Frau. Im Nachmittagssonnenschein lagen die beiden auf dem Bett und waren glücklich, daß sie einander hatten. Es störte sie nicht, daß ihr Sohn mit dem Herzen eine chiffrierte Nachricht geschickt hatte, eine kurze Notiz, daß er nicht zurückkommen würde, gar nicht zurückkommen konnte, jetzt, wo sie das neue Baby hatten. Nun benötigten sie ja weder einen Sohn als Erben noch eine Tochter als Erbin. Die drei bildeten ein Triptychon ehelichen und königlichen Glücks, Mutter, Vater und perfektes Kind. Die umherziehende Tochter konnte ruhig weiter nach Lust und Laune in der Welt umherziehen – durch das neue Baby waren sie der Verantwortung für sie enthoben. Und auch ihr Sohn konnte reisen bis zum Abwinken. Sie hatten ihrem Reich den perfekten Erben geschenkt – wer konnte von einem Königspaar mehr verlangen?

Die Königin war dabei einzuschlummern, und der König küßte sie auf die Stirn. »Schlaf gut, meine geliebte Frau.«

»Das werde ich, mein lieber Mann. Danke gleichfalls.«

Gerade war sie eingedöst, da setzte sie sich plötzlich noch einmal auf, weil ihr eingefallen war, was sie ihrem Mann schon den ganzen Tag hatte sagen wollen. »Jetzt weiß ich's wieder!«

»Ja, Liebes?«

»Die Mülleimer! Du darfst nicht vergessen, sie heute abend rauszustellen!«

»Schon erledigt, mein Schätzchen, schon erledigt.«

Wieder einmal staunte Ihre Majestät, daß ihr scheinbar so dummer Ehemann gelegentlich so wunderbar geistesgegenwärtig sein konnte. Das Baby gurgelte im Schlaf, und die Königin beugte sich über ihren Bruder, den König, um ihm einen Mittagsschlafkuß zu geben.

In der Pose einer glücklichen heiligen Familie schliefen alle drei ein, und fast genau im gleichen Augenblick beugte Cushla sich über ihren Bruder, betrachtete sein perfektes Antlitz, küßte seine weichen Lippen und beschloß, ihm den fünfzehn Zentimeter langen Dorn ins Herz zu stoßen. Cushla lachte. Sie war traurig, die Beziehung nicht fortsetzen zu können, die sie beide in der Nacht fleißig weiterentwickelt hatten. Der Sex war phantastisch, wie man es ja auch gar nicht anders erwarten konnte, und in gewisser Hinsicht war sie genau dazu geboren. Seine Gemahlin zu sein, seine Königin. Es würde ihr auch nichts ausmachen, für immer hier zu bleiben, sich unser Land mit ihm zu teilen, ein neues Imperium zu schaffen. Aber sie war verdammt nochmal nicht bereit, das zu tun, was ihre Mutter getan hatte – das ganze Königreich mit ihrem Bruder zu teilen! Genau deshalb war sie ja hierhergekommen, um allein zu herrschen, daran konnte auch die tollste Beziehung nichts ändern.

Sie holte den langen Dorn aus seinem Versteck zwischen ihren Brüsten. Vorsichtig glitt sie neben David. Er wandte sein schönes Gesicht im Schlaf, lächelte, als sie ihn beruhigend küßte, und kehrte dann in seine Träume zurück. Seine Träume davon, sie zu lieben. Leise rutschte Cushla auf die andere Seite des Bettes. Sie hielt den Dorn über ihren eigenen Herzraum, wußte, daß darin kein Herz war, das vor

Angst zittern konnte, und stach den Dorn in ihre Brust. Vor Schmerz krümmte sie sich zusammen, denn der Stich ins Leere tat viel mehr weh als das Herausschneiden des Herzens. In ihrer Qual spürte sie Joshs Küsse, hörte Frances seufzen, ja sogar das Flüstern von Jonathans Tränen. Sie holte ein paarmal tief Luft, dann zog sie den Dorn wieder heraus, sauber und ohne einen Tropfen Blut. Mit dem von ihrer eigenen Leere geschmierten Dorn durchbohrte sie jetzt ihren Bruder. Geschwind stieß sie das garstige Ding durch Haut, Muskeln, Sehnen und schließlich tief in sein liebendes, schwärmerisches Herz. Cushla weinte, während sie ihren Bruder erstach. Sie weinte und küßte ihn, sie liebte ihn und wußte doch, daß sie das Richtige tat. Für sich selbst.

Der Prinz erwachte kurz, merkte, was los war, murmelte »Ach du Scheiße« und starb.

Der König und die Königin fühlten den Schmerz ihres toten Sohnes im Schlaf. Die Gebärmutter der Königin zog sich zusammen, sie schrie laut auf und störte damit den König, der Sodbrennen hatte und sich fragte, ob es klug gewesen war, heute früh die dritte Scheibe gebratenes Brot zu essen. Verschlafen drehten sich die beiden Monarchen zueinander, um sich zu trösten, und brachten es fertig, dabei ihr Hermaphroditenbaby zu ersticken. In erwachender Verzweiflung über den Kindsmord verprügelte die Königin ihren Gatten, bis er das Bewußtsein verlor, und sprang dann kreischend von der höchsten Zinne der Burg in den Tod. Als der König wieder zu sich kam, machte man ihm den Prozeß wegen Mordes an seinem Baby und wegen Vortäuschung eines Selbstmordes. Er wurde verurteilt und noch am selben Nachmittag enthauptet.

Die Fee des Mitleids sah sich die gesamten Ereignisse im Satellitenfernsehen an und warf sich in einem Anfall unerträglicher Reue unter die U-Bahn. Zufälligerweise war es genau der Zug, mit dem Jonathan und Sally nach Heathrow fuhren. In den zweieinhalb Stunden, die es dauerte, um die Schweinerei zu beseitigen und die Leiche wegzuschaffen, führte sich Jonathan dermaßen bescheuert auf, steigerte sich immer mehr in Haß und Wut hinein und beschimpfte schließlich zwei ihm gegenüber sitzende Nonnen, weil es ihn ärgerte, daß die sich trotz des ganzen Stresses ruhig und vernünftig verhielten. Da wurde Sally plötzlich klar, wieviel besser sie sich ohne ihn fühlte, und sie verkündete, daß sie doch nicht mit ihm zusammenbleiben wollte. Allerdings wartete sie damit, bis sie am Abfluggate waren. Ihr eigenes Ticket und ihren Paß hatte sie sicher verwahrt, aber Jonathans Papiere hatte sie in siebenundzwanzig Stücke gerissen und die Fetzen ins Klo gespült, als sie unter dem Vorwand einer frühzeitig einsetzenden Periode rasch zur Damentoilette enteilt war. Hätte Jonathan gewußt, daß Sallys Handtasche ursprünglich für Tampons und Make-up gedacht war und nicht für die ganzen Tickets und Pässe und die sorgsam ausgearbeitete Reiseroute, hätte er ihr niemals seine Reisedokumente anvertraut, und sie hätte die Sache nicht durchziehen können. Doch nun flog Sally nach Malaga, glücklich und frei, während Jonathan am Erdboden blieb, einsam und ungeliebt.

Unterdessen beichtete Martin seinem Geliebten, daß er in der Zeit der Trennung selbst einiges erlebt hatte. Er hatte tatsächlich mit Melissa gevögelt, aus verletztem Stolz, Eifersucht, Bitterkeit und dem Wunsch, sich das ganze Theater über die Heterosexualität nochmal ins Gedächtnis zu rufen. Melissa half Martin, sich daran zu erinnern, daß er schwul war. Zwar war der Sex nicht besonders toll gewesen, aber zumindest insofern erfolgreich, als Melissa jetzt ein Kind von Martin erwartete.

Melissa hatte keinerlei Interesse an der Mutterschaft, weigerte sich aber auch abzutreiben. Sie wollte das Baby gern Josh und Martin geben, damit sie es großziehen konnten, oder es – wenn sie nicht dazu bereit wären – ihrer eigenen Mutter überlassen. Aber sie war nicht gewillt, das Kind selbst zu behalten. Schließlich mußte sie ihr Leben leben. Josh und Martin kannten Melissas Mutter, sie wußten ja, was aus Melissa geworden war. Das konnte man keinem zweiten unschuldigen Kind zumuten. So wurden zwei Männer Väter, obwohl sie sich nie etwas anderes gewünscht hatten als privates Pärchenglück, und sie kamen auch nicht sonderlich gut damit zurecht. Ihr wundervolles weiß-glänzend-gläsernes Heim war über und über mit kindlichen Fingerabdrücken beschmiert, über ihrem perfekten Leben hing der Geruch von feuchten Windeln und Babybrei und saurer, milchiger Babykotze. Außerdem litt ihre Arbeit. Josh machte die herbe Erfahrung, daß Bildhauerei mit einem Bauchwehbaby auf dem Arm nicht ganz so einfach ist, wie man es sich vielleicht vorstellt, und nach dreimonatigem Schlafentzug begriff Martin, warum er schriftstellerisch gesehen wesentlich fruchtbarer gewesen war, ehe er Vater wurde. Sie zankten und stritten sich und vergaßen die ersten fünf Jahre fast völlig, miteinander zu schlafen. Doch sie blieben zusammen, dem Kind zuliebe. Als die Kleine erwachsen war, trat sie in eine Wiedergeborenen-Sekte ein und zeigte nicht sonderlich viel Dankbarkeit den Sodomiten gegenüber, die sie aufgezogen hatten.

Frances verlor den größten Teil ihrer übersinnlichen Kräfte und mußte auf traditionellere Massagetechniken zurückgreifen, um die Brötchen zu verdienen. Philip setzte ein paar Verträge in den Teich, ließ ein paar Deals platzen, aber irgendwie pendelte sich alles auf einem einigermaßen gleichmäßigen Einkommen ein. Als sie schließlich nur noch aus Plastiktassen tranken, entdeckten sie eine bessere Methode zur Konfliktbewältigung als Geschirrzerdeppern. Ben ging ab seinem dreizehnten Geburtstag zur Therapie. Ansonsten machten sie mehr oder weniger weiter wie bisher, keiner war wirklich zufrieden, aber beide hatten zuviel Angst, es allein zu versuchen. Sie waren auch fernerhin glücklich/unglücklich verheiratet und fanden sich irgendwie damit ab. Schließlich waren sie von Anfang an nicht gerade Mr. und Mrs. Walton gewesen.

Cushla kehrte zurück in das ferne Land, das eigentlich ganz in unserer Nähe liegt, und nachdem sie von der Prinzessin zur Königin aufgestiegen war, lebte und herrschte sie allein. Genau, wie sie es immer gewollt hatte. Sie verbannte alle Feen aus ihrem Königreich und belegte die Ehe mit einer Hundert-Jahres-Quote. Sie erklärte Händchenhalten auf der Straße für illegal und verhängte schwere Strafen, wenn man beim Knutschen in der U-Bahn erwischt wurde. Die sterblichen Überreste der Fee des Mitleids ließ sie zusammenkratzen und verwendete sie als Dünger für den Rosenstrauch, den sie mitgebracht hatte. Der Dünger war hervorragend, und der Busch gedieh prächtig. Jedes Jahr aber kappte Cushla die winzigen Knospen, so daß sie nie erblühten, und schnitt für den Eigenbedarf einen langen, spitzen Dorn ab. Jahr für Jahr stach sie sich damit im Licht des Vollmonds einer Spätsommernacht tief in den Herzraum. Und wenn dann der Schmerz über sie kam, erinnerte sie sich an Jonathan und sah sich sein neues Leben an, sie küßte Josh und wiegte Melissas Baby sanft in den Schlaf, sie umarmte Frances und wußte, wie enttäuschend Kompromisse sind. Wenn sie den Dorn ohne einen Blutstropfen wieder aus ihrer Seite zog, berührte sie ihren Bruder, den Prinzen, und dachte daran, was zu besitzen sie sich niemals zugestehen würde. Einmal im Jahr vermißte sie ihn. Aber das war alles. Und es genügte.

Und wenn sie nicht gestorben sind, dann leben sie noch heute. Aber bestimmt nicht glücklich und zufrieden. Außer Cushla. Mehr oder weniger jedenfalls.